二 見 文 庫

霧の町から来た恋人

ジェイン・アン・クレンツ／久賀美緒＝訳

The Vanishing

by

Jayne Ann Krentz

Japanese translation rights arranged with
The Axelrod Agency
through Japan UNI Agency, Inc.

フランクに捧げます。
いつもどおり、愛をこめて。

霧の町から来た恋人

登　場　人　物　紹　介

カタリーナ・ラーク	探偵事務所〈ラーク&ルクレア〉代表
スレーター・アーガンブライト	〈財団〉のメンバー
オリヴィア・ルクレア	探偵事務所〈ラーク&ルクレア〉代表
ヴィクター・アーガンブライト	スレーターのおじ
トニー、ディーク、ジャレッド	三つ子の犯罪者
グウェンドリン・スワン	〈遺物〉を扱う店の店主
ナイラ・トレヴェリアン	治療師
トレイ・ダンソン	ナイラの兄。弁護士
ロジャー・ゴサード	コンサルティング会社社長
ブレンダ・ブライス	テレビ局のリポーター
ダニエル・ネイラー	〈ラーク&ルクレア〉のスタッフ
エマーソン・フェリス	オリヴィアの恋人

1

十五年前　フォグ・レイク

カタリーナ・ラークは殺人を、実際にそれが起こる四秒前に目撃した。あるいは五秒前かもしれない。こうした恐ろしい光景を見ることに、彼女はまだ慣れていなかった。幻視《ヴィジョン》はいつもいきなり訪れる。

二年ほど前から奇妙な光景を断片的に見るようになっていたが、十六歳の誕生日を迎えてからのここ二、三カ月は、それがより頻繁になっていた。それらは幻覚で意味のないものだと自分に言い聞かせてきたが、少なくとも今夜のヴィジョンについてはそう考えるもっともな理由があった。自分はいま、親友のオリヴィア・ルクレアと一緒にフォグ・レイクの周囲に広がっている巨大な洞窟の奥にいる。この洞窟内で幻影を見たり不可解な感覚に襲われたりといった現象がしょっちゅう起きることは、町の誰もが知っている。だからこの小さな町に住む少しでも自尊心のある若者はみな、高校を卒業するまでに一度は夜中にこっそり家を抜けだして、洞窟でひと晩過ごす。大人たちはもちろんいい顔をしないが、通過儀礼のようなものだと彼らが話している場面にカタリーナは何度か遭遇した。要するに、大人だってほとんどが若いころに同じ経験をしてきているのだ。

カタリーナとオリヴィアは寝袋とキャンプ用のランタンと懐中電灯を持ち、今夜それを決行した。デイパックには水とスナック菓子を詰めこんである。洞窟の地下には川が流れていて、ところどころで地表に現れてはふたたび岩のあいだへと潜っていく。その水は飲めるが、川に近づきすぎるのは危険だ。濡《ぬ》れた岩は滑って足を取られやすいし、流れは速い。

ところがカタリーナとオリヴィアが夜を過ごす場所を探しはじめたとき、誰かが近づいてくる音がした。

地下の迷宮に響く足音とくぐもった話し声に、彼女たちはあわててランタンを消して寝袋をつかみ、いくつも延びている小さな脇穴のひとつに向かって走った。

キャンプ用のランタンと大きな黒いケースを持って現れた見知らぬ男たちを見て、ふたりは驚いた。

湖のほとりにある小さな町フォグ・レイクを訪れる人はそもそも少ないし、その数少ない訪問者を町の人々は歓迎しない。ほかの土地でも子どもたちに知らない人を警戒するよう教えるだろうが、フォグ・レイクの親たちは極端なほどそれを徹底的に子どもの頭に叩《たた》きこむ。カタリーナとオリヴィアの親も例外ではなく、よそ者を警戒しろという教えがしみついていたふたりの頭には、男たちと顔を合わせる選択肢はまったく思い浮かばなかった。一目散に狭い脇穴へと逃げ、暗闇に身を潜めたふたりは、息を殺して彫像のように固まった。まるで蛇ににらまれた赤ん坊の兎《うさぎ》みたいだと思い、カタリーナは怯《おび》えきっている自分に対していらだった。

男たちは言い争っているわけではなさそうだ。相手に何かを要求したり脅したりする様子はなく、ただ張りつめた雰囲気で言葉を交わしている。ふたりのうち、中年でやや太りぎみの背が低い男のほうは黒縁の眼鏡をかけていて、エンジニアか科学者のようだ。

若いほうの男は見たところ二十代半ばくらいで、引きしまった体に贅肉《ぜいにく》はなく、頭を剃《そ》りあげている。黒いケースを運んできたのは彼だ。

ふたりとも森の中でトレッキングでもするような格好をしている。

来てすぐに眼鏡の男がケースを開けて実験に使う精密機器に似たものを取りだしたのだが、カタリーナは時間の無駄だと言ってやりたかった。フォグ・レイクの近辺ではコンピュータや携帯電話といったハイテク機器は正常に作動しない。というより、まったく動かない。

いまも眼鏡の男はいらだちを隠せない様子で画面に顔を近づけ、キーを叩いている。カタリーナが殺人の起こるヴィジョンを見たのは、まさにその瞬間だった。スキンヘッドの男がバックパックの横についているファスナーつきのポケットから注射器を取りだし、プラスチック製のキャップを外して眼鏡の男の首に突き立てた。

カタリーナが衝撃のあまり硬直しているあいだに、数秒前に見た光景が現実のものとして目の前で展開しはじめた。頭の中が真っ白になり、全身が麻痺《まひ》したようになって動けない。

ヴィジョンで見たとおり、スキンヘッドの男がバックパックから注射器を出した。それから先端のキャップを外し、連れの男の首に突き刺す。

眼鏡の男が声をあげて膝をついた。男のオーラが急速に薄れていき、彼は混乱した様子で信じられないとばかりにスキンヘッドの男を見あげた。

「なぜだ?」声を絞りだした男の顔に、理解の色が広がった。「愚か者め。わたしが作ったこれの仕組みを少しもわかっていない。わたしだけに反応するように、周波数を合わせてあるんだ。ほかの者には起動させられない。わたしなしでは捜しているものはもう見つけられないぞ」

スキンヘッドの男はただじっと見ていて、そのオーラが怒りに燃えあがったり、不安定な精神状態を表す急激な変化を示したりする様子はまったくない。オーラのエネルギー量は高いが、そこにある感情は満足と期待のようなものだけだ。そうはいっても、カタリーナは正しく読み取れているのかどうか確信が持てなかった。オーラを読むのはオリヴィアのほうがうまい。

正体不明の機器の前にいた男は低い声をもらすと、地面に崩れ落ちた。スキンヘッドの男が傍らにしゃがんで、瀕死《ひんし》の男のポケットを探る。

「なぜだ？」眼鏡の男は注入された毒のためにまわらない舌で、もう一度きいた。

「役割を果たし終えたんだから、おまえは用済みだ」スキンヘッドの男が言う。

「ばかめ。おまえは間抜けだ」眼鏡の男が声を絞りだした。

次の瞬間、弱まっていたオーラが完全に消えた。

カタリーナは恐ろしい光景を頭から締めだそうと、まばたきを繰り返した。ヴィジョンを見る能力はどんどん強まっていたが、これまではそうすれば頭の中の光景を消せていた。でも今回はだめだ。倒れている男の姿は消えず、しかもどう見ても死んでいる。スキンヘッドの男が眼鏡の男の脈を調べはじめた。

カタリーナはオリヴィアを見やった。狭い脇道の反対側の壁に体を寄せて縮こまっている友人のオーラは、ショックとパニックで塗りつぶされている。それを見て、目の前で起こった出来事は現実感にあふれた幻覚にすぎないのだというかすかな望みがついえていく。ふたりはいま、殺人現場を目撃したのだ。

洞窟内に音が響き、カタリーナはスキンヘッドの男に視線を戻した。眼鏡の男を肩に担ぎあげた男は川まで行き、死体を投げ入れてじっと見ている。犯罪の証拠が水に押し流されていくさまを確かめているのだろう。やがて男は満足したのか、殺された男がいじっていた機器の前に行ってキーを叩きはじめた。

ところが急に動きを止めた。すぐそばにある大きな岩の陰に視線を据えた男のオーラは、爆発的に広がっている。

カタリーナの頭に恐ろしいヴィジョンが展開しはじめたが、そんなものがなくても自分とオリヴィアの身に危険が迫っているのはわかった。こみあげるパニックを理性で懸命に抑えこむ。

続く沈黙に不安が募った。洞窟内は地下河川がたてる静かな音しか聞こえない。カタリーナは息を詰めた。オリヴィアもきっとそうしているに違いない。あわてて逃げるときにランタンを置いてきてしまったと、彼女もきっと気づいている。

スキンヘッドの男がランタンをつかんで振り返り、暗い洞窟に目を走らせた。そこからはふたりの姿は見えないが、本気で捜しはじめたら見つかるのは時間の問題だ。男がランタンを捨て、バックパックに手を入れた。出てきた手には、今度は銃が握られている。

男は懐中電灯と銃を持って、広い空間のあちこちにある小さな脇穴をひとつひとつ調べだした。このままじっとしていたら、確実に見つかってしまう。

カタリーナはオリヴィアを見た。親友も同じ結論に達したのがわかる。このまま脇穴の奥へ向かう以外に、ふたりが助かる道はない。

銃を持った男が懐中電灯の光で広い洞窟の闇を切り裂き、脇穴をひとつひとつのぞきながら近づいてくる。

カタリーナは懐中電灯をつけた。光を見られてしまうけれど、男はまだ洞窟の反対側にいる。曲がりくねった川の流れをよけてふたりのいる脇穴のほうまで来るのに、何分かはかかるだろう。すばやく行動すれば、ほんの数秒で男の目の届かない奥のほうに行ける。少しの音でも増幅される洞窟内を無音で進むことはできないが、どの脇穴から響いているのかは男もすぐには突き止められないはずだ。

「止まれ！」男が怒鳴る。「警察だ。危害を加える気はない。わたしは連邦捜査局《FBI》の潜入捜査官だ。ここへはきみたちを保護するために来た。あの男は殺人犯で、きみたちの町は危険にさらされていた。やつを止めるために派遣されてきたんだよ」

外の世界に住む若者ならそんな話を信じるかもしれないが、カタリーナたちを同じようにだませると思っているのならスキンヘッドの男は間違っている。フォグ・レイクの子どもたちは、よそ者は疑ってかかれと言われて育つ。しかもよそ者を殺したよそ者となると、警戒レベルを倍に跳ねあげるのは当然だった。

ふたりは脇穴を奥へと向かいながら、角を曲がった。突然、岩壁がきらめく鏡に変わった。少なくともカタリーナの目にはそう見え、まばたきをしてもヴィジョンは変わらない。オリヴィアの目にはどう見えているのか定かでないが、きつく手をつかんでくる様子から、やはり恐ろしい光景が見えているのだとわかる。

「迷ってしまうぞ！」人殺しの男の叫び声が脇穴まで響いてくる。「戻れなくなったら死ぬ。出てくるんだ。大丈夫だよ。約束する。信用してくれ。わたしは警察官だ」

カタリーナとオリヴィアは狭い脇道を進みつづけ、ふたたび角を曲がったところで足を止めた。目の前にまぶしい光の渦がある。嵐のように強く渦巻いているエネルギーは、ただ目に見えるだけでなく、超常的な感覚にも強烈に訴えかけてくる。

「なんなの、これ？」オリヴィアがささやいた。

「わからない。でも捕まらないためには突っきって逃げるしかないわ」

「自分から出てきたほうがいいぞ。どうせ見つかる」男の声が響いてくる。

さっきより遠くから聞こえるが、追うのをあきらめた様子はない。

カタリーナは目の前の奇妙な光の渦を見つめた。「これって衛星から撮った大型ハリケーンの写真にそっくり。真ん中に目があるし」

「とにかく突っこむしかないわ。いい？」オリヴィアがきく。

「いいわ」

ふたりは手を強く握りあうと、エネルギーの渦に飛びこんだ。

その瞬間、おびただしい幻覚に襲われた。カタリーナは全力で抗《あらが》ったものの、結局耐えきれずに暗闇へと落ちていった。

しばらくして目を開けると、カタリーナはぼんやりとした不思議な光が満ちている空間に横たわっていた。隣でオリヴィアも目を覚まし、体を起こしてぼうっとしたままあたりを見まわしている。

「ここはどこ？」オリヴィアがささやいた。

「わからない」

カタリーナも体を起こし、周囲を見まわした。驚異の念と同時に、恐れがわきあがる。いまいるような場所を見るのは初めてだ。オリヴィアも驚き、不思議に思っているに違いない。

凶暴なエネルギーの渦はまだ入り口のほうにある。空間全体にエネルギーが流れているが、入り口にあるような激しいものではない。幻覚がまだちらついているけれど、制御可能な範囲内だった。完全には抑えこめなくても、のみこまれることはないはずだ。

カタリーナは耳を澄ました。渦の反対側から音は聞こえてこない。男は追うのをあきらめたか、こちらを見失ったのだろう。とにかくいまのところは、自分たちは安全だと考えてよさそうだ。

洞窟の壁が発している光を反射し、床に散らばっているかけらがきらきらと輝いている。オリヴィアが鋭い破片をひとつ拾い、慎重に汚れをぬぐった。

「鏡のかけらみたい」彼女が言う。

岩壁の一部が同じ物質で覆われている。頭上や下から突きだしている細長い突起も目についた。

「鍾乳石《しょうにゅうせき》と石筍《せきじゅん》ね」カタリーナは立ちあがると、鏡面のような床から上向きに突きでているものに近づいた。表面を覆う厚い汚れを落とすと、その下にクリスタルがちらりとのぞく。美しい石は暗く燃える炎のごとく輝いた。

「あの男は追ってくるのをあきらめたんじゃない？」オリヴィアがささやいた。

「そうかも。だけどわたしたちが出てくるのを、あの広い場所で待ってるのかもしれない」

「だったら朝までここにいるしかないわね」

「あいつは朝までずっと待ってたら、ショックを受けるはめになるわ。朝食のときにわたしたちが家に戻っていなかったら、町じゅうの人が捜しはじめるはずだもの。真っ先に来るのはこの洞窟よ」

「長い夜になりそう。でもここにいればきっと平気だわ。それにしても、ここって妙な場所よね。上からたくさん突きだしてるあれって、ずっと放置されてたクリスタルのシャンデリアに見えない？」オリヴィアが言う。

カタリーナは床に散らばっている鏡の破片に触れた。「なんだかダンスホールみたい。ここには昔、超常的な光と音楽があふれていたのかも」

オリヴィアが身震いした。「悪魔のダンスホールね」

ふたりがはめてきた古式ゆかしいローテクの機械式腕時計はあたりに満ちているエネルギーの影響を受けずに時を刻み、永遠とも思えるほど長かった夜がようやく明けた。

「あいつはもう行ったわよ」カタリーナは言った。「町じゅう総出で捜索してるはずだもの。ぐずぐずなんかしてないって。だけど戻るためには来た道を引き返さないと。つまり、あの超小型のハリケーンをもう一度通り抜ける必要があるってこと」

オリヴィアは考えこみながら、エネルギーの渦でできた門を見つめている。新たに獲得しつつある超常的感覚を使ってそれを見ているのだと、カタリーナにはわかった。

「そうね。こっち側からなら、ひどいことにはならない気がする」オリヴィアが慎重に足を踏みだした。あたりに満ちているエネルギーのせいで、髪が浮きあがっている。

「どうして？」

「わからないけど、これは入ってこようとする人を締めだすためのもので、内側に人を閉じこめるためのものではないんじゃないかな」

カタリーナはオリヴィアが伸ばした手を握り、そのままエネルギーの渦に突入した。

そして何事もなく反対側に抜けた。

そのあとは〝悪魔のダンスホール〟へと導いたエネルギーの流れを逆にたどっていった。迷路のような脇道を抜け、殺人現場の広い洞窟に出る。そこでやってきた捜索隊に出会った。

スキンヘッドの男の姿はどこにもない。

ふたりはほっとした。

ただし殺人事件の証拠も一緒に消えていたのは厄介だった。川に投げこまれたので死体はない。男たちが運びこんだ機器は消えている。昨夜、カタリーナとオリヴィア以外の人物がここに来たことを示す証拠はいっさい残っていなかった。


その日の午後、カタリーナは湖のほとりにあるふたりのお気に入りの場所で、オリヴィアと待ちあわせた。ともに岩の上に座り、湖面を漂う灰色の霧を見つめる。〝例の事故〟の前は、湖は常に霧に覆われていたわけではなかったと話すお年寄りもいるが、ふたりとも陽光を反射してきらきらと輝いている湖など見たことがない。

フォグ・レイクは一年じゅう昼夜を問わず灰色の霧に覆われているので、ボートに乗るのには危険がともなう。しかもなぜかここでは運行指示《ナビゲーション》の計器が働かない。それでも町の住民の何人かは手漕《てこ》ぎやエンジンつきのボートを持っているが、彼らも霧がやや薄れる夏にしか釣りに出ない。しかもどんなに雲のない晴れた日でも、岸が見えなくなるほど沖には決して行かないようにしていた。いったん霧に巻かれれば、二度と戻れなくなる可能性が高いからだ。そうなったら命が尽きるまで霧の中を漂いつづけるしかない。

夜になると霧は濃くなる。霧はゆっくりと町を包み、山をおりて幹線道路へと続く曲がりくねった狭い山道を覆いつくす。少しでも常識を持ちあわせている者なら、暗くなってから車に乗ってフォグ・レイクから先を行き来するような真似《まね》はしない。

「あれはあなたがいつも見るヴィジョンじゃなかった」オリヴィアが口を開いた。

「わたしたちはふたりとも、スキンヘッドの男が眼鏡の男を殺すのを見たんだもの。眼鏡の男のオーラがちかちかしたあと完全に消えた光景は一生忘れられない。まるで……蠟燭《ろうそく》の火が吹き消されたみたいだった」

「本当に絶対に忘れられない。でもこうやってうじうじ考えるのはやめないと。証拠がないから、誰も信じてくれない。まだ力が制御できてないって思われるか、洞窟の中のエネルギーに影響されたって言われるのが落ちよ」

「あいつが戻ってきたらどうする？」

「スキンヘッドが？」カタリーナは考えこんだ。「戻るのは、あいつにとってもリスクが大きいはずよ。わたしたちに顔を見られているんだもの」

「だけど殺人の証拠がないってこともわかってるはずだわ」

「それはそうね」カタリーナは認めた。「それでもやっぱり、いらない危険を冒すとは思えない」

「あいつと眼鏡の男は何を捜していたんだろう」

「さあね。ときどきよそ者が来て、昔この洞窟で起きた事故についてあれこれ質問してくるって、お父さんが言ってたけど」

「あいつらは質問しに来たんじゃないわ。キャットも見たでしょう？　何か目的があって洞窟に来たのよ。そして怪しげな機械を動かそうとしてた。何かを捜すために」

「わかってる」カタリーナは膝を抱えて霧を見つめた。「あいつは捜していたものを見つけたからいなくなったのかも」

　オリヴィアの表情が明るくなる。「それならもう戻ってこないわね」

「もし戻ってきたら、親に話さないと。わたしたちにはそれしかできないもの。とにかくそれまでは、ふたりで話を合わせて何もなかったふりをするしかない。力を制御できてないって思われたら、一生この町から出られないわ。お父さんが言ってたけど、外の世界ではわたしたちみたいな人を施設に入れるんだって」

「あなたとわたしはこれからひどい悪夢に悩まされるかもしれないって、ミズ・トレヴェリアンがお母さんに言ってたわ。成長途上の繊細な時期だからって。そしてよく眠れるようにするためのハーブティーをお母さんに渡してた」

「わたしのお母さんももらってたわ」

ナイラ・トレヴェリアンは治療師《ヒーラー》だった。町の住民は脚を折ったり、心臓に違和感があったり、感染症にかかったりしたら山をおりて病院に行くが、夜眠れなかったり、超常的能力に不調を感じたり、うまく制御できなかったりしたら、ナイラのところに行く。ナイラは町の一員だからだ。ヴィジョンやオーラを見たと言っても、そのほかの能力の話をしても、頭がどうかしていると思わずに理解してくれる。

「昨日の夜の出来事で、わたしたちは心的外傷後ストレス障害《PTSD》に悩まされることになるの？」オリヴィアがぽつりときく。

「さあね。わたしたちはフォグ・レイクの住民だもの。普通の人たちとは違うわ」

2

現在　シアトル

「残念ながら、悪い知らせです」カタリーナはこれからクライアントにショックを与えることになるとわかっていたので、少しでも気持ちをなだめようと穏やかな声で話しだした。クライアントはショックを受けるどころか、怒りだすかもしれない。「調査の結果、好ましくない事実がいくつも出てきました。はっきり言いますと、アンガス・ホッパーは彼が見せかけているのとはまったくの別人です」

これはかなり控えめな表現で、ホッパーはとんでもない男だ。カタリーナとオリヴィアによる身元調査で、無力な女性たちから大事な預金を言葉巧みに搾り取る詐欺師だとわかった。しかも女性たちに暴力をふるってきた前歴まであった。

「あなたたちに感謝しなければならないことはわかっているのよ」マーシャ・マトソンが言った。「人生最大とも言える過ちを犯すところから救ってくれたんですもの。

でもやっぱり、違う結果だったらよかったのにと思わずにはいられないわ」

マーシャは四十代に入ったばかりの緊張した雰囲気を漂わせた痩せぎすの女性で、成功した不動産ブローカーとしてシアトル近辺の取引で相当な収入を得ている。けれども私生活は順調とは言えず、二度離婚しており、しかも二度とも夫は若い女のためにマーシャを捨てていた。そんなマーシャにカタリーナは、またしても外れの男をつかんでしまったと伝えなければならなかった。

「当然です。わたしたちも違う結果が出ることを望んでいました。とにかく判明した事実をお伝えしますね。ホッパーが自分の過去についてあなたに話したことは、ほとんどが嘘《うそ》です。軍には一度も所属しておらず、当然、勲章は授与されていません。スタンフォード大学を卒業しているというのも、技術系の会社をおこして財をなしたというのも嘘です。でも薄々気づいていらっしゃったのではないですか？　だから〈ラーク＆ルクレア〉に訪ねてこられたのでは？」

「立てた功績というのがあちこちの戦場にわたっていてずいぶん数が多かったし、おこした会社についての自慢も話が大きすぎてうさんくさかったから」マーシャは椅子から立ちあがり、窓の前に行った。しばらく黙ってたたずみ、雨に濡れた街を見つめる。「わたしはずっと仕事をしてきたわ。くだらない嘘なんかすぐに見破れるくらい自分はしっかりしていると思いたかったけど、今回は危うくだまされるところだった」

「ですが、ご自分の勘を無視なさらなかったじゃないですか」カタリーナは言った。

「心の声を無視してしまう人はとても多いんですよ。自分が信じたいことを信じてしまったり、直感に従うなんてくだらないと思われるんじゃないかと尻ごみしてしまったり」

世の中にそういう人々がどれほど多いかを知って驚いたのが、カタリーナとオリヴィアが探偵事務所を始めたきっかけだった。ふたりは直感を信じるように育てられた。フォグ・レイクの住民は直感をごく普通で自然なものだと受け止めているからだ。直感が曖昧で間違った解釈をしたり、かすかな警告に気づいていながら無視したりすることはあっても、みんながそういったリスクがあると理解している。

外の世界の人々は日常的に直感を無視して生活していることに、カタリーナはそれまで気づいていなかった。特に金銭や心にかかわる問題でその傾向が強い。

カタリーナは六カ月前の〝しくじり〟のすぐあと、オリヴィアと共同で〈ラーク&ルクレア〉を立ちあげた。そのときのスキャンダルで大好きだった仕事を失い、恋人との関係が破綻したため、新しく出発するしか道がなかった。恋人との関係は火傷《やけど》しそうなほど熱いものではなかったとはいえ、それなりにちゃんとつきあってきたつもりだった。

オリヴィアは地元のアートギャラリーでの仕事を続けられたのだが、カタリーナと新しい会社を始めるという考えに喜んで飛びついた。そして蓋を開けてみたら、驚いたことにどちらも探偵稼業に向いていると判明した。

ふたりはクライアントの的を絞る戦略を立てた。結婚を考えている相手が見かけどおりの完璧な男なのかどうか確かめたいとか、投資した資金に対して二十パーセントの配当を保証するコンサルタントの信頼性を知りたいとか、遺言書を作成しようとしているときに都合よく現れた新たな親戚の素性を確認したいと考える、目端のきく賢明な人々のニーズに応えるのだ。

始めた当初は苦労したが、満足したクライアントから口伝《くちづ》てに評判が広まり、事務所はようやく軌道にのってきた。ふたりは超常的能力を道具として使っていることを表に出さないよう、慎重に行動してきた。そうしなければ、手相を見てほしいとか、運勢を占ってほしいとか、宝くじでどの番号があたるか教えてほしいという人々が殺到してしまう。それにそんな能力を持っていると明らかにしたら、頭がどうかした連中の注意を引いてしまうかもしれない。

「二度目の離婚をしたあと、もう絶対に結婚なんかしないと自分に誓ったのよ。でも結局、寂しさに負けてしまった」マーシャは歯を噛《か》みしめた。

「わかります」カタリーナは言い、来るとわかっている質問を待った。クライアントは必ずその質問を投げかけてくる。

マーシャがため息をつく。「どうやってわかったの？」

「ホッパーの真実の姿をどうやって探りだしたのかということですか？」

「ええ。自分でも調べてみたから。パソコンで。だけど彼が見つけてほしいと思っている情報しか見つけられなかった」

「それはしかたがありません。ホッパーは知られたくない情報の痕跡をうまく消していましたから。ですが〈ラーク＆ルクレア〉ではとても性能の高い検索プログラムを使っているんです」

広い意味では、それは本当のことだった。カタリーナとオリヴィアこそがその検索プログラムで、まずアンガス・ホッパーをじっくり見つめるというのが調査の第一ステップだったと説明する必要はない。オーラが見えるふたりには、それが理にかなった通常の手順なのだとしても。ふたりはマーシャとホッパーが夕食をとる予定のレストランの外に車を止め、ホッパーが横を通るのを待った。

「恐ろしいほどぞっとするやつよ」オーラを読んだオリヴィアが断言した。

カタリーナもマーシャを見つめるホッパーに注意を集中し、ヴィジョンの断片を拾った。

「危険な男ね。これまで何人もの女性に怪我《けが》をさせているし、またやるわ」

それだけ判明すれば、あとは地道に証拠を集めるだけだった。ホッパーはインターネット上から自分の過去の痕跡を消していたが、長いあいだに自分と関係のあった人々の記憶を操作することまではできず、特に女性たちの彼に対する評価はひどいものだった。〝突然、かっとなるの。別れたときは殺されるかと思った。何週間もつけまわされたのよ。あの男がやっと引っ越していったときは、本当にほっとしたわ〟

カタリーナはデスクの上で両手を組んだ。「ホッパーは悪知恵がまわるので、これまで逮捕されたことはありません。おそらく彼に襲われた女性たちは怖くて訴えられなかったんでしょう。でもいずれは行動をエスカレートさせるか、何か失敗をしでかすはずです。いつ爆発してもおかしくない危険な時限爆弾なんですよ」

マーシャは懸命に気持ちを立て直している様子で、背筋を伸ばして振り返った。つらそうな表情を目に浮かべているが、それでも毅然《きぜん》としている。

「今日はホッパーと夕食の約束をしていたんだけど、仕事で行けなくなったと伝えるわ。変だとは思われないはずよ。不動産業界にいる人たちが不規則な時間に仕事をしていることは、みんなが知っているから」

マーシャの暗い表情に、カタリーナはなぜか背筋が寒くなった。

「気をつけてください。ホッパーには近づかないほうがいいと思います。先ほども言いましたが、彼は危険ですから。わたしたちが話を聞いた人たちは、ホッパーは怒りを制御できないと言っていました」

マーシャは出口に向かおうとして立ち止まった。「彼はわたしを襲おうとするかしら？」

カタリーナは返事をする前に、さまざまな可能性を検討した。「ホッパーは自分の幸せが最優先の男だという印象をパートナーもわたしも受けました。逮捕されないように立ちまわる知恵も持っているので、人目につくことを嫌って大っぴらには襲撃してこないと思います。ですがホッパーには不安定な部分があるので、刺激しないように慎重に関係を終わらせることをお勧めします。休暇を取ってください。過去の行動を見る限り、獲物をうまく釣りあげられなかったと悟ればそこで見切りをつけ、次の獲物を探しに行くはずです」

マーシャがうなだれる。「彼の嘘を信じる別の愚かな人のところにということね」

カタリーナは立ちあがった。「ひとつだけ言わせてください。あなたはアンガス・ホッパーの嘘をうのみにはしなかった。心の声に耳を傾け、あの男を調べさせるためにわが社にかなりの大金を支払ったんです。あなたの感じた疑いが正しいと証明したのはわたしたちですが、それができたのは一見完璧なあの男の怪しさに気づく知性と常識があなたにあったからです。調査の結果を受け入れてくださることを願っています」

マーシャが驚いた表情を見せた。「もちろん受け入れるわ。そこまで愚か者じゃないもの」

「ええ。ですがクライアントの中には調査結果をどうしても受け入れようとなさらない方もいらっしゃいますので」

マーシャが暗い表情でうなずいた。「別の結果が出ることを望んでいたからね」

「常に確実な証拠を添えるようにしていますが、それでも驚くほど多くの方々がわたしたちの助言を無視するんですよ」

マーシャがその日初めてかすかな笑みを浮かべる。「だから依頼料という形で、前もってお金を徴収するのかしら」

カタリーナも笑みを返した。「ええ。そうすべきだという教訓を最初のころに得たので」

マーシャはしばらく無言で考えこんでいたが、やがてこわばらせていた体から力を抜いた。

「ありがとう。気をつけるわ。本当はあの男が刑務所に入れられるところを見たいけど」

「わたしたちが持っている証拠は裁判で使えるようなものではありません。それに彼について話してくれた人たちも、法廷で証言はしたがらないでしょう。ホッパーはいつかは一線を越えて逮捕されます。ですがそのときまでは、危険であってもどうしようもないんです」

「信じられないほど口がうまいしね。もう一度お礼を言うわ、カタリーナ。また現実にいるとは思えないほど完璧な男に会ったら、ここへ来るわね」

カタリーナは立ちあがり、先まわりしてドアを開けた。

「それまで、わたしの言ったことを忘れないでくださいね。ご自身の直感のおかげで助かったんです。だまされているんじゃないかと敏感に感じ取ったご自分を褒めてあげるべきですよ」

「ええ、そうね。でもそれでひとり寝の寂しさがまぎれるわけじゃないから」苦々しく笑ったマーシャの目は涙で光っている。

「お気の毒です」カタリーナはそう言うしかなかった。

クライアントにカウンセラーやセラピストのところへ行くよう勧めることもある。だがマーシャの場合、それは逆効果だとわかっていた。

マーシャがカタリーナのオフィスを出て受付の前を通り過ぎると、こぎれいなデスクに座っていたダニエル・ネイラーが急いで立ちあがって、マーシャのためにドアを開けた。マーシャが無言で出ていき、廊下へと姿を消す。

ダニエルはドアを閉めると、カタリーナを見た。

「ミズ・マトソンは落ちこんでたんですか？　それともひどく頭にきてたんですか？」

二十代前半のダニエルは、カタリーナやオリヴィアにはないコンピュータのスキルを持っている。フォグ・レイクで育ったふたりがコンピュータに明るくないのは当然だ。あの町では旧式以外の電話機やノートパソコンをはじめ、最先端のハイテク情報機器がうまく動かない。そもそも少しでも動くとしての話だが。もちろん大学時代にひととおり使えるくらいにはなったし、業務の必要上さまざまなプログラムを徐々に使いこなせるようにはなっていた。だがオンラインゲームを楽しみ、ＳＮＳを日常的に使用するハイテク機器とともに育った人々と同じレベルにインターネットを使いこなすのは、しょせん無理な話だ。

ダニエルにはコンピュータのスキル以外にも、クライアントのこわばった気持ちをほぐす才能があった。それにセンスに恵まれている。太平洋岸北西部の特徴であるカジュアルなストリートファッションを気負わずに着こなす。

「その両方よ」カタリーナは言った。

オリヴィアが自分のオフィスから出てきた。芸術家風のボヘミアンな雰囲気をまとった印象的な女性に成長した彼女は、今日は歩くたびに揺れる錆色《さびいろ》のワイドパンツに光沢のある黄褐色のシルクの長袖のブラウスを合わせていた。しゃれたウェッジスタイルにカットした鳶色《とびいろ》の髪が、ハシバミ色の目と繊細な顔の造作を縁取っている。

オリヴィアやダニエルと並ぶと、カタリーナは自分を野暮ったく感じずにはいられなかった。似合うスタイルを必死に探しているのだが、オリヴィアにつきあってもらって何度ショッピングへ行っても、いまのところしっくりくるものは見つかっていない。それでいつもベーシックな黒ずくめの服装になり、今日も黒のパンツにローヒールの黒のブーツ、クルーネックの黒のトップスという格好だ。茶色の髪は後頭部できっちりまとめている。

オリヴィアが腕組みをして戸枠にもたれた。「マーシャ・マトソンは間違いなく腹を立てていたわね」

「怒って当然だ」ダニエルが言う。

「本当に。でも彼女がホッパーと対決しようとするんじゃないかと心配なのよ。あの男は追いつめたら危険だということをなんとかわかってもらおうとしたんだけど、あんまり聞いてくれてる様子がなかったの」

「まあ、忠告はしたんですから」ダニエルが慰める。

「そうよ」オリヴィアが言った。「わたしたちにそれ以上のことはできないもの。ホッパーの扱い方に関しての助言にマーシャが従わなくても、あなたの責任じゃないわ」

「もちろんそうなんだけど、やっぱり落ち着かないわ」

オリヴィアがため息をついた。「しょうがないわね。とにかく、無謀な行動に出る前にマーシャが頭を冷やすことを祈るわ。ホッパーが危険だという意見にはわたしも賛成だから」

「あとで彼女に電話をかけて、様子をうかがってみるわ」

ダニエルが腕時計を見た。「もう五時過ぎだ。特にすることがなければ帰ります」

「今日はもういいわ。じゃあ、また明日」カタリーナは言った。

ダニエルが出ていくと、オリヴィアはカタリーナに向き直った。

「さて、わたしはこれから大事なデートなの。エマーソンが彼の家で夕食をごちそうしてくれることになってるのよ。ワインを買っていかないとね。うまくいくように祈っていて」

「もちろんよ。あなたには幸せになってもらいたいもの。だけど本当に彼に言うつもり？　エマーソンはいい人だと思う。一緒にいて、ふたりとも楽しそうだわ。それなのにどうして爆弾を落として、すべてを壊してしまう危険を冒すの？」

「もう待てないのよ、キャット。エマーソンとの関係はどんどん真剣なものになってきてる。黙っているのはフェアじゃないわ。それに正直に言うと、この関係に未来があるのかどうか確かめないことには耐えられないの」

「彼を運命の人だと感じているのね」

「たぶん。そうだといいと思ってる。エマーソンがわたしに惹《ひ》かれているのはわかってるの。彼はやさしいし、思いやりもある。アートが好きだし、飼っている犬といい関係を築いているわ。飼い犬との関係を見ると、人となりがよくわかるのよ。それにエマーソンのオーラは安定してる。健全なの」

「オーラを見てその人を知ろうとしても限界があることはわかってるでしょう？　たしかにエマーソン・フェリスは社会病質者《ソシオパス》じゃないし、精神的に不安定でもない。でもだからといって、彼が本当のあなたを受け入れるかどうかはわからないのよ」

オリヴィアはきっぱりとした表情で、肩をそびやかした。「もしエマーソンがわたしの能力を受け入れられないのなら、いまわかるほうがいいわ。それを知るまでは、どこにも向かえないもの。先があると確かめないと、これ以上関係を続けられない」

「言っていることはよくわかるわ。だけどエマーソンがあなたを受け入れないんじゃないかと思うと心配でしかたがないの。精神科医にかかったほうがいいとマクタヴァースに言われたとき、あなたは打ちのめされた。あんなふうに傷つくところをまた見たくないのよ」

オリヴィアが眉をあげる。「ベン・サクスターにとんでもない研究の対象として望まれていると知って、あなたが傷ついたみたいに？」

カタリーナはオリヴィアにてのひらを向けて両手をあげた。「サクスターとかかわったのが失敗だったことは認めるわ。だけど、あれで学んだの。男性はわたしの超常的能力に興味を示しつつ、心の中ではこの女の頭はどうかしていると考えている場合もあるということを」

「能力を受け入れてくれても、その男性とうまくいくとは限らないわ。ロジャー・ゴサードはビジネスの妨げになる恐れがあると心配しだすまでは、とことんあなたを利用したじゃない。そして自分の看板に傷がつくと判断したとたん、走ってくるバスの前にあなたを突き飛ばすも同然の扱いをしたのよ」

「たしかに彼との関係はひどい結末を迎えたわ。だけどあの状況ではやむをえない部分もあったと思う。あのときもまた学んだし」

オリヴィアが表情をやわらげた。「あなたはサクスターやゴサードとの過去を乗り越えたんだもの。また新しい男性と出会えるわ。わたしのことは少しは信用して。もしエマーソンに精神科の病院に行ったほうがいいと言われたら、傷つくとは思う。でもきっと立ち直る。あなたが立ち直ったみたいに」

「いいわ。じゃあ、もう何も言わない」カタリーナは親友に近づいて抱きしめた。「今夜がうまくいくといいわね」

オリヴィアが抱き返してきた。「ありがとう。心配しないで。うまくいかなかったら、真っ先に電話をかける。あなたのアパートメントに行って、ワインを飲みながら慰めてもらうわ。だけど今夜電話をかけなかったら、エマーソンとうまくいって彼の部屋で夜を過ごしているんだと思って」

「わかったわ」カタリーナは体を離した。「でも約束して。気をつけるって」

「気をつける？　エマーソンがわたしに危害を加える恐れがあると言ってるの？」オリヴィアの視線が険しくなる。

「違うわ、そんなつもりはないの。ただいつも自分を大切にしてほしいということよ」

「無理よ」オリヴィアはやさしく言った。「あなたが言っているような意味では無理。でも、わたしは強くなれる。大切なのはそこよ」

カタリーナはほほえんだ。「そうね、大切なのはそこね」

3

マーシャ・マトソンと連絡を取らなければならないという焦燥が募り、カタリーナはどうしても無視できなくなった。

マーシャの家の前のカーブした私道に小型車を止め、しばらく座ったまま、あたりの様子を探った。強烈に伝わってくる感覚はないが、何かがおかしいという印象は消えない。家の奥に一箇所だけついている明かりが、いやな予感をかきたてるのだろうか。もしかしたら思い過ごしかもしれない。犯罪現場の仕事をしすぎたのだ。そういう経験は知らず知らずのうちに、人に影響を及ぼす。

カタリーナはエンジンをかけたまま車をおり、そこで立ち止まって不穏な感覚の源を見きわめようとした。やはり何もつかめないが、この感覚を生んでいるのがなんであれ、よくないものであることはたしかだ。

クライアントが無事かどうかを確かめる方法はひとつしかない。

カタリーナは運転席側のドアを開けたまま、立派な玄関に向かった。もう夜の八時近いが、四月なので空にはかすかに明るさが残っていた。あっという間に暗くなる太平洋岸北西部の冬は過ぎ、たっぷり太陽が照る夏がすぐそこまで来ている。

マーシャ・マトソンはワシントン湖の岸沿いに点在している小さなコミュニティの高級住宅街に住んでいて、二階建ての邸宅は彼女の不動産業界での成功を象徴するがごとく、広い敷地にたたずんでいた。

こういった家には、必ず厳重な防犯設備があるはずだ。

ガレージの上にある照明の光で、三台分ある駐車スペースのそれぞれについているドアがすべて閉まっているのが見える。私道にほかに車は見あたらないから、マーシャが帰宅したならひとりでいるということだ。それはいい兆候のはずなのに、ひと晩じゅうカタリーナをとらえて放さない不安はいっこうになくならない。マーシャには三時間ほど前から何度も連絡を取ろうとしているのだが、いつも留守番電話に切り替わってしまう。

マーシャが電話を取らない理由なら、いくらでも考えられる。成功したビジネスウーマンである彼女は仕事で忙しく電話中だったとか、事務所を出ていくときに彼女の目に見えた怒りが深刻な落ちこみに変化したとか。

カタリーナは玄関のドアの前に行き、視線を上に向けた。予想どおり、目立たないように軒下に小さな監視カメラが設置されている。

こうして来たのがいいことなのかどうか確信が持てないまま、カタリーナはためらいがちに玄関のベルに手を伸ばした。

彼女が指先でそこを押した瞬間、ヴィジョンが浮かびあがってきた。目もくらむ激しい怒りを感じ取るとともに、ヴィジョンが焦点を結ぶ。男が玄関前の階段をあがっている。激しい怒りを放出しているのはこの男だ。

カタリーナは息をのみ、思わず手を引っこめた。邸宅のほとんどが闇に包まれているという事実が急に不吉な色合いを帯び、無視できない強さで迫ってくる。

警察に電話をかけるべきだと理性がささやいた。ただし、警察が応じてくれるかどうかはわからない。ロジャー・ゴサードのために最後にした仕事で、すっかり信用ならない女だと思われてしまっている。

どうするのが適切なのかわからず、カタリーナはためらった。マーシャがまだ生きているなら、自分が何もせずに引き返せばまずい事態になると直感が告げている。邸宅内に侵入者がいる場合は、警察が来る前にマーシャを黙らせようと、より暴力的な行動に出る可能性がある。

カタリーナはバッグを開け、いつも持ち歩いているフォークを取りだした。

そのときドアがわずかに内側に開いて、マーシャが顔をのぞかせた。

「カタリーナ」マーシャの声はパニックで震えている。

玄関の内部の明かりはついていないが、外の照明が彼女のこわばった顔を照らしだした。カタリーナを見つめるその顔には絶望と恐れが浮かんでいて、ひとりでないのは明らかだ。アンガス・ホッパーが中にいる。そうでなければ、マーシャの目がこれほどの恐怖を伝えてくるはずがない。

喉を切り裂かれて血を流しながら横たわっているマーシャのヴィジョンが見え、カタリーナは夢の一場面のようなその光景を頭から押しやった。マーシャは死んでいない。いまはまだ。

「大丈夫ですか、マーシャ?」

「どうしてここに?」マーシャがか細い声できく。

「電話に出なかったので、心配になって」カタリーナは手の中のフォークをきつく握りしめた。

「帰って。今夜は誰とも会いたくないの」

そう言いながらも、マーシャの目は反対のことを訴えている。マーシャの視線がちらりと右にそれたので、カタリーナはホッパーがすぐ横にいるのがわかった。おそらく彼は武器を持っているに違いない。

「わかりました。本当にひとりになりたいんですね？」

「ええ」

カタリーナは少しだけ開いているドアに全力で体あたりした。マーシャがよろよろと後ろにさがり、陰にいた男にドアがぶつかる鈍い音が響く。不意を突かれた男は壁に激突した。うめき声とともに、タイルの床に何かが落ちる音がする。

マーシャが悲鳴をあげ、玄関から走りでてきた。

「行って！　車へ」カタリーナは叫んだ。

マーシャが躊躇《ちゅうちょ》なく階段から飛びおり、そのまま駆けていく。カタリーナもすぐに向きを変えて続こうとしたが、大きな手に腕をつかまれ、家の中に引きずりこまれた。それには抗わず、引っ張られた勢いを利用して、男の目があるあたりにフォークを突き立てる。

驚いたホッパーがフォークをよけようとのけぞった。カタリーナの腕をつかむ手の力は少し緩んだものの、ホッパーの手は振りほどけなかった。

「このあま！」ホッパーが怒鳴る。

カタリーナは狙いを定めている余裕はなく、とにかく必死に何度もフォークを突き立てた。

フォークの先に抵抗を感じて肉に刺さったのがわかったが、手を止めずにさらに深く突き刺しつづける。ホッパーが痛みと怒りに吠《ほ》えるような声をあげ、いきなり手を離した。カタリーナがすかさず外に飛びだして走っていくと、マーシャが助手席側のドアを開けたところだった。

「早く乗って！　急いで！」カタリーナは大声をあげた。

マーシャが車に飛びこんでドアを閉める。カタリーナも急いで運転席に乗りこむと、フォークを落としてドアを閉め、ロックボタンを押した。

ホッパーはナイフを拾うのに数秒を費やしたが、そのあとの動きはすばやく、カタリーナが車をロックした直後に助手席側に現れた。フォークを突き立てられた顔の横から血を流しながらドアハンドルに手をかけたが、開かないとわかるとナイフの柄で窓を叩きはじめた。すぐにガラスにひびが入る音が響く。

カタリーナがアクセルを踏みこむと、小型車は勢いよく飛びだした。頭にさらに血をのぼらせて車にしがみつくホッパーを、二、三メートル進んだところで振り落とす。

彼女はくねくねと延びている通りに向かって車を走らせた。ハンドルを握っている両手はアドレナリンの噴出で震えていたが、なんとか携帯電話を出して九一一にかけ、警察が到着するまで安全な場所で待つと約束する。

カタリーナがオペレーターと緊迫した短い会話を交わしているあいだ、マーシャはまっすぐ前を見つめて座っていた。通話が終わると、マーシャはようやく体の力を抜いて話しだした。

「あなたがホッパーについて言ったことは正しかったわ。助言に従うべきだった。でもどうしても腹の虫がおさまらなくて、あいつに電話をかけて言ってしまったの。全部知っている、訴えてやるって」

「彼はなんて言ったんです？」

「何も。黙って電話を切ったわ。それからすぐにバラを一ダースとシャンパンのボトルを持って、家に来たのよ。機嫌を取れば、また嘘を信じこませられると思っているみたいに。だけど中に入るとすぐにナイフを出したわ」

「大丈夫ですか？」

「いいえ。でもしばらくしたら大丈夫になるわ。あなたのおかげで」マーシャが運転席と助手席のあいだにあるコンソールを見おろした。「それにしても、どうしてフォークなの？　あれはフォークだったわよね？」

「ナイフや銃をバッグに入れていると怪しまれますから」

「フォークなら怪しまれないということ？」

「ええ、まったく」

「以前もそれを使わなければならない事態に陥ったことがあるの？」

「一度だけ」

「それで？」

カタリーナは細い道に視線を据えた。「わたしはいまこうしてここにいます」

「わたしもフォークを持ち歩くことにしようかしら。いいえ、やっぱり銃がいいわ」

4

「カタリーナ・ラークには簡単には協力してもらえないかもしれない。フォグ・レイクの出身だからというだけじゃなく、別の理由もあってね」ヴィクター・アーガンブライトが言った。

スレーター・アーガンブライトはペントハウスの窓から、ラスヴェガス・ストリップに並ぶ熱気と欲望が渦巻くカジノの明かりを見おろした。ラスヴェガスでも有数の高さを誇るビルの最上階にある、おじのオフィスからの眺めはすばらしい。すでに夜中の二時半だが、ラスヴェガスの夜はまだまだたけなわだ。だがいま彼が心を惹かれているのは、いつもと同じく、きらびやかな街の向こうに広がる暗い砂漠だった。

暗号化された電話でヴィクターが連絡してきたとき、スレーターはまだ起きていた。最近はこれくらいの時刻でも起きていることが珍しくない。この前の事件以来、よく眠れなかった。それでも少しはましになり、悪夢を見る回数は減ってきているが、毎日午前二時ごろになると急にエネルギーがほとばしって飛び起きるのは変わらない。そのあとはまた眠れるときもあれば、夜が明けるまで眠れないときもある。しかし、それでも改善は改善だ。おじたちはもう、スレーターを屋根裏部屋に押しこめないですんでいる。ほんのわずかな進歩ではあるが。

スレーターは振り返っておじを見た。

「カタリーナ・ラークについて教えてほしい」

ヴィクターが顔をしかめる。「少々こみ入ってるんだ」

五十代半ばに差しかかったばかりのヴィクターは、屋内プールで泳ぐのを日課にし、たまに魚を食べるだけでほぼベジタリアンと言える食生活を続け、夕食の際には赤ワインを飲んで引きしまった体形を保っている。力強くはっきりした目鼻立ちで、強い光を放っている琥珀色《こはくいろ》の目はアーガンブライト家の男たちが代々受け継いでいるものだ。

ヴィクターは険しい表情を浮かべていた。最近はそんなことが多い。乗っ取りと呼ぶ職員もいる状況で五年前に〈財団〉の指揮を引き受けて以来、おじは秘密主義の組織を円滑に機能する現代的な組織に生まれ変わらせるために、精力的に行動してきた。そして一定の成功をおさめているのだが、二、三カ月前から〈財団〉だけでなく国家そのものが重大な危険にさらされていると確信していた。

だがその危機意識をヴィクターと共有する者は、彼の夫であるルーカス以外にいなかった。それどころか〈財団〉の職員のあいだには、ヴィクターの精神状態を疑う噂《うわさ》が広まりはじめている。ありもしない陰謀が存在するという妄想に取り憑《つ》かれているのだと考える者もいた。〈ヴォルテックス〉が実在したと信じこんでいるのだと。

ささやかれている噂に気づいてから、ヴィクターは自分の懸念を表立っては話さなくなった。だがスレーターやルーカスをはじめとする一族の者たちには、ヴィクターが伝説を信じるのをやめたわけではないとわかっていた。ヴィクターは思いこんだらとことんそれを貫く性格だ。いまもその琥珀色の目は、残り時間がなくなりつつあることを恐れながら、自らの使命に対する決意をたたえている。

ヴィクターが口にしなくなった懸念は、板張りのオフィスの壁を覆っている無数の絵に如実に表れていた。絵は幾重にも重ねられて、あらゆる場所にかけられている。かけきれずに床に積まれているものもあった。巨匠の手による高価な絵も何枚かあるが、大半は現代作家が描いたものだ。ヴィクターが描いたスケッチもたくさんある。

そしてすべての絵には同じものが描かれていた。デルフィの巫女《みこ》が。

ほとんどの絵で、巫女は古典的なポーズを取っていた。フードのついたローブをまとい、洞窟の奥にある地面の裂け目をまたいで置かれた三本脚のスツールに座って、岩のあいだからあがってくる謎めいた霧のようなものを吸っている。

巫女はその霧の効果で恍惚《こうこつ》となり、ヴィジョンを見るのだ。そして異界からもたらされる情報に多額の金を払う者に預言を伝えるが、多くの場合、その言葉は当事者にしか解読できない謎めいたものだった。

巫女による預言は古代ギリシアの都市国家デルフィにおいて多大な利益をあげる事業だったが、ヴィクターがそんな理由で古代の伝説に魅入られているとはスレーターには思えなかった。ヴィクターはすでに莫大《ばくだい》な富を所有している。〈財団〉の運営を引き受ける前に、自らが所有するヘッジファンドで大金を稼いだのだ。

ヴィクターの最初の改革は、組織の本部をロサンゼルスからラスヴェガスに移すことだった。それを実行した理由を彼は隠そうとしなかった。夜を徹して幻想を紡ぐ場所であるラスヴェガスには、プレスリーの物真似芸人、マジシャン、年齢不詳のエンターテイナー、ギャンブルに取り憑かれた者など、あらゆる種類のいかがわしさに満ちた人々があふれている。そんな場所では、たとえ超常現象を研究する組織であろうと、目立たずに隠れていられるからだ。

「どうしてカタリーナ・ラークに簡単には協力してもらえないんだ？」

ヴィクターは憂鬱そうにため息をついた。「おまえが事件のあと休養しているあいだに、シアトルで不幸な出来事があったんだ」

「屋根裏部屋に監禁されていたときか？」

ヴィクターはスレーターをにらんだが、それに関しては言及せずに先を続けた。

「ジョージ・イングラムという男が亡くなったんだ。遺体は自宅のコレクションを置いてある部屋の保管庫で見つかった。自然死と結論づけられたが、イングラムはその……コレクターだったから、わたしは現場を見ておこうという気になった」

ヴィクターの意味ありげな口ぶりから、コレクターというのが一般的な芸術愛好家ではなく、超常的なエネルギーを宿すさまざまなものを集めている人を指しているのは明らかだ。

「イングラムが彼の蒐集《しゅうしゅう》したものをほしがった人物によって殺されたのかどうか、確かめたかったのか」スレーターは質問するのではなく断定した。

「わたしはミズ・ラークの能力も、彼女がフォグ・レイク出身だということも知っていた。それで手伝ってくれるよう頼んだんだ」ヴィクターがうなるような声で続けた。「言っておくが、報酬ははずんだ。けちったということはまったくない」

言い訳がましい口調からして、きっとよくない結果に終わったのだ。

「ミズ・ラークに何を頼んで、どううまくいかなかったんだ?」スレーターは尋ねた。

ヴィクターはコンピュータのような頭脳を持っていて、細かいデータの分析をすっ飛ばして論理的な結論にたどり着ける。だが、いつもうまくいくとは限らない。ひとつひとつ手順を踏むべき場合もあるのに、そんなときも面倒な細部を無視してしまう。彼が間違っていることを示している細部を。

「別に難しい仕事ではなかった。イングラムが殺害された現場をじっくり見て、分析してほしいと頼んだだけだ」ヴィクターが口早に言う。

〝じっくり見る〟というのはヴィクターが好んで使う表現だ。

「どんな能力を持っている?」

「彼女は……いろいろ感じ取るんだ」

「フォグ・レイクの住民の多くがそういった能力を持っている。もっと詳しく教えてほしい」

ヴィクターは数あるデルフィの巫女の絵のひとつに目を向け、じっと考えこんでいる。そこにどうしても知らなければならない秘密が隠されていて、その秘密を知ることに人々の命がかかっているとばかりに。

「ミズ・ラークはヴィジョンを見る」しばらくして、ヴィクターが静かな声で言った。

「幻覚か？」

「いや、彼女が見るのは現実だ。幻覚とヴィジョンは違う。おまえも知っているだろう？」

「ぼくの経験では、そのふたつを区別するのは簡単とは限らない」

超常的能力を持つ者の世界では、幻覚を制御できるかどうかが正気か否かの分かれ目とされている。それができるかできないかで、普通の人々にまじって生きられるかどうかが決まるのだ。

「ミズ・ラークのヴィジョンは彼女の強い直感が発現したものだ。彼女は人のオーラを読み、その人物が次に取る可能性の高い行動を感じ取る」

スレーターは一番近い巫女の絵に視線を向け、首を振った。「まさか未来を見ることができると言いだすんじゃないだろうな。そんな戯言《たわごと》は〈フリークス〉の連中しか信じない」

フォグ・レイクで爆発事故があった夜に放出されたガスを吸った人々の中には、新たに得た感覚に順応できない者もいた。彼らは超常的能力を制御できないどころか、理性や常識を働かせることすらできなくなり、ほとんどがカルト教団に加わったり陰謀説に取り憑かれたりした。精神病院の閉鎖病棟に閉じこめられている者もいる。

〈フリークス〉は二年ほど前にインターネット上に出現したグループで、すぐに〈財団〉の要警戒リストにあがってきた。秘密主義のこのグループに、フォグ・レイクとつながりのある者が数人加わっているとわかったからだ。

とはいえ最近まで、ヴィクターは特に彼らを気にかけていたわけではなかった。陰謀説を信じているだけの、よくいるたいして害のない集団だと見なしていた。

ところが〈フリークス〉は、ヴィクターの果てしなく長い優先事項リストの順位を急激にあげた。ちょっとした変わり者の集まりと思われていたこの集団に、ある人物が手を伸ばしていることを示す出来事があったからだ。

ヴィクターは首を振った。「カタリーナ・ラークはそういった頭がどうかした連中とは違う。能力を完全に制御して使いこなしている。彼女が貴重なのは人の行動を予測できるだけでなく、犯行現場に残された犯人や被害者の痕跡を読み取れるからだ」

スレーターはおじの言葉を理解し、好奇心がわきあがるのを感じた。「犯行現場に残っているエネルギーを分析できるということか？」

「遺物に吹きこまれたエネルギーをおまえが拾えるのと同じようにね。先に言っておくが、これは〈フリークス〉の件とは関係がないとわたしは確信している。シアトルで起こっているのはまったく別のことだ」

「別のこと？」

「三日前、またコレクターが死んだ。名前はジェレミー・ロイストン。彼の遺体も保管庫で発見され、自然死と判定された。心臓発作だそうだ」

「コレクションからなくなっているものは？」

ヴィクターが鼻を鳴らす。「いまごろはもう、何も残ってないだろう。襲撃者たちはいつも、われわれ〈財団〉より先に現場に到着するからな」

「だがロイストンは、彼が手に入れたなんらかの遺物のために殺されたと思ってるんだな」

「その可能性はある。だからおまえが現地に行って調査し、その説が正しいことを確かめてほしい」

「なぜだ？」

ヴィクターはしばらく沈黙したあと、ふたたびため息をついた。

「個人か集団かはわからないが、何者かがかつて存在した〈ヴォルテックス〉の研究所を見つけようとしているという気がしてならないんだ」

「そんなのは何十年も前からの話だ。現実に存在したことを示す記録すらない」

「たしかに失われた研究所のどれひとつとして、実際にあったという公的な記録はない。だが間違いなく存在していたことをわれわれは知っている」

事件に〈ヴォルテックス〉がかかわっているという視点から調査を進めても、時間の無駄に終わる可能性は高い。だが〈財団〉の博物館にある自分のオフィスに戻ることを考えたら、どんな仕事でもましだとスレーターは考えた。記録保管所や博物館や研究所で働く人々の噂や憶測の的になっているのはヴィクターだけではない。

「だったら仰せのとおり、シアトルに行って現場を見てこよう。ミズ・ラークに協力も要請する。報酬はきちんと払ったのに、彼女が〈財団〉とかかわりたがらないかもしれないと思うのはなぜだ？」

「理由はない。あのとき起こったことは、わたしのせいではなかったんだから」

スレーターはいやな予感がした。

「ちゃんと説明してくれ」

「運悪く、メディアの注目を集めてしまったんだ。わたしが街を出たあとの話だが」

「具体的に言ってほしい」

ヴィクターが咳払《せきばら》いをする。「イングラムの殺害現場に超常的能力者が呼ばれたことを、リポーターが嗅ぎつけたんだ。そのあとソーシャルメディアでひどい騒ぎになった。長くは続かなかったが一時は非難の嵐で、マスコミはミズ・ラークを詐欺師と決めつけた」

「それから？」

ヴィクターはため息をついた。「最先端技術による犯行現場の分析で定評のあるシアトルのコンサルティング会社のオーナーが、それを助長する発言をした。ミズ・ラークは詐欺師でないとしたら頭がどうかしているから、病院に行ったほうがいいと言ったんだ。その結果、ミズ・ラークはキャリアカウンセラーとしての職を失い、友人のオリヴィア・ルクレアと一緒に探偵事務所を立ちあげる決断をした」

「なるほど」

ヴィクターの表情が明るくなった。「ふたりの事務所はなんとかやっていけているんじゃないか。いや、結構繁盛してるのかもしれない。だがそれでも立ちあげたばかりの会社というのは金が入り用なものだ。〈財団〉から依頼を受けたら喜ぶかもしれない」

「あるいは喜ばないかもしれない」スレーターはヴィクターを見つめた。「イングラムの事件でミズ・ラークが受けた被害がもっとある気がするのはなぜだろうな」

ヴィクターはデスクに指先を落ち着きなく打ちつけた。「仕事だけでなく、私生活にも影響があったらしい」

「どんな影響だ?」

ヴィクターはまたしてもため息をついた。「彼女は当時、ロジャー・ゴサードと個人的な関係を結んでいたようだ」

「ゴサードというのは誰だ?」

「さっき話した犯行現場を分析するコンサルティング会社のオーナーだ」

「カタリーナ・ラークは詐欺師でないとしたら頭がどうかしているから、病院に行ったほうがいいと言った人物か?」

「そのとおり」ヴィクターが決然とした表情で、座ったまま身を乗りだす。「はっきりさせておくが、ミズ・ラークとゴサードがもめたのはわたしが街を出てからのことで、わたしの責任ではない。男女の関係は常に破綻する可能性を秘めているものだ」

「そうだな」

ヴィクターはスレーターに用心深い視線を向けた。ふたりともロアンナ・パウエルの名前は口にしなかったが、その必要はなかった。男女の関係は破綻するものだ。特に一方の超常的感覚が不安定になり、一カ月ものあいだ隔離されたりすると。

「すぐに出発する」スレーターは言った。「ミズ・ラークに連絡を取って力を貸してくれるように頼んでみよう。だがひどい目に遭っている彼女をあなたが見殺しにしたと言っても過言ではないことを考えると、仕事を依頼しても歓迎されるとは思えない。いくら報酬がよくても」

「たしかに断られるかもしれない。だが頼んでみる価値はある。ミズ・ラークは腕きだ。あれほどはっきり犯行現場を読める人物に会ったことはない。そしてこの件では手に入る助けはすべて必要だ。今回はいつもと違って、〈ヴォルテックス〉の研究所に関する噂を追いかけるだけじゃない。コレクターがふたり死んでいて、その死には〈ヴォルテックス〉を追っている者がかかわっているとわたしは確信している。迅速に行動する必要があるんだ」

「どうしてぼくなんだ？」スレーターはきいた。「別の掃除人《クリーナー》でもいいだろうに」

「おまえは〈ヴォルテックス〉についてのわたしの考えに賛成していなくても、仕事はきちんとこなす。だがほかの者はこの問題に本気で取り組まないだろう。それに超常的能力を持つ者の痕跡をたどることにかけては、おまえの右に出る者はいない。さらにこれはわたしの勝手な意見だが、ミズ・ラークの説得にはおまえが適任だと思う」

「どうして？」

「ミズ・ラークの能力はおまえの能力とよく似ているからだ。おまえは声を聞く。彼女はヴィジョンを見る」

「相性がぴったりだと？」

ヴィクターはスレーターをにらんだ。「おまえたちの能力には共通する部分があると言ってるだけだ」

「へえ。彼女は頭がどうにかなって、監禁されたことがあるのか？」

「いや。それにおまえだって監禁されていたわけじゃない」ヴィクターが鋭い声で言う。

スレーターはユーモアのかけらもない冷ややかな笑みを浮かべた。「たしかに表向きはそうだ。だが六カ月前にぼくがハルシオン・マナーに送られずにすんだのは、幻覚がおさまるまで、あなたとルーカスに屋根裏部屋に監禁されていたからだ」

ヴィクターは鼻を鳴らした。「大げさな。そもそもこのペントハウスには屋根裏部屋なんてない」

「そこは重要じゃない」

「おまえは傷を負い、おまえの両親は頭がどうにかなりそうなほど心配していた。ゆっくり回復に努められる静かな場所が必要で、それをわたしとルーカスが提供した。それだけのことだ。もう忘れなさい。半年も前の出来事だ。モーガンは死んだ。おまえは生きていて、正気を保っている。大事なのはそこだ。いまは目の前の問題に集中してほしい。〈ヴォルテックス〉がかかわっていると思われる一連の事件に、早急に対処しなければ」

スレーターは考えこんだ。六カ月前の出来事を忘れることはできない。絶対に答えを見つけなければならない疑問がある。だがこのままいつまでも〈財団〉の記録保管所の埃《ほこり》っぽい倉庫でくすぶり、仕事に復帰したふりを続けるわけにもいかない。

「事件やミズ・ラークについての情報はそれだけか？」スレーターは尋ねた。

「ルーカスがファイルにまとめてくれている」ドアをノックする音がして、ヴィクターは言葉を切った。「入ってくれ」

ドアが開いて、ルーカス・パインが入ってきた。眉をかすかにあげてヴィクターを見る。

「いまぼくの名前が聞こえたみたいだけど」

温かい笑みと優雅な物腰と生まれながらのセンスのよさを併せ持つ魅力的なルーカスは、多くの面でヴィクターとは正反対と言っていい男性だが、ふたりは二十年近くも関係を続けてきた。そしてつい最近、ラスヴェガス・ストリップにある豪華絢爛《けんらん》な巨大カジノでとんでもなく派手なヴェガス式の結婚式を行い、関係を公的なものにした。ふたりは対極にあるものが惹かれあう典型的な例だと、スレーターの母は考えている。

何はともあれ、自分にない部分を補いあっているルーカスとヴィクターが最強のチームであることは、誰も否定できなかった。

「シアトルの件でぼくが協力を仰ぎに行かなければならない探偵をヴィクターおじさんが怒らせた事情を、説明してもらっていたんだ」

「ああ、カタリーナ・ラークだね。ヴィクターは六カ月前、彼女の人生をトイレに突っこんで流してしまったんだよ」

「ミズ・ラークの身に起こった出来事はわたしの責任じゃない。それに言っておくが、彼女は元気でやっているらしい」ヴィクターがうなるように反論した。

ルーカスはヴィクターを無視した。「スレーター、きみは自分の仕事を自分のやり方で進めればいい。だけどミズ・ラークは本当にすばらしい能力を持っている。彼女の力を借りることができたら、とても助かるはずだ。ところでミズ・ラークと話すときは、直接会うようにしたほうがいい。きみの携帯電話は厳重に暗号化されてるが、使わないに越したことはないからね」

「わかった」スレーターは窓の外に目を向けた。もう午前三時を過ぎているが、シアトルへ発《た》つ前に二、三時間は眠れるかもしれない。

「きみのために六時十五分発のシアトル行きの便を取っておいた」ルーカスが言った。「これから荷造りして空港に向かえば間に合うだろう。向こうの空港まで二時間四十分かかるから、飛行機の中でファイルを読んだらいい」

少しでも眠れると思ったなんて甘かったと、スレーターは内心でため息をついた。

「民間機に乗るのか？ 〈財団〉のプライベートジェットではなく？」

「ばかを言うな」ヴィクターが鼻を鳴らした。「そんな目立つことはできない。それにプライベートジェットを飛ばすのに、いくらかかるかわかってるのか？」

「あなたにとっては端金《はしたがね》だ」スレーターは言い返した。

「ヴィクターの言うとおりだよ」ルーカスが言った。「ロイストンが死んだ件に〈財団〉が興味を持っていると知られるのは、賢いとは言えない」

「この件を注視している者がいるなら、どのみちぼくが関係者に話を聞いてまわれば、そうと知れてしまう」

「少しでも時間を稼げば、それだけこちらが優位に立てる」ヴィクターは反論した。

「シアトルで何が起こっているのか探りだしてきてほしい」

「わかった」

スレーターは部屋を出てドアを閉めた。ペントハウスの廊下に敷きつめられた厚いカーペットが足音を吸収する。

急に気分が浮き立ち、どこからともなく期待がわきあがった。この高揚感を最後に覚えてから、何カ月も経《た》つ。正確には六カ月前、モーガンの事件の直前だ。

スレーターはこの高揚感は何かの予感なのだろうかと考えたあと、そんなものは信じていないはずだと自分を戒め、ファイルを持つ手に力をこめた。そんなことより、これから会うカタリーナ・ラークに意識を集中しなければならない。

彼は天井の高い優雅な部屋を次々に通り抜けながら、執事のいる広い玄関に向かった。

途中にある角を曲がりながら、廊下の一番奥にあるドアに目を向けないよう意識的に目をそらす。屋根裏部屋は悪夢で見るだけでたくさんだ。

スレーターが出ていったのを確認すると、ヴィクターは立ちあがってラスヴェガス・ストリップに面した窓の前へ行った。

「ルーカス、あいつはまだわれわれに屋根裏部屋に閉じこめられたと思っている」

「心の底ではそうじゃないとわかってるはずだよ。ぼくたちはスレーターを守るために必要なことをしたんだと」ルーカスはヴィクターの隣に並んだ。

「どうして屋根裏部屋、屋根裏部屋と言いつづけるんだろう？」

「閉じこめられていたのは事実だからね。スレーターの幻覚はひどかった。そんな中で、心があの廊下の一番奥の部屋を屋根裏部屋だと認識したんだろう。何年も前に見たホラー映画の影響かもしれないな。だが、そんなことはいい。いまのスレーターは安定している。もう何カ月も」

「あの悪党があいつにしたことを考えると……」

「六カ月前にあのろくでもない研究所で照射されたもののせいで、スレーターの能力は永続的な影響を受けたかもしれない。だが彼という人間は変わらなかった。スレーターはスレーターのままだ。そしてきみは、彼が一番必要としているものを与えた。仕事を」

「われわれのしていることが正しいといいんだが」

ルーカスがヴィクターの手を握る。「ほかに選択肢はなかったんだよ。この件には信用できる人物を送る必要があったからね。何が危険にさらされているかを理解していて、〈ヴォルテックス〉の関与を簡単に否定しない人物を」

「この五年、ランコートの死とともにすべては終わったと自分に言い聞かせてきた」

「秘密は墓から這《は》いだしてくるものだ」

「わたしが比喩を嫌うのは知っているだろう」

「この件に関しては、いまの言葉は比喩だと思わない。真実そのままなんじゃないかな」

「ランコートは死んだ。それはたしかだ」

ルーカスはヴィクターの手を握った手に力を入れた。「そうだね」

「やつの研究所にあったファイルも遺物もすべて破壊した。だが見逃したものがあったとしたら？」

ルーカスは否定できなかった。

「ぼくたちは最善を尽くしている。警戒しつづけてきたんだから」

5

カタリーナは悪夢の余韻に重苦しい気分で目を覚ました。殺人犯に追われてオリヴィアとふたりでフォグ・レイクの洞窟の奥に逃げこんだときのことを、いまでも夢に見る。ただし必死に探しても正しいエネルギーの流れは見つからず、何度脇穴に入ろうとしても、いつの間にか湖のほとりにいる。

「もう一度洞窟に戻らないと。逃げられるのはあそこしかないわ」カタリーナはオリヴィアに言う。

「洞窟に戻るなんて無理よ」オリヴィアが夢の中ならではの、不自然に落ち着いた口調で説明する。「戻ったら頭がどうにかなって、湖の一番深いところに飛びこんでしまうもの。そうしたら溺れちゃう」

それでもカタリーナは別の道を試し、結局また深い湖の縁に立っている自分を発見する。けれども今度は知らないうちに手にフォークを持っていて、それを使えば正しい道を見つけられるとひらめく。

もう大丈夫だと言おうとしてカタリーナは振り返る。だが、そこにオリヴィアの姿はない。

心臓が激しく打っている。カタリーナは急いで体を起こすと、ベッドの横から脚をおろした。こんなとき、普通の人なら明かりをつけて部屋を歩きまわることで夢の残《ざん》滓《し》を振り払うのだろう。しかしフォグ・レイクで育ったカタリーナは、夢は分析するよう頭に叩きこまれていた。

こうして古い悪夢が今夜戻ってきた理由を推測するのに、洞察力はたいして必要ない。マーシャ・マトソンの家での出来事で、封じこめていた過去の恐怖がよみがえったのだ。

だから心配する必要はない。オリヴィアがメールも電話もよこさないのはいいことだ。エマーソン・フェリスとの運命のデートがうまくいったというしるしなのだから。オリヴィアはいま、恋人の腕の中でぐっすり眠っているはずだ。あと二、三時間したら、輝く笑みとともにオフィスに現れるだろう。

カタリーナは窓辺へ行った。カスケード山脈の上空が、日の出で赤く染まっている。長い夜だった。警察が到着したときにはホッパーは姿を消していたが、家の中に痕跡がたくさん残っていた。シャンパンのボトルには指紋がついていたし、フロントポーチには血痕が落ちていた。何より監視カメラにほぼすべてが記録されていた。

カタリーナはマーシャとともにその夜の出来事を供述しただけでなく、ホッパーが長年にわたって用いてきたいくつもの偽名などさまざまな情報を提供し、警察はすぐに彼を逮捕すると請けあった。

警察を出ると、カタリーナは広い家でひとりで過ごしたくないと言うマーシャをセキュリティのしっかりした街の中心部のホテルまで送り、チェックインして部屋に入るところまで見届けた。

そのあと自分のアパートメントに戻ったが、そこもセキュリティの心配はなかった。ロビーのフロントデスクにはコンシェルジュが常駐しているし、監視カメラがあちこちに設置され、駐車場やその周辺を夜間に巡回する警備員もいる。それにカタリーナとオリヴィアは自分の部屋のセキュリティを強化してもいた。探偵稼業をしていると、誰でも多少過敏になるものだ。

いやな終わり方をした案件はこれまでもあった。そんなときはオリヴィアと一緒に酒を飲みながら愚痴をこぼしてやり過ごしてきたが、今回はオリヴィアが理想の彼と運命のデートをしていたために、それができなかった。

オリヴィアが理想の相手と見なしているエマーソン・フェリスをなぜ信用しきれないのか、カタリーナは自分の心に問いかけた。エマーソンがあからさまに疑いを呼び起こすような行動を取ったわけではない。それにオリヴィアは二度目のデートに出かける前に、カタリーナとふたりでエマーソンについて徹底的に調べた。その結果、オリヴィアは彼を非の打ちどころのない男性だと判断した。客観的に見てもたしかにそうだ。正直で精神的に安定しており、成功していて、何より動物にやさしい。しかもアートへの興味がオリヴィアと共通している。

自分は物事を皮肉っぽい目で見すぎるようになってしまったのかもしれないと、カタリーナは思った。外の世界で普通の人にまじって生きていこうとしているフォグ・レイク出身の女性にも、すべてを理解してくれる男性を見つけられる可能性があるのかもしれない。

夜明けの空から赤い色が薄れ、雲が広がりはじめている。カタリーナは窓に背を向けた。ほとんど眠れなかった原因である焦燥感がさらに強まっているが、理由がわからない。激しい不安に身を焼かれるというほどではないものの、落ち着かない気分を振り払えなかった。

カタリーナはクローゼットに行って、ワークアウト用の服に着替えた。高層アパートメントの最上階にあるトレーニングセンターに行って、ほかの早起きの人たちと一緒に汗を流すことにする。体を動かせば、気持ちが静まるかもしれない。

一時間後、シャワーを浴びたカタリーナはコーヒーの入ったポットとともに、いつもと同じ朝食の席についた。プレーンのギリシアヨーグルト、ピーナッツバターを塗ったライ麦パンのトースト、そしてブルーベリー。服装と同様、食事もいつも代わり映えがしない。もっと人生を楽しんだほうがいいのかもしれないが、昨日の夜は殺されかけたことを考えると、見方によってはそう退屈な人生でもないのかもしれない。

朝食をとり終えるころには不安がさらに大きくなり、コーヒーを最後まで飲む気になれないほどだった。これ以上カフェインを摂取したら、かりそめの落ち着きさえ保っていられなくなる可能性がある。

とうとう我慢できなくなって、カタリーナはオリヴィアに連絡してみることにした。メールを送ったが返事がなく、電話をかけてみるとすぐさま留守番電話につながった。昨日の夜、マーシャ・マトソンと連絡を取りたくて必死になっていたときと同じだ。

どうしてそんな考えが浮かんだのだろう。マーシャの件と、オリヴィアとエマーソンの運命のデートはまったく関係がない。それなのに昨日と同じで、とどまるところを知らず妄想がふくらんでいく。

昨夜は危うく人がひとり殺されるところだった。

「もうやめなさい」誰もいないキッチンで、カタリーナは声に出して自分を叱った。直感と妄想は紙一重だが、それでも違いは存在する。その違いをわきまえなければならない。今朝感じている不安が、昨日の夜アンガス・ホッパーとやりあった精神的ダメージから回復していないためであるのは明らかだ。常識や論理に照らせば、オリヴィアを心配する理由はまったくない。

カタリーナはノートパソコンを開いて、週の初めに解決した案件の記録を作りはじめた。それを終えて時間を見ると、八時を少し過ぎていた。〈ラーク&ルクレア〉の始業時間は九時、事務所までは歩いて十五分だ。少し早く出勤しようと決め、カタリーナはふたたびオリヴィアに思いを馳《は》せた。いまごろは運命の彼とゆったりと朝の時間を楽しんでいるのだろうか。それとも朝からシャンパンでふたりの新たな関係を祝っているのだろうか。

あるいは朝早くにいったん自宅へ戻り、シャワーを浴びて着替えてから事務所に出る可能性もある。でも、それならなぜ電話に出ないのだろう。留守番電話の設定をしたまま、解除するのを忘れているのだろうか。

カタリーナはオリヴィアにもらった黒のトレンチコートを着て大きなバッグを肩にかけ、玄関に向かった。途中で思いついてキッチンに寄る。証拠として警察に押収されてしまったフォークの代わりを用意しなければならない。

カトラリーをしまってある引き出しをかきまわすと、大きな肉を切るときに鋸歯《きょし》状のナイフと一緒に使う大型のフォークが見つかった。これほど大きなナイフとフォークを使うような巨大な肉の塊を家で調理したことはまだないものの、見るからに丈夫そうなフォークを気に入った。

それをバッグにしまって部屋を出た。カタリーナは階段をおり、階下のオリヴィアの部屋の前に行ってドアを叩いたが、返事はなかった。昨日オリヴィアは小さなバッグしか持っていなかったけれど、そこにエマーソンの家に泊まるためのものを入れたのかもしれない。彼の家から直接出勤するつもりで。

カタリーナはオリヴィアにもらっている鍵を使って部屋に入った。セキュリティコードを入力して警報を切り、ワンルームの部屋を見てまわる。オリヴィアとは姉妹も同然の仲とはいえ、インテリアの好みはまるで違う。カタリーナの部屋はアクセントとしてところどころにつややかな黒をきかせた、白と淡い灰色の空間で、そのストイックさは禅の精神にも通じる。一方、オリヴィアの部屋には燃えるような夕日を思わせる金と濃いオレンジと鮮やかな赤が氾濫していた。

クローゼットのドアは開けっぱなしで、ベッドの上には迷った末に却下されたと思われる服が散乱している。新しい緋色《ひいろ》のキャミソールワンピースがなくなっていて、バスルームをのぞくと歯ブラシなどの洗面用具もない。

これではっきりした。オリヴィアはデートがうまくいくことを見越して、泊まる準備をして出かけたのだ。

「ちゃんと時間どおりに出勤したほうがいいわよ。そうじゃないと、捜しに行くからね」親友に向けてつぶやく。

カタリーナはオリヴィアの部屋を出て鍵をかけ、エレベーターに向かった。一階のロビーに出ると、光沢のあるデスクの向こうに座っていたロバートがすばやく立ちあがった。彼は俳優になりたいという夢がついえたあと、コンシェルジュとしての新たな人生にすっかりなじんでいる。

「ミズ・ラーク、いま電話をかけようと思っていたところです」

カタリーナはパニックがこみあげるのを感じながらロバートを見つめた。「どうして？　何かあったの？」

ロバートが不快そうに、外の歩道に群がっている人々を示す。

「テレビの連中がついさっき現れたんです。ロビーに入ってくるのはもちろん阻止しました。それにあなたのことは何ひとつ話してはいません。ですが連中を率いているのは地元テレビ局のあのリポーターなんです。ほら、ブレンダなんとかっていう」

「ブレンダ・ブライスね」カタリーナはうめき声を押し殺した。「また目をつけられるなんて、最悪だわ。昨日の夜のマーシャの家での出来事を、どうやってこんなに早く嗅ぎつけたのかしら。いい情報源を持っていることだけは認めてやるわ」

「また事件があったんですか？」ロバートは心配そうな声を出しつつも、目には興奮と好奇心を浮かべている。

「残念ながら、そうなの。今朝のニュースでは取りあげていなかったから、世間にはまだ知られていないと思っていたのに……まあ、いいわ。ブライスをやり過ごすのを手伝ってもらえる？　あの装備ではそれほど速く動けないと思うの。彼女もカメラマンも。いったん振りきったら、あとは大丈夫だから」

ロバートがすばやく向きを変え、入り口に向かって歩きだした。「ついてきてください」

重いガラスのドアを開けて歩道に出て、携帯電話を掲げる。

「みなさん」行きかう車の音に負けないように、彼は声を張りあげた。「あなた方がただそこに立っているのは自由です。ですがミズ・ラークの邪魔をしたり、少しでも手を出したりすれば、ただちに九一一に電話をかけて襲撃を受けたと通報します」

カメラマンは距離を保っているが、カタリーナを撮影しているのは明らかだ。ブレンダ・ブライスがロバートをよけてカタリーナの前にまわりこみ、マイクを突きつける。

スタジオの人工的な照明を受けていないブレンダはテレビで見るほど美しくもあでやかでもなかったけれど、猫のようなシャープな顔立ちに長い金髪、強調した胸という組みあわせはやはり人目を引いた。実際、出勤途中の人々が何人も振り返っていて、中には立ち止まって見ている人もいた。

アパートメントの玄関の前に集まっている撮影クルーほど、人を引き寄せるものはない。

「ミズ・カタリーナ・ラーク、あなたはゆうべ、暴力事件に巻きこまれたそうですね。またしても犯罪現場に居合わせたのは、あなたが持っているという超能力のおかげでしょうか？」

ブレンダ・ブライスの質問に答えてもいいことはないと、カタリーナは苦い経験から学んでいた。

「ノーコメントよ」

ブレンダをよけて進み、好奇心に満ちた目で見つめている人々のあいだをすばやく通り抜けた。

「彼女はインチキ超能力者なの？」ひとりの女性がブレンダにきいた。

「インチキって誰が言った？」カメラマンが言い返す。

「ミズ・ラーク、少しだけ質問させてください」

カタリーナは食いさがるブレンダを無視して、バッグのストラップをきつく握りながら進みつづけた。ローヒールのブーツを履いているカタリーナに、十センチのハイヒールのブレンダがついてこられるわけがない。リポーターとの距離がどんどん開いていく。

ロバートがアパートメントの入り口の前に集まった人々を追い払っていた。ついてきた何人かの野次馬が超能力についてあれこれきいてきたが、しばらくすると彼らもあきらめた。

〈ラーク＆ルクレア〉が入っているオフィスビルのロビーに着いたときには、カタリーナは怒りと体が震えるほどの不安で少し息があがっていた。

カタリーナが事務所に入ると、すでに出勤してデスクに座っていたダニエルがすぐに立ちあがった。

「大丈夫ですか？」

「ええ。オリヴィアから連絡はあった？」

「いいえ。どうかしたんですか？」ダニエルが眉をひそめる。

カタリーナは時計に目をやった。「あと五分で遅刻よ。オリヴィアは絶対に遅刻をしないのに」

ダニエルが眉をあげた。「ほら、昨日はお熱いデートだったから。恋人とゆっくり朝食でもとってるんじゃないですか？」

「そうかもしれないわね」

ダニエルはゆっくり息を吐いた。「何かあったんじゃないかと思ってるんですね」

「わたしが心配するとオリヴィアはわかっているはずよ。だから遅刻なんてするはずがないのに、電話にも出ないの。エマーソンに電話をかけてみるわ」

「それはどうでしょう」ダニエルがやんわりと反対する。

「あとで謝るわ」

　エマーソン・フェリスは四回目の呼び出し音で電話に出た。二日酔いなのか、声がかすれている。それとも怒っているのだろうか。どちらにしても声からは機嫌がよくないことが伝わってきて、恋人とすてきな夜を過ごしたばかりの男性のものとは思えなかった。

「いや、オリヴィアはいない。きみは誰だ？」うなるような声だ。

「カタリーナ・ラークよ。彼女の友人で仕事のパートナー。あなたとは何度か会っているわ」

「ああ、きみか。じゃあ、きみの友人兼仕事のパートナーに伝えてくれ。ちゃんとメッセージは受け取ったってね。まったく、わざわざすっぽかす必要なんてなかったんだ。半日かけて食事を用意したのに、来られなくなったという連絡すらよこさないなんて。好意を持ってくれていると思ってたのに、そうじゃなかったってわけだ」

　カタリーナは息が止まった。砕いてしまいそうなほど強く電話を握りしめる。

「昨日の夜、オリヴィアはあなたのところに行かなかったということ？」

「ああ、そうだ」エマーソンは言葉を切った。「なぜそんなことをきく？　ぼくが知らないことを何か知ってるのか？」

「いいえ、何も知らないからこそ心配してるの。怖くてたまらないのよ」

「どういうことだ？　オリヴィアはどこにいる？」エマーソンが事態の深刻さを悟って語気を強めた。

「わからない。どうしてあなたに電話をかけたと思ってるの？　これからほかにもかけてみるわ」

「なんてこった。病院にかけるのか？　オリヴィアに何かあったと本気で思ってるのか？」

「わからないと言ったでしょう？　だけどいやな予感がするのよ。じゃあ、もう切るわ。彼女から連絡があったら必ず教えて」

「ああ、もちろんだ」エマーソンが矢継ぎ早に続ける。「すぐに電話する。オリヴィアの車は？　なくなっているのか？」

「いいえ、アパートメントの駐車場にあったわ。あなたのところへは配車アプリで呼んだ車で行くと言っていたし」

「配車サービスの会社に問いあわせたら、オリヴィアを乗せた場所とおろした場所を教えてもらえるかもしれない」

「まずそこから調べてみるつもりだったわ」

「結果を教えてほしい。彼女を見つけたら、すぐに電話をくれないか？　ぼくも心配になってきた」

「ええ、そうする」

カタリーナは電話を切ると、ダニエルを見た。

「オリヴィアはエマーソン・フェリスのコンドミニアムに行っていないそうよ」

ダニエルが自分の携帯電話に手を伸ばした。

「病院に電話をかけてみます。あなたは配車サービスの会社に電話をかけてください」

二十分後、ふたりとも成果のないまま電話を置き、カタリーナはこみあげるパニックを必死にこらえた。

「配車サービスの会社は、キャンセルの連絡が来たって」なんとか声を震わせずに言う。「彼女の友だちにも全員かけてみたけど、昨日の夜に会った人はいなかった」

「どこの病院にも、オリヴィアの名前で運びこまれた患者はいませんでした」ダニエルが報告した。「何があったんでしょう？　こんなふうに突然姿を消すなんて、彼女らしくない」

「ええ、そうね」カタリーナはコートとバッグをつかみ、ドアに向かった。「あなたは残って、今朝のニュースを調べて。夜のあいだにシアトルの中心部で起きた事件をすべてチェックして。車の事故、火事、銃撃、強盗、誘拐、とにかくすべてを」

「わかりました」ダニエルは椅子をまわしてコンピュータに向き直ったところで、ためらいながら口を開いた。「女性が行方不明になったら、つきあっている男や夫をまず疑うものだけど——」

「誰もが知っているとおり、警察はまずそれを調べるでしょうね。もちろんわたしも調べるわ。さっきの電話ではエマーソンは本当に驚いていたし心配しているみたいだったけど、あとで会いに行って話をするつもりよ。直接向きあったほうが、読みやすいから」

「待ってください。ひとりで会うのはよくない。ぼくも一緒に行きます」

「ありがとう。でも、そのときに相談しましょう。まずはゆうべのオリヴィアの足取りをたどれないかどうかやってみるわ。今朝、部屋を見てきたの。昨日事務所を出たあと、家に戻って着替えた形跡があった。配車サービスを頼んだことも、その少しあとに予約をキャンセルする連絡があったこともわかってる。そのわずかな時間に誰と会ったのか見つけださないと」

「警察はどうします？　行方不明者届を出すんですか？」

「ええ。でもいまの時点では、犯罪行為があったと疑う根拠が何もないわ。だからそれを見つけたいの。わたしの手で」

ダニエルが腑《ふ》に落ちた顔になってカタリーナを見た。「通報しても無視されると思ってるんですね。イングラムの事件のせいで。そうでしょう？」

「ええ。あのとき、イングラムが殺されたという証拠はなかった。少なくとも、警察が使えるような目に見える証拠は。イングラムは心臓を止める毒か薬物を投与されて殺されたんだと思うとしか警察には言えなかったし、そのあとわたしの言葉を裏づける証拠は出なかった」

「目に見える証拠を見つけるのは警察の仕事じゃないですか。あの人たちにはあなたにインチキ超能力者なんていうレッテルを貼る権利はなかった」

「ロジャー・ゴサードがそう口にするまで、警察もわたしに面と向かっては言わなかった。リポーターのブレンダ・ブライスが、わたしはたぶん妄想に駆られているんだと言ったのも大きかったわ」

「ゴサードは必死で自分の身を守ったんですよ」

「わたしの身を犠牲にしてね。さあ、コンピュータで調査に取りかかって。何か見つけたら電話をかけて」

「わかりました」

カタリーナは廊下に出ると、エレベーターを待つあいだにこれからの手順を整理した。まずアパートメントに戻り、昨日の夜のオリヴィアの行動をたどってみる。ここは大都会だ。通りには人がひしめいているし、あらゆる場所に監視カメラが設置されている。誰かが何かを見ているはずだ。

アパートメントの前からはテレビ局のクルーも野次馬も消えていて、カタリーナはその日初めて少し気分が明るくなった。二階にあるオリヴィアの部屋までまっすぐあがり、もう一度室内をチェックする。今回は超常的感覚を研ぎ澄ましてあたりを丁寧に探ったが、パニックや恐怖は感じられず、暴力的な行為があった痕跡はない。

そこでエレベーターでロビーにおり、アンドレアと連絡を取ってほしいとロバートに頼んだ。ロバートは昨日の夜の勤務についていたコンシェルジュにすぐさま電話をかけ、カタリーナに代わった。

「オリヴィアとは彼女が出かけるときに話しました。うきうきした様子で、迎えの車を待とうと表に出ていかれましたよ。通常、車はすぐ外の乗降用スペースに止まるんですが、どうやら昨日はドライバーが建物の横で待っているとメッセージを送ってきたらしく、携帯電話を見ながら角をまわっていくのが目に入りました。そのあとはわかりません」

「ありがとう」カタリーナは礼を言った。

外に出て、オリヴィアが歩いたと思われるルートをたどる。角をまわったところの道は、人も車もあまり通らない。マージはいつもどおり、ビルの壁から少し引っこんでいる通用口の前にいた。数カ月前にカタリーナとオリヴィアがあげた厚いダウンコートを着て、丸めた毛布に座っている。その横にはソーダの六缶パックと、持ち物をすべて詰めこんであるぼろぼろのショッピングカートが置かれていた。

マージの姓を知っている人は誰もいない。年齢も不明だが、カタリーナとオリヴィアはおそらく四十代だろうと推測していた。路上での生活は女性を老けこませる。マージはおしゃべりなタイプではなく、金をせびることもない。ただ通り過ぎる人々を猜疑心《さいぎしん》に満ちた視線でにらんでいるだけだ。そんな彼女の姿に気づいても、近づこうとする人はほとんどいない。深刻な精神病を患っていると思われているマージがそんな目で人々を見つめる理由を、カタリーナとオリヴィアはほぼ確信していた。マージにはオーラが見えるのだ。

カタリーナは慎重に近づいていった。マージがどう反応するかは、そのときになってみないとわからない。

「こんにちは、マージ」カタリーナは声をかけた。

「いつ来るかと思ってたよ。遅かったじゃないか」

マージのかすれた声は過去に相当煙草《たばこ》を吸っていたか、あるいはこの可能性も高いが、悲鳴をあげすぎて喉がつぶれたせいだろう。会話が成立した数少ない機会に、かつて秘密の研究所に監禁されていたのだとマージに聞かされていた。マージは昼も夜も叫びつづけて、ようやく解放されたらしい。

「オリヴィアを捜してるの」カタリーナは言った。

「連れていかれたよ。見たんだ」

カタリーナはふくれあがるパニックを懸命に抑えつけた。マージの言葉をそのまま受け取るべきではないと自分に言い聞かせる。

「誰に連れていかれたの？」

「リヴァーヴューのクローンたちさ」

事態はどんどん悪いほうに向かっているのに、マージから意味のある情報を引きだすのは至難の業だ。

「オリヴィアはリヴァーヴューのクローンたちと知り合いだったの？」カタリーナは質問しながら、マージが見ている世界の情報を現実世界のものに変換する方法を探った。マージの世界観は惑星リヴァーヴューの支配者のために働いている極悪の科学者たちによる複雑な陰謀を軸に構成されている。リヴァーヴュー人は地球を征服しようと企《たくら》んでいるが、計画はまだ調査と発見を繰り返している段階で、地球人の誘拐が頻繁に行われているらしい。

「オリヴィアは車に誰が乗ってるか知らなかった。クローンだとわかるとすぐにおりようとしたけど、逃げられなかった」

「どんな車だった？」

「乗っちゃいけない車さ。あたしもそうやって捕まった。だまされて乗って、そのまま連れていかれたんだ」

カタリーナは質問を変えた。「オリヴィアが乗りこんだ車の色は？」

「黒」

「もっと詳しく教えてくれる？」

「大きかった。トラックと普通の車のあいだくらい」

ＳＵＶだとカタリーナはあたりをつけた。だがそんな車は太平洋岸北西部の道路にはいくらだって走っている。フォグ・レイクにたまに帰るときのためにオリヴィアと共同で買った車もそうだ。湖の周辺の山道は路面の状態がよくない。故郷の町に戻るには、ふたりがシアトルでショッピングや張りこみに使っている小型車ではなく、頑丈な車が必要だ。

マージはソーダの缶を開け、カタリーナが先を続けるのを待っている。

「オリヴィアを捕まえたやつらはどんなだった？」

マージが眉間に皺《しわ》を寄せた。「よくないエネルギーを出してたよ」

「髪の色は？」

「さあ。車の窓ガラスが黒かったからね。運転してたやつと後ろの座席にいたやつのエネルギーがちらっと見えただけさ」

「ナンバープレートは見た？」

いちおう尋ねてみたものの、カタリーナは答えが返ってくるとは思っていなかった。

「ナンバープレートはついてなかった。確かめたんだよ」

カタリーナは驚いた。

「わざわざ見たの？」

「あたしは頭がどうかしてるかもしれないけど、愚か者じゃない。あんたがオリヴィアを捜しに来るってわかってたからね」

「どうして警察に通報しなかったの？」

「警察はあたしをただの頭がどうかした年寄りだと思ってる。そんなやつらに見たんだとしゃべっても、どこかの病院で薬漬けにされて、前みたいにぼうっとしちまうのが落ちだよ」

「警察はわたしのことも頭がどうかしていると思ってるのよ」

両親がフォグ・レイクで子どもを育て、第二の視覚を制御することの大切さを小さいころから頭に叩きこんで普通の人々にまじって生きられるようにしてくれなかったら、カタリーナもマージと同じ境遇に陥っていたかもしれない。

「いいや、それは違う。インチキ超能力者だと思ってるだけさ」マージはウインクをした。「いい隠れ蓑《みの》だと思うよ。あたしもその作戦を思いついていればよかった。うまくやれば、がっぽり儲《もう》けられただろうに」

「オリヴィアが連れていかれたことをどうして早く知らせてくれなかったの？　ずいぶん時間を無駄にしたわ」

マージはソーダを飲み干し、缶を置いた。「あんたがどこに住んでるか知らない」

「何を言ってるのよ。このアパートメントに住んでることは知っているでしょう？」

「だけど角を曲がった先には行けないからね。あっちはリヴァーヴュー の縄張りだ。どうしてあんたが捜しに来るのを待つしかなかったんだよ。来るってわかってたし。どうしてこんなに遅かったんだい？」

マージは彼女だけに見える独自の世界に住んでいるのだと、カタリーナは自分に言い聞かせた。憐《あわ》れなマージを非難してもしかたがない。彼女は彼女で必死に生きているのだ。

「大きな黒い車に乗ったクローンたちは、オリヴィアをどこへ連れていったの？」

「決まってるじゃないか。地獄だよ。あたしが連れていかれたような。いまごろ、あの子は監禁されている。捜しに行くんだろ？」

「もちろんよ」

「そうしてやりな。だけどあんたには助けがいる。背後を守ってくれる人が一緒にいないと、地獄へなんか行けるもんじゃない」

カタリーナは息を詰めた。

「誰がわたしを助けてくれるの、マージ？」

マージはしばらく考えこんだあと、そっけなくうなずいた。

「クローンのことを知ってる人だね。やつらは手ごわい。あいつらと渡りあえる人が必要だ」

残念ながら、マージが言っていることは正しい。ヴィクター・アーガンブライトに電話をかけて助けを求めるのは腹立たしいが、いま判明した事実を考えればカタリーナの選択肢は限られている。彼女が抱いている恐れを真面目に受け止めてくれる人が必要だ。それに書類にあれこれ記入させられて、時間を無駄にするわけにはいかない。

カタリーナは立ちあがった。「あなたの言うとおりだと思うわ、マージ。気が進まないけど」

マージはソーダの缶を持ちあげようとして手を止め、カタリーナを見あげた。

「針には気をつけるんだよ」

「針って?」

「クローンたちは車からおりようとするオリヴィアの頭に何かかぶせたあと、肩に針を突き刺したんだ。あたしのときもそうだった」

注射器だとカタリーナは悟った。十五年前にフォグ・レイクの洞窟で見知らぬ男が殺されたときも、注射器が使われた。でも、きっと偶然だ。誘拐する人をおとなしくさせるのに、薬物を使うことはよくある。今回の件が洞窟での事件と関係しているはずはない。

「マージ」カタリーナはささやいた。最悪の答えが返ってくることを恐れながら、懸命に先を続ける。「あなたに人のオーラが見えることはわかってるの。だから聞かせて。黒い車に乗っていたやつらはオリヴィアを殺したと思う？」

「車が走り去っていくとき、窓からあの子のエネルギーが見えたから、そのときはまだ生きてたよ。だけど……」

「なんなの、マージ？」

「眠りに落ちていく気配がした。あの子は地獄で目を覚ますだろうよ。あたしがそうだったように」

6

カタリーナは事務所に戻ろうと急ぎ足で歩きだしたが、しばらくして携帯電話が振動した。コートのポケットから出して画面を見ると、ダニエルからだった。

「オリヴィアの行方の手がかりがつかめたと言って」カタリーナは頼んだ。

「まだ何も。ですが、すぐに戻ってきてください」

「あと少しで着くわ。どうして？　何かあったの？」

「あなたに会いに来ている人がいるんです。オリヴィアのことで緊急だと」

「電話に出てもらって」

「わかりました」

電話を通して聞こえてきた男性の声は、奇異に感じるほど冷静で落ち着いていた。この声の持ち主なら燃えあがっているビルからでもきっと助けだしてくれると思わせられる一方、別の状況下では死ぬほど恐ろしい思いをさせられる気がしてならない。

「ぼくはスレーター・アーガンブライトだ」

「ああもう、くそっ」カタリーナは小声で言った。

「きみがぼくのおじを快く思っていないことは知っているし、それについてはあとでじっくり話そう。いまその暇はない。きみのパートナーであるオリヴィア・ルクレアが行方不明だそうだな」

たしかにカタリーナはヴィクター・アーガンブライトに電話をかけようと考えていた。だが彼女のほうから助けを求めるのと、〈財団〉がいきなり介入してくるのとでは事情が変わってくる。スレーター・アーガンブライトがすでに事務所にいるという事実は、ふたつの可能性を示唆していた。ひとつはヴィクター・アーガンブライトがオリヴィアに迫った危険を知ったものの、警告が間に合わなかった。そしてもうひとつは誘拐の背後に〈財団〉がいる。どちらもとうてい歓迎できるものではない。

「ヴィクター・アーガンブライトが自分のところの殺し屋をよこしてオリヴィアを誘拐したの？　もしそうだとしたら、一生かかったとしてもあなたたち〈財団〉をつぶしてやる」カタリーナは電話に向かって怒鳴らないようにするのが精いっぱいだった。

「いや、われわれではない。それから念のために言っておくが、おじは殺し屋を雇っていない。おじが雇っているのはぼくみたいな人間だけだ」

カタリーナは歩道の真ん中で足を止めた。自分の言葉を否定されたからではなかった。それは予想の範囲内で、正気の者なら誘拐という重罪を電話で認めるはずがない。録音されているかもしれないのだから。

思わず立ち止まったのは、スレーター・アーガンブライトの声にまったく感情がこめられていないことにぞっとしたからだ。彼の声は不自然なほど抑揚がなかった。普通なら、否定するときにはなんらかの気持ちの高ぶりが見られるものだ。少なくともかすかな怒りくらいは。誘拐という重罪を犯したと、いきなりスレーターや彼のおじを非難したのだから。

「オリヴィアが誘拐されたことがどうしてわかったのよ？」とがめるような険しい声になったが、かまわなかった。相手はアーガンブライトなのだ。

でも彼らの助けが必要になるかもしれない。

ああもう、くそっ。やりきれなさに、カタリーナは心の中で毒づいた。

罵り言葉を使うのはこの数分ですでに二度目だ。言葉遣いが急速に悪化しているのは、いい兆候ではない。感情を抑えなければならないと、カタリーナは自分に言い聞かせた。

「さっきここに来たら、受付の男がきみは友人を捜しに出ていると教えてくれた」スレーターが抑揚のない声のまま説明する。「昨日の夜から誰もオリヴィアを見ていないし、電話で話してもいないそうだな。ぼくがシアトルに来たのはきみとオリヴィアに仕事を依頼するためだが、タイミングからして失踪が偶然とは思えない」

彼は感情をこめず、淡々と事実を述べている。あるいは淡々と嘘をついているのだろうか。まるでロボットと話しているかのようで、どちらかまったくわからない。

このままスレーターとのゲームを続けるしかないと考え、カタリーナは質問した。「仕事ってどんな?」頭の中で、ハードボイルド小説に出てくる主人公の探偵フィリップ・マーロウのイメージをふくらませる。結局のところ、自分は探偵だ。トレンチコートだって持っているし、しかも今日はそれを着ている。事務所を立ちあげたときにオリヴィアにもらった、とてもスタイリッシュなトレンチコートを。

「顔を合わせてから、シアトルに来た理由について話す。電話で話すのはまずい」

カタリーナはアーガンブライトを名乗られた驚きをようやく振り払うと、小走りに進みはじめた。

「すぐに戻るからそこで待っていて。少しでも動いたら警察に電話をかけて、あなたが友人の失踪にかかわっていると言うわよ。〈財団〉は腕のいい弁護士を抱えてるから、最終的にはあなたは刑務所に入れられないかもしれない。だけどヴィクターに黙らされるまでに、アーガンブライトの名前をあらゆるマスコミにばらまいてやるわ。ラスヴェガスで彼が運営している小さな研究所のことも」

「ぼくがきみのところに行くほうがいいだろう。それまで待っていられそうな、人の出入りの多いオフィスビルかホテルが近くにないか？」

スレーターはまったく脅しに応えておらず、髪の毛ひと筋ほども気にしていない。実際、カタリーナが何をしようがおじや彼が率いるラスヴェガスの組織にとってはちょっとした迷惑程度でしかなく、どちらもそのことはわかっている。アーガンブライトをトップにいただく〈財団〉が超常的な力に関する研究をしていることをメディアに暴露されても、彼らに大きなダメージはない。変わり者の億万長者がとんでもない実験をする研究所を作ったからといって、誰も気にしない。ラスヴェガスはこれまでにも〝地球上の富の半分を持つ男〟と評されたハワード・ヒューーズなどさまざまな変わり者を輩出している。

「いいえ」カタリーナはフィリップ・マーロウを演じるのをやめ、冷ややかに言った。「身を潜めていられるような場所はないわ。事務所まで三ブロックのところにいるの。あと二、三分で着くから、ちゃんとそこにいて」

電話からは沈黙が返ってきた。ロボット男は自分の指示を無視されて、どうすればいいのかわからなくなったのかもしれない。明らかにスレーターは拒否に対処できるようにプログラミングされていない。

「いいだろう」スレーターがようやく言った。「だが電話はつないだままにしておいてほしい。それから人通りの多い道を通ってきてくれ。いつもまわりに人がいるようにしろ。あとは絶対に車には乗るな。タクシーも配車サービスもだめだ」

カタリーナは息をのんだ。「オリヴィアは車で誘拐されるのを目撃されたのよ。どうしてわかったの？」

「目撃者がいるのか？」

スレーターの声がかすかに鋭さを増す。

「ええ」カタリーナは認めたが、それ以上答えるつもりはなかった。いまはまだ絶対に。「だから教えて。なぜ配車サービスの迎車を装って誘拐されたとわかったの？」

「それは知らなかった。ただ論理的に考えると、その可能性が高いというだけだ。誘拐には通常、車がいる。これまでは目立たないバンがよく使われたものだが、最近は配車サービスの車を装うのが賢いやり方だ。黒い車が縁石に寄って人を乗せても、誰も気にしない」

「たしかにそうね」カタリーナは自分が間抜けになった気がした。もちろん誘拐には車が使われたはずだ。

「頼むから」スレーターが続けた。「すべての感覚を研ぎ澄まして、ここまで来い」

スレーターの声がさらに鋭さを増し、それとともにカタリーナの警戒と不安のレベルがさらに跳ねあがった。この調子でいけば、遠からず完全なパニックに陥ってしまう。

いったい彼は何者なのだろう。ただでさえ複雑なカタリーナの生活にいきなり飛びこんできて、何をするつもりなのだろうか。

「おじさんからわたしの能力については聞いているみたいね」

「ああ、聞いている」

「フォグ・レイク出身の変人のひとりだということも?」

「ぼくはフォグ・レイクの出身じゃないが、きみと同じカテゴリーに属している。正真正銘の能力者だが、変人だという認定は受けていない」

ロボットは冗談が通じないらしい。

「それってどういう意味?」カタリーナはスレーターに対する警戒心を抑えきれなくなった。

「ぼくが公的にそう認定されないよう、家族が気をつけてくれたとだけ言っておこうか」

「なるほどね」

「どうやらきみの家族も気を遣って娘を育てたようだ。まあいい。互いを知る会話はこれくらいにしておこう。集中してほしい。能力を全開にしろ」

「そういう話し方はやめてくれない？　不安になるから」

「そういう話し方というのは？」

「もういいわ」

カタリーナは第二の視覚を開放するときにいつも感じる衝撃に対して、心の準備をした。まず認知力のレベルがあがったことで膨大な情報が一気に流れこんできて、数秒間は万華鏡の中に入りこんだかのようにくらくらして方向感覚を失った。そのあと世界が鮮明さを増す一方、人々は亡霊のごとくぼんやりとした霧を身にまとった。それは彼らのオーラで、静かに揺れたり、はじけたり、点滅したり、強い光を放ったり、それぞれ異なる形を示している。人々が歩いたあとには、足跡のように点々と痕跡が残される。

カタリーナは高まった感覚を掌握した。

同時に恐怖で肌が粟立《あわだ》つ。能力を高めた状態で人の多い通りを進むのは、ジャングルの中を歩くも同然だ。まわりのすべての人たちが潜在的な危険を秘めていて、そうでないと確認できるまでカタリーナにとっては脅威でありつづける。

「大丈夫か？　そのまま来られるか？」スレーターがきいた。

「ええ」第二の視覚が取りこむ膨大な量の情報を処理するのに精いっぱいで、カタリーナはこわばった声を出した。この状態で、事務所までの三ブロックをなんとか歩き通さなければならない。公園を散歩するのとは大違いの苦しい道のりだ。

「いいか、電話は絶対に切るな」

「わかってるわ。だけどあなたと話しつづけるのは無理。集中しなければならないから」

「コントロールを失わないためにだな。よくわかる」

スレーターの声に初めて鋭さ以外の変化が現れ、かすかに人間味を帯びた。嵐のように押し寄せるヴィジョンを解析しつつ現実に踏みとどまりつづけるのがどれほど大変か、もしかしたら彼も知っているのかもしれない。

幸い、歩道はそれほどこみあっていなかった。通勤の混雑のピークは過ぎ、昼食のためにふたたび人があふれるまでにはまだ間がある。それでも能力を全開にしてシアトルの中心部を歩くと、恐ろしく神経がすり減った。昼間だからましということもない。第二の視覚は五メートルから十メートルの範囲に入ってきた人物を全員光り輝く姿に変える。カタリーナは内なる感覚でそのすべての姿を分析し、脅威のレベルを判定していく。

光り輝く姿はどれも熱いエネルギーで脈打っており、複雑なパターンを描きながら常に変化していた。まるで男性も女性も子どもも、ひとりひとりが三つの舞台で同時進行のパフォーマンスを行っているサーカスだ。カタリーナのようにヴィジョンを見る者からすると、歩きながらガムを嚙めるというのがとてつもない才能としか思えない。

みんな、胸の痛みを懸命に抑えながらも、仕事の問題を考えることができる。相反するさまざまな感情を引き起こす相手との会話を電話で続けられる。そしてそんな感情の動きのすべてが、それぞれのオーラにつぶさに表れている。すれ違う人々は不安にさいなまれていたり、暗い顔で考えこんでいたり、怒っていたりと、それぞれの感情を発散している。

カタリーナはまわりの人たちがオーラが見える範囲内に入ったときだけ警戒し、出たら安心できるというわけではない。周囲には彼らの残した〝足跡〟とも言える熱いエネルギーの痕跡が無数にあり、それをよけながら進まなければならない。ほとんどの場合、足跡はあっという間に熱を失い、同じような無数の足跡と同化する。しかし中には誰かを殴りたいと思っていたり、深刻な鬱状態に陥っていたりする人々の生々しいエネルギーに満ちた足跡もある。それらを必死に避けて進む者にとっては、大多数の足跡がごく短時間で検出不可能なレベルにまで風化するという事実もたいして気休めにはならない。

ごくわずかとはいえ、気にならない程度にまで風化するのに何時間もかかるような不健全なエネルギーがたぎっている足跡もあるのだ。

カタリーナはけんけん遊びのようにあちこちに跳んで、不安定なエネルギーが沸き立っている足跡を跳び越え、煮えたぎる怒りを放出している足跡をよけながら歩道を進んでいった。

こんなふうにくねくねと進んでいれば、格好はホームレスよりましでも頭がどうかしていると思われることはわかっていた。周囲の人々は目が合わないように顔をそむけ、遠まわりに迂回《うかい》して歩いていく。

普通の人たちにまじって生きていけるよう両親に育てられたし、そのあともさまざまな処世術を身につけてきたが、それでもカタリーナはときどきふと、自分はやはり頭がどうかしているのではないかと思ってしまう。

すれ違う人たちのオーラや、歩道に残るエネルギーの痕跡が不規則に動いて触れそうになるたびに、カタリーナは飛びあがったり、身を縮めたり、体をそらしたりして進んでいく。常に気を張って臨戦態勢にあるそんな者を、〝普通〟と言えるわけがない。

あと二ブロック。紺色のジャケットを着た女性は、慢性的なストレスを示す低い熱量の不規則なエネルギーを発している。直感による判定は、〝差し迫った危険なし〟だ。

左側を通り過ぎていく男のオーラには怒りがみなぎっていて、鋭く突きだしている部分が何箇所もある。〝潜在的な危険あり〟だ。カタリーナが足を速めてさっさと離れたので、怒っている男は彼女に気づかなかった。男の怒りは別の人、ないし物に向けられているが、危険がないとは言えない。怒りを制御できない者は、邪魔だと判断すると突然襲いかかってくることがあるからだ。

前から歩いてくる若い男は携帯電話に目を据えている。何を見ているのかわからないけれど、オーラに強い興奮を示す突出部分がいくつもあるので、不健全な強迫観念に取り憑かれているのは明らかだ。おそらくゲームだろう。〝危険なし〟だ。

携帯電話の男に後ろから自転車が迫っているが、彼はまったく気づいていない。そして自転車の女性は車にだけ注意を向けていて、携帯電話の男が見えていない。

自転車が男にぶつかり、ふたりが車道に転がって車にはねられるヴィジョンが、カタリーナの頭にぼんやりと浮かんだ。〝危険あり〟だ。衝突に巻きこまれないように彼らから離れろと、直感が声高に警告する。

カタリーナはその警告を無視すると、携帯電話の男の腕をつかんで自転車の通り道からどかせた。その勢いで、男が歩道に携帯電話を取り落とす。

「何すんだよ！」男は驚いて叫んだ。

「ごめんなさい。悪かったわ。あなたが――」

「どうした？」スレーターの声が携帯電話を通して耳元で響く。

カタリーナは携帯電話を拾いあげた男ににらみつけられ、スレーターに返事をするどころではなかった。男のオーラはいまや怒りでふくれあがっている。

〝潜在的な危険あり〟だ。

「頭がどうかしてるのか？」男が突っかかってきた。

自転車の女性がふたりの横を、事故を起こすところだったとは夢にも思っていない様子でさっそうと通り過ぎていく。

「カタリーナ、返事をしてくれ」スレーターの声がふたたび聞こえた。

「いまは無理よ」カタリーナは携帯電話をおろし、男にもう一度謝った。「本当にごめんなさい。自転車があなたにぶつかると思ったの。携帯電話は大丈夫だった?」

男の怒りは静まっていったが、彼が気分を害している状態に変わりはない。男はカタリーナをまたにらみつけてから、携帯電話を調べはじめた。オーラに安堵《あんど》の色が広がったものの、次の瞬間、別の怒りの波に打ち消された。男があわててポケットを探るのを見て、カタリーナはため息をついた。

「財布なら盗《と》ってないわ」

財布を発見した男は最後にもう一度彼女をにらみつけてから歩み去った。

「大丈夫か?」スレーターの声がする。

「ええ。携帯電話を見ながら歩いていた男性に、女性の乗った自転車がぶつかるところだったの。少なくともわたしはぶつかると思ったのよ。ふたりが車道に倒れて、車にはねられると。それで彼を自転車の通り道からどかせたら、その人が携帯電話を落としてしまったの。彼はわたしに感謝するどころじゃなかったわ」

「そんなことをしても——」

「なんの得にもならないわよね。わかってる」

「あとどれくらいで着く?」

「二ブロックよ」

「早く戻ってきてくれ。不安でしかたがない」

「わたしは平気だとでも思ってるの？」

カタリーナは視界の隅に、彼女の左側に向かってジョギングしながら近づいてくる男をとらえた。後ろからなので、ぎりぎりまで気づかなかったのだ。

〝差し迫った危険あり〟だ。

男が横に来て、きちんと姿が見える。三十歳くらい。長身で引きしまった体。伸びやかなストライドでゆったりと走っていて、まったく息があがっていない。

その男に対して、カタリーナのすべての感覚が警報を発した。急に近づいてきたからというだけではない。男のオーラにほとんど目に見えない淡い色のエネルギー帯があったからだ。

あの男は虚無《ブランク》だ。

ブランクを取り巻くエネルギーフィールドには特定の帯域のエネルギーが欠落していると言われているが、それは正しくない。オーラが見える人たちの大半が、標準的なソシオパスの特徴である淡い色のエネルギー帯を感知できないことから生まれた、誤った通説だ。けれどもカタリーナは、この怪物とも言える者たちを取り巻く奇妙なエネルギー帯を正確に感知できた。これまでに何度か遭遇しているので、自分の能力が及ぶ範囲内に彼らが入ってきたらすぐにそうとわかる。でもブランクを感じ取ったときにわきあがる背筋が寒くなるような恐怖には慣れることができなかった。ブランクとの遭遇は、散歩中にいきなり蛇に出くわすのと同じだ。ただし蛇は獲物を襲っても自然の営みとして許されるが、人間はそうではない。

「ああもう、くそっ」カタリーナは小声で罵った。

今日は言葉に気をつける努力を放棄してしまってもいいのかもしれないと、あきらめまじりに考える。

カタリーナは直感に導かれるままに向きを変え、走ってきた男から離れた。唐突な動きを見てまわりの人々が彼女への警戒をさらに強めるとわかっていたので、携帯電話の画面を見つめて方向を指示するメールを受け取ったふりをする。

「ちくしょう、いったい何が起こってるんだ？」

なんと、今度はスレーターが悪態をついている。これも感情の表れではあるとカタリーナは認めたが、いまはブランクの動きを追うのに忙しく、返事をしている余裕はない。

男はカタリーナのほうをちらりとも見ずに走り過ぎていった。足取りに乱れはまったくない。興味深いことに、ブランクは自分たちの恐ろしさに他人が気づくとはまったく思っていない。自らの強さと賢さを信じきっている。だがカタリーナの両親がしょっちゅう言っていたように、誰にでも盲点がある。そしてブランクの弱点は例外なく、自身のすばらしさを過信していることだ。

男が遠ざかっていくとオーラが急速に薄れ、やがて完全に感じられなくなった。彼が曲がり角に到達するころには、どこにでもいる朝から運動にいそしむ健康志向の男性にしか見えなくなっていた。

〝危険は消滅〟

カタリーナはようやく息ができるようになった。疲弊した感覚を立て直し、人のジャングルのあいだを縫う過酷な行進を再開する心の準備をする。けれどもブランクとすれ違った影響は大きく、目の前に力強いオーラをまとった男がいることにまったく気づかなかった。

カタリーナはその見知らぬ男の腕の中に飛びこんで、硬い胸板とこれまで出会ったことのないオーラに衝突した。またしても万華鏡の中に入りこんだかのように、方向感覚を失う。

「ああもう、くそっ！」

通常の感覚しか使っていないときでも、よく知っていて信頼している人以外に触れたり触れられたりするのは好きではない。それが能力を全開にしているときに見も知らぬ人とぶつかり、衝撃は何千倍にも跳ねあがった。

そうはいっても衝撃を受けたのは、見知らぬオーラの熱量に圧倒されたからではなく、いままで感じたことのない強烈な親密感に襲われたからだ。カタリーナがなかなか男性とうまくいかない原因はいろいろあるが、オーラが合わないというのもそのひとつだった。ちょっとしたキスにもオーラのバランスを取る努力が必要で、体を交えるともなれば手綱をかなり引きしめて感覚を制御しなければならないと、何度も失敗して学んでいた。カタリーナがベッドで自分を解放したら、相手は彼女を女王さまと仰いで興奮するか、一目散に逃げだすか、両極端な反応のいずれかを示す。とにかくこれまでカタリーナは、退屈な関係をなんとか続けながらも結局はうまくいかないことを繰り返していた。

しかしたったいま衝突した男性の力強いエネルギーフィールドは、退屈という言葉からはほど遠い。しばらくめまいがして口もきけず、まわりの人や物が意識から消え、勢いを増した感覚がすべて目の前の男性に向かう。

「悪かった。驚かせるつもりはなかった」

その声なら知っている。さっきまで携帯電話から聞こえていた声だ。混乱している感覚が新たなバランスを見つけようとして、さらに揺らぐ。

「スレーター・アーガンブライト？」

「そうだ。こんな顔合わせになってしまってすまない」

スレーターに両手で体をつかまれたせいで、カタリーナの感覚はなかなか落ち着こうとしなかった。

「ああもう、くそっ」

彼女は小声で罵って懸命に感覚を弱め、体をよじった。スレーターが火傷でもしたかのように手を離す。

「大丈夫か？」

カタリーナはむっとして背中を伸ばし、彼と目を合わせた。

「負荷に耐えられずにここで動けなくなるんじゃないかと心配する必要はないわ。そんなに弱くないから。あなたが急に現れたから驚いただけ。別の人に意識を集中してたの」

「どうした？　息が切れているみたいだが」

「急いで歩いていたからよ。早く事務所に戻れと、あなたが言ったんでしょう。それに、ちょっとブランクに近づきすぎたの。というより、向こうが近づいてきたんだけど。すぐ横に来るまで気づかなかったのよ」

「そいつは災難だったな。わかるよ」スレーターがかすかに振り返る。「灰色のジャンパーを着たランナーか？」

「ええ」カタリーナもスレーターの肩越しに視線を向けたが、ランナーはもう見えなかった。「彼がわかったの？」

「オーラがちらっと見えた。強いオーラだったな」

カタリーナは興味をそそられた。オーラを認識できる人の大半は、ブランクのエネルギーフィールドには普通と異なるおかしな部分があると感じるだけだ。そこに存在する冷たい熱を認識できる人はほとんどいない。

「あの男のエネルギーフィールドにある透明に近い部分が見えたの？」

「ああ」スレーターは考えこむようにカタリーナを見つめた。「やつはきみのすぐそばを通ったんだろう？」

「ええ。でも、わたしのことは目に入っていなかったと思う。とにかく行ってしまってよかったわ。それにしても、どうしてわたしがわかったの？」

「別に不思議じゃない。きみの写真を持っているからだ。それに事務所の受付にいた男が、着ているコートの特徴ときみが通りそうな道を教えてくれた」

「ああ、そうだったの」

「それに熱いエネルギーを発している足跡をよけながら道を歩いている女性は、そうはいない」

カタリーナはうめいた。「つまり酔っ払いか、頭がどうかした女に見えたということ？」

「ぼくにはそうは見えない。きみがそんな動きをする理由はわかっている」

カタリーナは自分の感覚が伝えてくるスレーター・アーガンブライトの情報に、どう対処すればいいのかわからなかった。彼のオーラが発している熱は圧倒的だ。超常的感覚を使っていないいまも、スレーターとぶつかったときのエネルギーフィールドの感触が生々しく残っている。夏の稲妻のようだった。

あんな衝撃的な感覚は生まれて初めてだ。

スレーターから離れて少し気持ちが落ち着いたカタリーナは、ようやくじっくり観察する余裕ができた。彼は威圧的に体を大きく鍛えあげてはおらず、豹《ひょう》のようにしなやかで力強い。鋭い線で構成されている顔は禁欲的で厳しい印象で、黒髪は飾りけなく短く刈りこまれている。うららかな春の日差しが降り注いでいるいまも、スレーターだけは陰に包まれているかのようで、琥珀色の目には何かに取り憑かれたかのような陰鬱な表情が浮かんでいる。

彼が朝、ひげを剃らなかったのは明らかだ。それに服を選ぶのに時間をかけたとも思えない。いくつもポケットがついている皺だらけのカーゴパンツに黒のTシャツとよれよれの古い革のジャケットを合わせ、ジャケットと同じくらいくたびれたショートブーツを履いている。仕上げに片方の肩に丈夫そうなバックパックを引っかけている姿は、中身は大きなネコ科の猛獣みたいなのに、服装は有能な技術者とバイク乗りを足して二で割ったかのようだ。

悔しいことに、カタリーナは魅力的なスレーターの目を見て受けた衝撃を意識的に振り払わなければならなかった。けれどもこの二十四時間の出来事を思い返せば、心の防御が少し弱まっているのもしかたがないという気もした。

「オリヴィアを見つけるのを手伝ってもらう代わりに、わたしは何をすればいいの? 焦って迎えに来るほどのことというのは何?」

「ぼくのおじはよっぽど悪い印象を残したらしいな」

「否定する気はないわ」

「それについては、あとでゆっくり話そう」

「はっきり言わせてもらうけど、いまさらそんな話をしても意味はないわ。取り返しがつくことじゃないもの。とにかくもう過去の話。振り返って思いだすなんてまっぴらよ」

「わかった。それなら目の前の問題についてだけ話そうか」

「友だちのオリヴィアが行方不明なの。それが目の前の問題よ。あなたは何か知っているみたいね。全部教えて。いますぐ」

「それほど多くを知ってるわけじゃない。彼女を捕らえたやつらを、ぼくも追っているというだけだ。きみは電話で目撃者がいると言っていただろう？　オリヴィアが誘拐されるのを見た者がいると」

「ええ」

「その目撃者と話したい」

「いまわたしが話してきたわ。マージが知っているのは、昨日の夜、何者かがオリヴィアをだまして黒いSUVらしき車に乗りこませたことだけ。ナンバープレートはついていなかったそうよ。車に乗っていたのはふたりで、ひとりがオリヴィアに注射針を刺すのを見たと言ってたわ。これで全部よ」

「オリヴィアは薬を打たれたのか？　それは興味深い」

「目撃者としてのマージの問題は、独自の陰謀説を通してすべてを見ていることなの。マージの世界では、悪いのはみんなリヴァーヴューという名前の惑星のやつらで、犠牲者をおとなしくさせるのに薬を使うのよ」

スレーターはさらに興味を引かれたらしい。「彼女はそういったことをどこから思いついたんだろう。何か知らないか？」

「実はオリヴィアと一緒に、マージについて少し調べたの。そうしたら、リヴァーヴューは彼女が二年間収容されていた精神病院の名前だとわかった。マージはそこで、妄想をなくすために山ほど薬を使われたんだと思う」

「妄想というのは？」

カタリーナは冷たい笑みを浮かべた。「オーラが見えると言ったために、頭がどうかしていると見なされたのよ」

「彼女はフォグ・レイクの出身なのか？」

「違うと思うわ」

「わずかではあるが、一定の割合で自然発生的に超常的感覚を持った者が生まれる。これまでにオーラが見えると主張する者は大勢いたし、エネルギーフィールドを読み取るための装置を作りだそうとした者も多い。〈財団〉の専門家は多くの人々の中に超常的能力が休眠状態のまま存在すると考えているが、それを覚醒させる方法は誰も発見できていない」

「つまり超常的能力が活性化するには、フォグ・レイクの住民にとっての爆発事故のようなきっかけが必要だということ？」

「そうだ。いずれにしても超常的能力があたりまえにある場所で育たないと能力を制御するすべはなかなか身につかないし、普通の人たちにまじって生きる方法を学ぶのはもっと難しい。きみの友人のマージも、どうやらその方法を学べなかったらしいな」

「残念ながら、そうだと思う」

「だったら、彼女と話をしに行こう」

7

トニー・ハーキンズは黒のＳＵＶの助手席側のドアを開け、身をかがめて乗りこんだ。勢いよくドアを閉めて顔の汗をぬぐい、コンソールから水のボトルを取る。

「もう少しで捕まえられたんだ。それなのにいきなり向きを変えて、別の方向に行っちまった」ごくごくと水を飲み、ボトルをおろした。

ディークが発進して、車の流れにのった。「もともと人通りの多いところで捕らえるのは、成功する見こみが薄いとわかってただろ。おまえに気づいたのか？」

トニーはカタリーナ・ラークに近づいたときの様子を思い返した。あの女はいきなり右に向きを変えた。

「いや、知り合いの男を見つけて、そっちに行った感じだった」

「男を見たか？」

「角を曲がる前に、ちらっとだけ。つきあってるやつなのかもしれない」

「早く捕まえるのに越したことはないが、今回みたいに不用意に近づく危険は冒せない。もうひとりと同じく能力を持ってるらしいからな。いずれはどういうことか気づかれるだろ」

「まあ、そう難しく考えるなって。今夜か明日には捕まえられるさ。シアトルで女ひとり誘拐するくらい、難しい仕事じゃない」

「思いつきで行動するな。ちゃんと計画を立てるんだ。次は必ず成功させなきゃならないからな。大金がかかってる」ディークは釘《くぎ》を刺した。

「言われなくてもわかってる。でかい仕事だからな」トニーはふたたび水を飲んだ。

「ラークはもう一度おまえを見たら、前に会ったと思いだすと思うか？」

「いや、それはないな。もし覚えていたとしても、どうってことない。ジョギングをしてただけの通りすがりの男だ。あのへんに住んでるとしか思わないだろ。心配しすぎだ」

「かもな」

「なんだよ」

「それなら一番簡単なのは、自己紹介しちまうことかもしれない」ディークが言った。

「女を呼び止めて、引っ越してきたばかりだと説明する。今朝、走りに出たときに見かけたと言って、近くにハッピーアワーをやってるいい店があったら教えてほしいと頼むんだ。そして一緒に一杯どうかと誘って、こっそりグラスに薬を入れる」

うまくいくかどうか検討したあと、トニーはにやりとした。

「前に何度もやった」

「いつもうまくいっただろ？　今度に限ってうまくいかない理由はない」

「これまではターゲットをよくよく調べて選んでたからうまくいったんだ」トニーは言った。「ラークは普通じゃないってことを忘れるな。どれだけ強い能力を持っているのかは見当もつかない」

「薬はルクレアには効いたんだ。ラークにだけ効かないってことはないだろ。おまえはただ、薬を盛れるようにあの女に近づけばいい。そうしたらラークの能力がなんであれ、二、三時間は使いものにならなくできる」

「もしかしたら、二、三日かもな」トニーは言った。「オリヴィア・ルクレアは受け渡し場所に着いたときも、まだ意識を失ってた。薬の量が多すぎたんだろ。目を覚まさなかったら、クライアントが怒るぞ」

「じゃあ、ラークに盛る薬の量は少し減らすか」

ディークは赤信号でSUVを止めた。実行するのが楽しみでしかたないらしく、顔がにやけている。

トニーはミラーに映った兄の目を見つめた。自分とまったく同じ色合いの青い目。一卵性の兄弟の絆《きずな》ほど強いものはない。

8

マージは先ほどと変わらず、通用口の前で丸めた毛布に座っていた。横に置かれたソーダの空き缶がひとつ増えている。

カタリーナがスレーターを連れて近づいてくるのを見て、マージは体をこわばらせた。

「大丈夫よ、マージ」カタリーナは声をかけ、すばやく近寄った。「彼はスレーター・アーガンブライト。オリヴィアを捜すのを手伝ってくれているの」

マージはスレーターに視線を移し、推し量るように見つめた、「へえ」

スレーターは気のない反応を無視してマージの前にしゃがみこみ、目の高さを合わせた。

「手伝ってもらえたら感謝する。オリヴィアを誘拐したやつらを追ってるんだが、手がかりがほとんどない。車で連れ去った連中の特徴がわかればとても助かる」

マージが普通であるかのようにスレーターが静かな声できびきびと話しかけたので、カタリーナはほっとした。

マージは黙って彼を見つめていたが、しばらくして口を開いた。「あんたみたいな男は見たことがない。変わったエネルギーだ」

「そう言われる」

マージはスレーターの返事に満足したらしい。

「話せることはたいしてないよ。リヴァーヴューから来たクローンふたりがオリヴィアを捕まえて、薬を注射したんだ。オリヴィアはあっという間に寝ちまって、連れていかれた。やつらは秘密の研究所で人体実験をしてる」

カタリーナはため息をこらえた。マージは陰謀説を披露するつもりだ。

しかしスレーターは動じなかった。

「クローンについてもっと教えてもらえないか。そいつらは男だったのか？　それとも女か？」

マージは質問を聞いて、身を乗りだした。スレーターが真剣に話を聞いてくれるとわかったからだろう。

「男だよ。ひとりは後ろに、ひとりは前に座ってた。オリヴィアが車をおりようとするまで後ろのクローンは見えなかったけど、手を伸ばしてあの子を引き戻したときに、一瞬そいつが見えた。運転席のやつもね。注射したのは後ろのやつさ。かわいそうに、オリヴィアは地獄で目を覚ますはめになるんだ」

「その前に彼女を見つければ大丈夫だ。車に乗っていた男たちがクローンだというのはたしかか?」

「顔はよく見えなかったけど、オーラが見えたんだよ。ふたりの人間のオーラが完全に同じってことはありえない。だけど、あいつらのオーラはほとんど見分けがつかないくらい似ていた」

「双子だな」スレーターがすかさず言う。

カタリーナは驚いてスレーターを見たあと、マージに向き直った。「オリヴィアを捕まえた男たちは、一卵性の双子だということ?」

「あいつらが人間なら双子だろうね」マージが言った。「だけど人間じゃない。リヴァーヴューから来たんだから、クローンなんだ」

カタリーナはスレーターの有能さを認めざるをえなかった。マージとたった二分話しただけで、非常に役に立つかもしれない情報を引きだしたのだ。

「車に乗っていたふたりのエネルギーフィールドについて、ほかに気づいたことはあるか?」スレーターが質問を続ける。

マージが彼を見た。「あんたもエネルギーフィールドが見えるのかい?」

「ああ。あなたとはやり方が違うが。ぼくはエネルギーフィールドを感じるんだ」

マージは厳粛な表情でうなずいた。「そうかい。あんたは〈財団〉のクリーナーなんじゃないかい?」

カタリーナは口をぽかんと開けた。「〈財団〉を知ってるの?」

「リヴァーヴュー の秘密研究所に、〈財団〉のやつらも捕まってたんだ。その男が言ってた。あたしたちがこうして捕まってることを〈財団〉が知ったら、クリーナーをよこしてくれるはずだって。結局誰も助けに来なかったから、その男も頭がどうかしただけだと思ってたんだけどね。しばらく前にオリヴィアから聞いたんだよ。カタリーナはラスヴェガスのクライアントのために仕事をしていて、そのクライアントはあたしみたいな人たちをよく理解してる〈財団〉を運営しているんだって」

「あなたやぼくやカタリーナみたいな人たちについて〈財団〉が理解できていないことはたくさんあるが、それを解明しようとしているんだ」スレーターはポケットからカードを出し、マージに渡した。「もしまたあなたの意思に反してリヴァーヴューみたいな場所に連れていかれたら、そこで働いているクローンにこの番号に電話をかけさせるんだ。クリーナーが助けに行くから」

マージが疑わしげな顔をする。「もしクローンが電話をかけようとしなかったら？」

スレーターは冷たい笑みを浮かべた。「あなたがいなくなったとカタリーナやオリヴィアが知ったら、ふたりが電話をかけてくるはずだと言ってやればいい。そうなったらリヴァーヴューのやつらは、クリーナーだけでなく訴訟にも対処しなければならなくなる。だから絶対に電話をかけるはずだ」

「そうかい」マージは言った。カードを見つめ、声に出さずに唇だけ動かす。それから満足した様子でうなずいた。「数字を覚えるのは得意なんだ。だけど念のために、このカードはいつも持っておくことにしよう」

マージはカードをニット帽の下に押しこんだ。

「オリヴィアを連れていったクローンたちに関して、ほかに何か覚えていないか？」

スレーターがきいた。

「乗っていた大きな車はぴかぴかで、買ったばかりって感じだったね」マージは肩をすくめた。「それからオリヴィアに注射をしたやつは、自分が何をしてるのかよくわかってた。前にも同じことをやってると思う。これで少しは役に立つかい？」

「いまので相手はプロだとわかった」

「そのとおりさ。あんなことができる人間は安くない。痕跡をまったく残さずに女を誘拐しようと思ったら金がかかるんだ」

「たしかに金やさまざまなものが必要だ」スレーターが同意した。「あなたの言うとおりだ、マージ。今回の一件の特徴から、プロが綿密に計画を立てて実行した作戦だとわかる」

カタリーナはスレーターとマージを交互に見た。いつの間にかふたりは、カタリーナそっちのけで話しこんでいる。どうにも信じられないが、目の前の光景はたしかに現実だ。初めて見る奇妙なオーラをまとった男が、薬によって超常的感覚を損なわれたホームレスの女性と出会ってすぐに会話を成立させている。

マージがスレーターを見つめた。「あんたのエネルギーは前からずっとこんなふうなのかい？」

「知っていると思うが、自分のオーラを見ることはできない。でもまわりから言われて、自分が人と少し違うことはわかっていた。六カ月前にある出来事が起こって、違いが少しどころではなくなってしまったが」

マージがよく心得ているという表情でスレーターを一瞥《いちべつ》する。「クローンに薬を使われたんだね」

「照射されたんだ」

「へえ。何を？」

「わからない」

マージはうなずいた。「だけどあんたを変えちまったってわけだ」

「ああ」

「それで、どう変わったんだい？」

「いまはまだ、それを知ろうとしているところだ」

9

「教えて、アーガンブライト。あなたの知っていることを全部」カタリーナがせき立てた。

スレーターはどこからどう始めるのがいいか、頭の中を整理した。彼女とのやり取りに集中するのは容易ではなかった。カタリーナが彼の感覚に及ぼす影響に、まだ完全に順応できていない。さっき歩道でぶつかったときは、『眠れる森の美女』を地で行く気分になった。ちなみにスレーターが〝眠れる美女〟で、キスではなく、すさまじいオーラのエネルギーで目覚めさせられた。

あるいは『フランケンシュタイン』のほうがぴったりかもしれない。この場合、スレーターは怪物だ。マージの質問が頭によみがえる。〝それで、どう変わったんだい？〟

〈ラーク&ルクレア〉の事務所までのあと一ブロック足らずの道のりを、ふたりは急ぎ足で進んだ。マージと別れたあと、カタリーナはほとんど口を開いていない。スレーターにどう対応すればいいのか考えこんでいるのだろう。

簡単には協力してくれないはずだと、彼は事前に警告を受けた。だがいきなり彼女が腕の中に飛びこんでくるまで、スレーターはこんなにも気持ちをかき乱されるはめになるとは予想もしていなかった。

おじからは、カタリーナが強い能力を持ち、それを完全に制御していることしか聞いていない。

スレーターは見つめていると悟られないようにカタリーナを観察した。彼女はいまは超常的感覚を使っていないので、ぶつかったときほど激しいオーラは放っていない。だがエネルギーフィールドが穏やかに静まっていても、彼に与える影響は変わらなかった。

衝突したときと同じ強さでカタリーナの波動を感じる。違うのは、圧倒的なオーラに気を取られない分、きっちりひとつに束ねた豊かでつややかな茶色の髪や、大胆に挑みかかってくる緑色の目、黒のトレンチコートに黒のショートブーツという格好が醸しだす超然とした雰囲気といった細部に目を向ける余裕があることだ。

自分は好奇心をそそられ、魅了され、こうして一緒にいられることに興奮している。

「ぼくがもっと早く来ていれば、オリヴィアの誘拐を防げただろう。すまない」スレーターは謝った。

カタリーナが険しい表情のまま、探るような視線を向けてきた。「オリヴィアを誘拐したのが誰なのか、その理由がなんなのか、心あたりがあるの？」

「確証はないが、仮説はある」

「なんにもわかってないわたしよりましね。早く話して、アーガンブライト」

「三日前、ロイストンというコレクターが殺された。死んだ状況がイングラムのときとよく似ている」

「イングラムというのは、あなたのおじさんがわたしに調べさせた事件の被害者ね」

「そうだ。どちらの被害者も超常的な事象に関連するものを熱心に集めていて、世間からは秘密主義の変わり者だと思われていた。おじはふたつの死がつながっていると確信している。誰かが特定の遺物を捜していると考えてるんだ」

「特定の遺物というのは？」カタリーナがきいた。

「わからない。だがイングラムもロイストンも、フォグ・レイクの研究所に関係のあるものを集めていることで知られてた」

「オリヴィアの誘拐がそのふたりの死とかかわっていると思う理由は何？」

「ぼくは偶然なんてものはそうそうないと思ってる。だからフォグ・レイク出身のきみの友人が偶然ロイストンの死の二日後に連れ去られたとは、とてもじゃないが信じられない」

カタリーナは息をのんだ。「ロイストンを殺した人物は目当てのものを手に入れて、そのあとオリヴィアを連れ去ったというの？」

「それだけじゃない。ぼくの仮説が正しければ、十五年前にきみとオリヴィアが目撃した殺人事件もかかわっている」

カタリーナが驚いた顔でスレーターを見て、すぐに目をそらした。「知ってるの？」

「人が殺されたら、必ず噂は広まるものだ。フォグ・レイクでふたりのティーンエイジャーが殺人を目撃した話は〈財団〉のファイルにおさめられている。その理由は、同じ時期に〈財団〉の研究員がひとり、姿を消しているからだ。ジョン・モリシーといって、遺体は見つかっていない」

「〈財団〉は調査をしたの？」

「当時の〈財団〉はいまとは……トップが違ったんだ」

「あのころはまだランコートだったわね」カタリーナが顔をしかめた。「あなたのおじさんになったのはいつだった？　五年前？」

「ああ、五年前に理事長に任命された。おじは前任者の負の遺産についてはよく承知している」

「負の遺産だなんて、くそみたいにお上品な言い方ね」

「好奇心からきくんだが、そういう言葉をしょっちゅう使うのか？」

「今日はね。信じてもらえるかどうかわからないけど、昨日まではずっとましな言葉遣いだったわ」

「信じよう。さて、さっきも言ったが、フォグ・レイクで殺人事件が起きた当時の〈財団〉のトップはステンソン・ランコートだった。やつはその地位を父親から引き継いだ」

「フォグ・レイクの人たちはみんな、ランコート一族はマフィアみたいなものだと知ってるわ。あの人たちは〈財団〉を何百万ドルものお金を作るために利用したのよ。もしかしたら何十億ドルかもしれない」

「いまは違う」

「ええ、そうね」

「話を続けよう。モリシーの失踪にステンソン・ランコートが興味を示さなかったため、調査は最低限しか行われず、何も判明しなかった」

「それなのに、オリヴィアとわたしの名前は〈財団〉のファイルにあったのね」

「残念ながら」スレーターはこれ以上何も言うべきではないと考えてためらったが、カタリーナにはなんらかの答えを聞く権利があると思い直した。「だがランコートの時代にはなかった。きみたちの名前がファイルに記されることになったのは、おじがブルーストーン計画にかかわりのあった人物をひとり残らず特定しようと努力したからだ。フォグ・レイクの住民とその子孫に、おじは特に興味を抱いている」

「あなたのおじさんに言いたいわ。わたしたちのほうは興味なんか持ってほしくないと」

「おじへの恨みを三十秒だけ脇に置いて、いまある事実だけを見てほしい。きみの友人が誘拐され、それがフォグ・レイクで十五年前に起こった事件に関係していると信じるに足る理由がある。法執行機関が手遅れになる前にオリヴィアを発見できると、きみは真剣に考えているのか？」

カタリーナが麻酔なしで歯を抜かれようとしている患者のような面持ちで、バッグのストラップをきつく握りしめる。

「いいえ」

〈ラーク&ルクレア〉が入っているオフィスビルの入り口に着き、スレーターは入り口のドアを開けてカタリーナを先に通した。すぐに自分も狭いロビーに入り、ふたりでエレベーターに乗りこむ。

「過去の話はもういいわ」カタリーナが言った。「オリヴィアを捜すのにどこから始める？」

「この近くに超常的なアンティークを専門に扱っているショップがある。まずはそこに行こう。遺物のブラックマーケットを駆け巡っている噂にかけて、グウェンドリン・スワン以上に詳しい者はいない」

エレベーターのドアが開いた。カタリーナが先に廊下へ出て、スレーターも続く。

「その種の遺物を専門に扱っているアンティークショップがあるなんて、初めて聞いたわ」

「グウェンドリン・スワンは目立たないように商売をしている。理由はわかるだろう？　超常的なものを扱っているという噂がもれたら、妙な連中を引き寄せるからだ」

「その人の気持ちはわかるわ。六カ月前、わたしも観光客向けの安っぽい見世物になった気分をさんざん味わったもの。あなたのおじさんのおかげでね」

スレーターは口をつぐんでいた。これ以上ヴィクターや〈財団〉の現在の運営方針について弁護する時間も気力もなかった。

事務所の前に着くと、スレーターはドアを開けてカタリーナを先に通した。

中に入った彼女が急に足を止め、窓辺にいる男を見つめる。

「ああもう、くそっ！　本当に今日は最低だわ」

10

受付のデスクにいたダニエルがはじかれたように立ちあがり、あわてて謝りだした。

「すみません、カタリーナ。ドクター・ゴサードがどうしても話さなければならない大事なことがあると言うので」

スレーターは聞き覚えのある名前を記憶の中から探った。ドクター・ロジャー・ゴサードは、ヴィクターの言っていたセキュリティ・コンサルティング会社のオーナーだ。〝ミズ・ラークとゴサードがもめたのはわたしが街を出てからのことで、わたしの責任ではない。男女の関係は常に破綻する可能性を秘めているものだ〟

ロジャー・ゴサードはあちこちの犯罪現場に赴いて最先端の法医学的調査を展開する、細身で野心家の最高経営責任者《CEO》役としてキャスティング会社が送りこんできたかのような外見の男だった。

カタリーナがロジャーに、敵意といらだちが入りまじった視線を向ける。

「ここで何をしてるの、ロジャー？」

ロジャーは完璧にそろった真っ白な歯を見せてにっこりしたが、スレーターがオーラを見ると、緊張と警戒心をみなぎらせているのがわかった。ロジャーは居心地悪そうにスレーターをちらりと見たあと、カタリーナに笑みを向けた。

「おはよう、キャット」

カタリーナがトレンチコートを脱いだ。「前にも言ったでしょう？　キャットと呼ぶのはやめて」

ダニエルは立ちあがったまま、なりゆきを見守っている。流血の事態を防ぐためにカタリーナとロジャーのあいだに割って入らなければならないかもしれないと心配しているらしい。

「あなたがいないあいだに、刑事から電話がありました」ダニエルが言った。「昨日の夜、殺人未遂事件にかかわったそうですね。その件で、アンガス・ホッパーを一時間前に逮捕したそうです。何があったんです？　大丈夫なんですか？」

カタリーナがダニエルに注意を移した。「まず言っておくけど、わたしは殺人未遂事件にかかわってなんかいないわ。危うく殺されるところだったのよ。大きな違いだわ」

ダニエルが顔を曇らせた。「すみません。言い方を間違えました」

「警察はホッパーを捕まえたのね？　今日初めてのいい知らせだわ」カタリーナはトレンチコートをコート掛けにかけた。

ダニエルがメモを見る。「ホッパーは救急外来を、ええと、フォークで刺された傷の治療のために訪れたようです」

ロジャーが低く笑う。「なるほどね」

ダニエルが続けた。「今朝は大変でしたよ。オリヴィアがいなくなったと思ったら、ミスター・アーガンブライトがいきなり現れて、生死にかかわる問題だからあなたにすぐに会わせろと言ってきた。そのあと今度は警察が電話をかけてきて、あなたが昨日ミズ・マトソンの家で襲われたという。最後に追い打ちをかけるように、ドクター・ゴサードの登場ですよ」

「悪かったわ」カタリーナは謝った。「オリヴィアの行方を捜すことのほうが重要で、ホッパーの件は話す暇がなかったの。優先順位の問題よ、ダニエル」

「なるほど、優先順位の問題ですか」ダニエルはめまいがしたように、椅子に腰を落とした。

ロジャーが眉をあげる。「オリヴィアがどうかしたのか？」

「気にしないで。あなたには関係ないから」カタリーナがぴしゃりと言った。

スレーターは咳払いをした。「ぼくもついていけてない部分があるんだが、殺人未遂とかフォークで刺された傷とかいうのはなんの話だ？」

ダニエルに視線で問いかけられ、カタリーナが手を振ってうながした。

「いいわ、話して」

ダニエルが椅子の上で背筋を伸ばした。「昨日の夜、わが社のクライアントが交際相手に危うく喉を切り裂かれそうになったんですよ。警察によればそこにちょうどカタリーナが行きあわせて、男ともみあいになってそいつをフォークで刺したそうです。幸い、クライアントともども無事に逃れられたみたいですね」

スレーターはカタリーナを見た。「フォークだと？」

ロジャーの鼻息が荒くなった。明らかに笑いをこらえている。

ダニエルが険しい表情でカタリーナを見た。「フォークじゃなくて、銃を持ち歩いたほうがいいんじゃないですか？」

カタリーナはダニエルを無視してスレーターと目を合わせ、ロジャーを親指で示した。

「彼はロジャー・ゴサード。あら、ごめんなさい、ドクター・ロジャー・ゴサードだったわね。何で博士号を取ったのかは忘れたけど」

「法心理学だ」ロジャーが動じることなく言う。

「とにかくロジャーはコンサルティング会社を経営しているの。さまざまな法執行機関から仕事を請け負っているし、彼を雇うお金のある法律事務所のために鑑定人を務めることもあるわ。ロジャー、こちらはスレーター・アーガンブライト」

ロジャーが狭い場所をすばやく横切って近づいてきて、手入れの行き届いた手を差しだした。

「よろしく、スレーター」

スレーターはその手を軽く握り、すぐに放した。「こちらこそ、ドク、ト、ドクター・ゴサード」

ロジャーは低く笑うと、鷹揚《おうよう》に手を振った。「ロジャーでいい。キャットの友人だからね」

「キャットと呼ばないで」カタリーナが嚙みつく。

ロジャーは彼女の抗議をふたりだけの冗談であるかのように笑顔で黙殺し、興味をそそられた様子でスレーターを見た。「カタリーナのクライアントかな？」

それがいま思いつける一番いい言い訳だとスレーターは気づいた。しかもそれは事実でもある。ある意味では。

「そうだ」

カタリーナは驚いた顔になってスレーターを見たものの何も言わず、そのままロジャーに視線を向けた。

「ロジャー、説明してもらえるのを待ってるんだけど。何しに来たの？」

「昨日の夜、きみのクライアントの家で何があったのか興味があるな」

「そんなことを教えるはずがないでしょう？　守秘義務があるもの。あなたもわかってるはずよ」

「もちろんさ」ロジャーはむっとしながらも引きさがった。「今日は仕事の話で来たんだ。きみのオフィスで話せないかな？　数分ですむ」

「無理よ。時間がないの。言いたいことがあるなら、ここで言って。早く仕事に戻りたいから」

「いいだろう」ロジャーは目元と口元を引きしめたが、服装と同じく上品で洗練されている口調は崩さなかった。「きみに現場を見てもらいたいんだ」

「冗談でしょう？　仕事を頼みたいというの？　わたしにあんなことをしておいて？」

「たしかにあのときはやり方がまずかった」ロジャーは認めた。「謝るよ。だけど、ぼくの立場もわかるだろう？　コンサルタントには最先端の技術を使って厳密に科学的な手法で分析を行っているっていうイメージが大事なんだ。ぼくもぼくの会社も、超能力者だと主張する女性とかかわりがあると人に知られるわけにはいかない」

「そんな主張をしたことなんて一度もないわ。超能力があると言い張るうさんくさい女だとリポーターのブレンダ・ブライスに言ったのはあなたよ。そのせいでわたしはキャリアカウンセラーの仕事を失って、ストーカーにもつきまとわれたんだから」

ロジャーがようやく感情を見せた。怒りを。

「きみが仕事を失ったのはぼくには関係のないことだし、頭がどうかしているストーカーのしたことで責められても困る。間違った種類のクライアントが殺到することをきみの上司が恐れたのが、ぼくの責任だというのか？　彼は死者と話せる超能力者と会うことを要求する連中に押しかけられて、大変な思いをしたっていうじゃないか。だからきみを辞めさせるしかなかった。きみは彼のビジネスをめちゃくちゃにしたんだ」

「本気で言ってるの？　あのときのことをわたしのせいにするなんて。気づいていないなら教えてあげるけど、わたしはなんの責任もない被害者だったのよ」

ロジャーが懸命に怒りを抑えこんだ様子で言った。「なあ、謝っただろう？　それにきみはへこたれなかった。うまくやってるみたいじゃないか」手ぶりで事務所を示す。

「そういう問題じゃないの」カタリーナは歯を食いしばり、言葉を押しだした。

ロジャーがまたスレーターをちらりと見て、カタリーナに視線を戻した。「過去について議論するのはまた今度にしよう。きみには通常の料金を支払うつもりだから――」

「お断りよ」

「きみがほしいだけ払おう。たいして時間はかからないよ。よくある保険金殺人なんだ。きみはぼくが立てた仮説が正しいと確認してくれればいい」

「つまりわたしに犯罪の仮説を提供してもらいたいのね。あなたの手柄として披露できるように。無理よ。たとえ手を貸してあげてもいいと思ったとしても、いまは時間がないの。ほかの問題を抱えているから」

ロジャーは不満を隠しきれない様子だったが、それでもいちおう気遣う言葉を口にした。

「オリヴィアのことかな？　いなくなったっていうのは、たしかなのか？」

「ええ、たしかよ」

「いなくなってからどれくらい経つ？」

「昨日の夜から行方がわからないの」

「まだ二十四時間も経ってないじゃないか。なんの問題もない可能性が高いな。新しい男とどこかに行ったんだろう。頼む、五分でいい。事件の説明をさせてくれないか？」

「無理よ」カタリーナは腕組みをすると、取りつく島もない冷ややかな笑みをロジャーに向けた。「わたしがあなたのビジネスより自分のビジネスの利益を優先させなければならないことは、あなたにもわかっているわよね」

ロジャーが口元を引きしめる。「きみは仕事の話を個人的な問題にすり替えている。それは間違いだ、キャット。真剣にビジネスに取り組んでいるのなら、ぼくが〈ラーク&ルクレア〉に多くの仕事をもたらせる立場にいるという事実に目を向けるべきだ。ぼくたちのあいだの協力関係はもちろん表沙汰にはできないが」

「あなたの会社が請け負った事件が解決しても、〈ラーク&ルクレア〉に称賛が行くのでは意味がないものね。それに超能力による調査を行う会社に協力を求めているとマスコミに知れたら恥ずかしいからでしょう？」

「大金が絡んでいるんだぞ、キャット。ぼくのクライアントには弁護士が大勢いる。彼らは金持ちのクライアントを抱えていて、資金が無限にあるんだ」

「もう充分よ」カタリーナは組んでいた腕をほどいてドアを開けた。「さあ、出ていって。いますぐ。さもないと警察を呼んで叩きだしてもらうわよ。法的根拠はあるんだから」

「不審者の徘徊《はいかい》に、不法侵入」ダニエルが言う。

彼は電話に手を伸ばした。

ロジャーは抵抗するそぶりを見せたが、そんなことをしても意味はないと思い直したらしい。

「きみは間違いを犯している」ドアに向かいながら言った。「頭が冷えたころに、また連絡するよ」

カタリーナは何も言わなかった。ロジャーが出ていったあとしっかりとドアを閉め、ダニエルに向き直る。

「アンガス・ホッパーが逮捕された件について、ほかに聞いておくべきことはある？」

ダニエルはメモを見た。「電話をかけてきた刑事は、あなたからもう一度供述を取りたいと言っていました。武器の選択について、いくつか質問があるみたいでしたけど――」

「おもしろくないわ」

「冗談です」ダニエルが急いで言った。「ホッパーをぶちこむのに充分すぎるほど証拠があると言ってました。それで今度はぼくがききたいんですけど、オリヴィアに関して何かつかめましたか？」

「ええ、小さな手がかりだけど。マージによれば、オリヴィアを連れ去ったふたり組の男は双子かもしれないそうよ」

ダニエルが眉をひそめる。「そいつは奇妙ですね。いつ警察に電話をかけるんですか？」

スレーターはそろそろ会話に参加してもいい頃合いだと判断して口を開いた。

「警察を引きこんでも意味はないと思う。少なくとも現時点では。たいして証拠がないからな。ぼくはマージの言葉は信用できると思ってる。彼女の世界観にはゆがめられている部分があるとしてもだ。だが警察もそう思ってくれるかどうかは疑わしい。警察はオリヴィアが昨日の夜に会うはずだった男を疑うだろう」

「エマーソン・フェリスですね」ダニエルが言った。

「エマーソンはオリヴィアが誘拐された件とは関係ないとわたしは確信してるわ。彼について調べていたら、貴重な時間を無駄にしてしまう」カタリーナが断言する。

「エマーソン・フェリスが裏にいることはないと思うが、可能性はゼロじゃない」スレーターは言った。「きみとぼくが別の手がかりを追っているあいだ、フェリスを見張る者が必要だ」

「ぼくですね」ダニエルが言った。「張りこみは得意分野ですから。すぐに向かいます」

ダニエルは留守番電話を設定すると、引き出しから小さな黒いバックパックを出し、ジャケットを取って出ていった。

カタリーナがスレーターを見る。

「アンティークショップのオーナーに会いに行く前に、いくつか答えてもらいたいことがあるの。わたしのオフィスに来て、ミスター・アーガンブライト」向きを変え、きびきびと歩きだした。

その声には有無を言わさぬ響きがあった。

11

カタリーナはデスクの前の椅子に座ると、スレーターがバックパックを床におろすのを見守った。彼が保温器の上に置いてあるコーヒーポットに、ものほしそうな目を向ける。

「一杯もらえないか？　昨日はほとんど寝てないんだ」

「好きにどうぞ。淹《い》れ立てじゃないけど。ダニエルが今朝、出勤してすぐに作ったのよ。ついでにわたしにもお願いできる？　カフェインの刺激がほしいから」

スレーターはうなずき、ポットを取りあげてマグカップふたつに注《つ》ぐと、ひとつを彼女のデスクに置いた。

カタリーナは大きなマグカップを両手で包んで、ぬくもりを吸収した。「さて、コレクターがふたり殺された事件に、どうしてわたしとオリヴィアが巻きこまれなければならないのか教えて。わたしたちが十五年前に目撃した殺人とどういう関係があるの？」

「ぼくはすべての答えを知ってるわけじゃない」スレーターがクライアント用の椅子に座ってコーヒーをたっぷり口に含み、おもむろにマグカップをおろす。その目が真剣な表情を帯びた。「だがきみが背景を知りたいと思うのは当然だから、話せるだけ話そう。ここへは事件の調査を手伝ってほしいと頼むために来た。その事件ときみたちにかかわりがあるなんてまったく知らずに。だがここに来て、明らかに関係があるとわかった」

「ええ、明らかにそうね」

「ブルーストーン計画とその研究所について、どれくらい知っている？」

「あまり。ブルーストーン計画と研究所は、わたしたちのような人々のあいだでは都市伝説みたいなものだもの。都市伝説というか、陰謀説ね。一九五〇年代の終わりごろ、さまざまな形の超常エネルギーを調査する極秘プログラムを政府が立ちあげたという」

「ブルーストーン計画は都市伝説でもなければ陰謀説でもなく、実際に存在していた。かつてのマンハッタン計画のようなものだ」

「最初の原子爆弾を生みだした研究開発プログラムのこと？　第二次世界大戦中

の？」

「ああ。そしてそのあとの冷戦時代、当時のソ連が超常的なこととの研究に真剣に取り組んでいるという情報に、ある政府系の機関が懸念を募らせた」

カタリーナは鼻の頭に皺を寄せた。「考えられないわ。政府の人たちが超自然的なものを本気で信じていたなんて」

スレーターは彼女に冷笑を向けた。「ありえないと断言できるか？」

「続けて」

「マンハッタン計画と同じようにブルーストーン計画でも、都市部ではなく地方に複数の研究所が作られて、そのほとんどは西部と南西部にあった。敵に一箇所を発見されて破壊されたとしても計画全体が壊滅することがないように分散させたんだ」

「そのひとつがフォグ・レイクにあったと考えているんでしょう」

「ああ、そうだ」

「何十年も前の、あの爆発事故がその理由ね」

「あの夜の事故の原因はわからないが、そのせいでブルーストーン計画を統括していた政府機関はプロジェクトに懐疑的になり、やがて終了する決断を下した。すべての研究所を破壊する命令が出て、記録やファイルを紙一枚に至るまで焼却処分することになった。当時はまだデジタルの記録媒体がなかったから、計画の痕跡を消すのは比較的簡単だと考えられていたんだ。だが政府のプロジェクトなんてものは決まってそうだが……」

「破棄されずに残った書類があったのね」

「書類だけでなく、物もだ。だからそんな遺物を集めるコレクター向けのマーケットが生まれた」

カタリーナはスレーターを見つめた。「あなたもコレクターなの？」

「そうだ」

「コレクターは秘密主義の変わり者だと思われていると言ってたけど」

スレーターはうなずき、コーヒーを飲んでマグカップをおろした。「ぼくは〈財団〉の博物館で働くことで、そういったものに対する執着を偽装している。保安部に所属して、超常的な由来を持つ遺物のうち、潜在的な危険をはらんでいるものを捜しだしてラスヴェガスの〈財団〉の本部に運ぶ仕事をしているんだ」

「たしかにコレクターにとっては都合のいい隠れ蓑になる仕事だわ」

「理想的だ」

「遺物はたくさん回収したの？」

「博物館の保管庫には多くの遺物が収蔵されているが、その中で危険があると見なされているのはごくわずかだ」

「研究所を発見したことはある？」

「ない」

「だったら、どうして本当にあったとわかるの？」

スレーターは苦笑いした。「繰り返しになるが、ブルーストーン計画は政府が行っていたもので、たとえ極秘であろうと資金が動いたことに変わりはない。それも莫大な資金が。そして資金の流れはどれだけ隠そうとしても必ず痕跡が残る」

「あなたがその痕跡を見つけたの？」

「ぼくじゃない。〈財団〉には金の流れを追跡する専門家がいて手がかりをいくつか見つけているが、それでもまだあの計画についてはわからないことがたくさんある。ブルーストーン計画みたいな大がかりな研究プロジェクトを、存在しなかったかのように消し去るというのは非常に難しい。だから後始末の作業を遂行した責任者には賛辞を送らずにいられない。男か女かわからないが、大仕事をなし遂げた。おかげでいまわれわれの手に入るのは、噂や都市伝説、それに散逸したわずかな遺物だけだ」

「オリヴィアとわたしが洞窟で過ごした夜、モリシーと彼を殺した男は研究所を捜しに来たんだと思ってるの？」

「そうだ」

カタリーナは黒いペンを取りあげて、マグカップにコツコツと打ちつけた。「どうして〈財団〉はイングラムとロイストンの死にそんなに興味を持っているの？」

「ブラックマーケットに新たな噂が流れているからだ。ある研究所を見つけようとしている者がいるという噂だ。ブルーストーン計画のすべての研究所の中でも、極秘中の極秘とされてきた施設。コードネームは〈ヴォルテックス〉。そのすべてが謎に包まれている」

「どこがそんなに特別なの？」

「超常エネルギーを兵器化する技術の開発に特化した施設だったからだ。記録保管所の文書の中に、〈ヴォルテックス〉がそれに取り組んでいたことをほのめかす記述がある」

「フォグ・レイクにあった研究所がその〈ヴォルテックス〉だというの？」

「わからない。もしかしたら違うのかもしれない。だが〈ヴォルテックス〉を捜しているのが誰であれ、フォグ・レイクにあった施設に興味を抱いている」

「本当にあったかどうかもわからないのに」

「きみやオリヴィアやぼくをはじめ、血筋をたどるとフォグ・レイクやブルーストーン計画とかかわりがある人たちは全員、研究所が存在したという証拠になる」

カタリーナはスレーターをまじまじと見た。「あなたはフォグ・レイクとどんなかかわりがあるの？　わたしはあそこで育ったけど、アーガンブライトという名前に覚えはないわ」

「ぼくの一族にフォグ・レイク出身者はいないが、ブルーストーン計画とつながりがあるのはきみの故郷の町だけじゃない。何箇所もあった研究所のすべてで、さまざまな分野の超常的な研究が行われていた。アーガンブライト一族は、そのうちのある実験結果をＤＮＡに受け継いでいる」

カタリーナは体が震えた。「なんてこと。つまりあなたは、アーガンブライト一族が謎に満ちた〈ヴォルテックス〉の研究所で行われた実験の影響を受けていると考えているのね？」

スレーターは答えるのをためらい、肩をすくめた。「一族のあいだには、ぼくの祖父が〈ヴォルテックス〉の研究所で働いていたという話が伝わっている。だが事実かどうか確認は取れていない。祖父は研究所が閉鎖されるよりも前に死んだ。祖父は秘密を知りすぎたために殺されたんじゃないかと父は疑ってる。たしかなのは一族に強い超常的能力が受け継がれていること、それが初めて現れたのが父の世代であることだけだ。あとはすべて推測にすぎない」

「フォグ・レイクの爆発事故は超常エネルギーによって引き起こされたものだと思う?」

「おそらく」スレーターは立ちあがると、空になったマグカップをカウンターに置いた。「さあ、グウェンドリン・スワンに話を聞きに行こう」

「ええ。彼女の店はどこにあるの?」カタリーナは立ちあがってデスクの横をまわった。

「パイオニア・スクエアだ」

「近いじゃない。歩いたほうが早いわ」

カタリーナは窓のところまで行って、通りを見おろした。見慣れた地元テレビ局のロゴのついたバンが、ちょうど建物の前に来て止まった。助手席のドアが開いて、ブレンダ・ブライスが出てくる。ビデオカメラを持った男もおりてきて、ブレンダとともにロビーに入るドアへと向かった。

カタリーナは窓に背を向けた。「路地に面した搬入口から出たほうがいいわ」

スレーターはテレビ局のクルーを見おろした。「地元メディアに追いまわされているみたいだな」

「あなたのやさしいヴィクターおじさんとロジャー・ゴサードのおかげでね」

「心配しないでいい」スレーターはバックパックを持ちあげた。「通りに出たらぼくがセキュリティを担当するから、きみは感覚を高めなくてもいい。だから道すがら、昨日の夜どうフォークを使ったのか聞かせてくれ」

12

路地からの脱出はスムーズだった。感覚を高めることを求められなかったので、カタリーナはほっとした。スレーターが〝セキュリティ〟と呼ぶ、まわりを警戒する役を担ってくれたため、その日初めて少しリラックスできた。歩道に残る熱量の高い足跡をいちいちよけたり、不快なオーラを放つ人が近づいてくるたびにびくっとしたりしないですむ。それにブレンダ・ブライスやテレビ局のクルーとやりあう必要もなかった。

気がつくと双子のようによく似たふたり組を捜してきょろきょろしていたが、それ以外は少し緊張を解いてガードをおろしてもいいという気分になっている。とりあえず、スレーターが見張っていてくれるあいだは。

〈財団〉の人にボディガードを務めてもらうのは多少変な感じもするが、人生が思いがけない展開を見せているいまはしかたがない。

ほかのときだったら、スレーターほど強いエネルギーフィールドを持つ人と出会ったら落ち着いてはいられなかっただろう。こんなに力強いオーラをまとっている人に近づくのは初めてだ。それなのに最初の衝撃からすでに立ち直っているどころか、人並外れた彼のオーラに早くもなじんでいる自分に気づいて、カタリーナは驚かずにはいられなかった。

　でもなじんでいるというのとも、少し違う気がした。自分はスレーター・アーガンブライトと一緒に歩いていることにわくわくしている、興奮しているというほうが正しい。

　おそらくよくない兆候だ。

　彼が〈財団〉の人だという事実が、ことを複雑にしている。だが現実的に考えれば、秘密主義の組織からの援助を受け入れるしか選択肢はない。オリヴィアを助けるために必要なものをヴィクター・アーガンブライトは持っている。

　スレーターがそばにいることでこんなふうに感じてしまうのは、昨日からの出来事でエネルギーフィールドが消耗しているからかもしれない。自分のオーラは見えないから、スレーターやほかの見える人たちの目にどう映っているのかはわからないが、壊れたネオンサインのようにバチバチと点滅しているのではないかというやな予感がする。

　このままでは遠からず疲労して動けなくなってしまうとわかっていた。マーシャ・マトソンの家に行ってからずっと気を張ってきたが、そのつけは必ずまわってくる。エネルギーには限りがあり、カタリーナはそれを大量に消費した。しかも昨夜、切れ切れに二時間ほどしか眠れていないことが追い打ちをかけている。

「昨日の夜、きみはクライアントの家に行って、現場を読んだ」カタリーナの話を聞き終わると、スレーターは言った。「そしてホッパーが武器を持ってドアの陰に隠れていることを知り、クライアントとともに無事に逃げ延びた。上々じゃないか」

「ありがとう。わが社は手厚いサービスの提供がモットーだから」

　スレーターが口の端を持ちあげた。「ひとつ質問がある」

「フォークね」

「どうしてフォークがバッグに入っていたんだ？」

「あなたのおじさんのおかげよ」

「それほど感謝しているようには聞こえないが」

「六カ月前、おじさんはイングラムが殺害された現場を読むようわたしに依頼して、結果を聞くと礼を言ってその日のうちに帰っていったわ。そのあとわたしはよき市民として警察に連絡した。イングラムは殺されたと思うと。だけど証拠は見つからず、捜査は打ちきられた。そのあと自称超能力者の女が殺人の可能性があると通報したという噂が広まって、ブレンダ・ブライスが話を追いはじめたのよ。それでひどい騒ぎになった。働いていたキャリアカウンセリングの会社におかしな人たちが押し寄せたの」

「そのことは少し聞いた」

「シアトルのあらゆるメディアがセンセーショナルに報じたわ。丸一日だけだったけど、充分長かった。そのあとわたしとの面談の予約を入れようとするのは、宝くじがあたる番号を知りたいとか、運勢を教えてほしいとかいう人たちばかりになったの。死んだ人の霊と交信してほしいと言われたときは、本当にぞっとしたわ」

スレーターは首を振った。「死者の霊と話せると信じてる連中がいまもいる。そんなことはありえないのに」

「超常的能力者と霊媒は違うし、死者と話せると主張する人は詐欺師か妄想の世界で生きているかのどちらかだと必死で説明したのよ。宝くじでどの番号があたるかわかるならとっくに自分で買って、いまごろはハワイのビーチで悠々自適の生活を送っているはずだと。あとはいわゆる超能力の研究をしているとかいう人たちも来て、わたしを調べたいと言った。人を実験用の鼠《ねずみ》か何かだと思ってるみたいに」

「要するにきみはおじのせいで、少しでも能力のある者なら絶対に避けたいと思っている悪夢のような状況に陥ってしまったわけだ」

「しかも運の悪いことに、新聞記事を読んだ頭のどうかした男が、わたしを地獄から来た悪魔だと決めつけたの。ロバート・プランケットという名前のそいつは、悪魔と戦う戦士だと自称してしばらくわたしをつけまわした挙げ句、ある晩、オリヴィアと一緒にレストランから出てきたわたしに襲いかかった」

「ああ、フォークが登場しそうな波動がびりびり来てる」スレーターが言う。

「オリヴィアとわたしはお酒を飲みながら夕食を楽しんで、探偵事務所を開く計画を練っていたの。そのあいだ、プランケットはレストランのそばの路地に潜んでいた。わたしもオリヴィアもあの男のオーラが見えたから、歩いてアパートメントまで戻るつもりだったけど、車を呼ぶことにしたわ。車が着いてからわたしたちはレストランを出た。席を立ったとき、急に武器を持っていたほうがいい気がして、テーブルにあったフォークを取った」

「それでどうなった?」

「急いで歩道を突っきって車に向かった。悪魔と戦う戦士のプランケットもナイフを手に走ってきた。だからプランケットに車のドアを叩きつけて、ひるんでいるやつの目にフォークを突き刺してやったの。あの男はパニック状態になって逃げていったわ。二十分で警察に捕まったけど」

「そいつは刑務所に入ってるのか？」

「まさか。保釈されたわ。いまのところ、わたしのところには姿を見せてないわね」

「なんてことだ。おじのせいで踏んだり蹴ったりだったんだな」

「ヴィクターは報酬は払ってくれたわ。いいことはそれくらい。あなたは彼と血がつながっているから、別の見方ができるんだろうけど」

「それはどうかな。おじとその夫のルーカスはぼくを一カ月ものあいだ、屋根裏部屋に閉じこめたんだ」

カタリーナは歩道で足を止めた。「なんですって？」

「長くなるから、また今度話す。とにかくおじをどう思っているか、教えてくれてありがとう。きみがぼくに手を貸したがらないかもしれないとおじが考えた理由がよくわかった」

スレーターが歩きだしたので、カタリーナはあわてて追いかけた。

「だけどオリヴィアを見つけるにはあなたの助けが必要だから、自分の中で折りあいをつけたの」

「ぼくたちに共通の敵がいる限り、同盟を組もうということだな？」

「そんな感じね」カタリーナは認めた。

スレーターは暗いビルのあいだの、同じく暗くて狭い路地の入り口で立ち止まった。

「グウェンドリンの店はここを入ったところだ」

カタリーナは往来を拒んでいるかのような細い道を見つめた。「古風な趣があるのはたしかだわ」

「アンティークショップはそういった場所を好むんだ」

「古風で風変わりな場所ね」

「超常的な来歴を持つ遺物を扱う者は、当然風変わりだ」

「あなたはコレクターよね」

「そうだ」

「自分が風変わりだということを、それとなく伝えようとしているの？」

「風変わりかどうか、自分ではわからない。それは他人が貼るレッテルだ。本当に風変わりな者が自分のことをそう思っているかどうかは疑わしい」

「それはそうかもしれない。あなたはグウェンドリン・スワンを風変わりだと思う？」

「超常的な遺物を専門に扱うディーラーにしては、かなり普通だ」

「質問の答えになっていないと思うけど」

「悪いが、これが精いっぱいの答えだ」

「どうやって知りあったの？」

「グウェンドリン・スワンが超常エネルギーの波動を持つ遺物を顧客のために仕入れているらしいという情報を、二年ほど前にルーカスが聞きつけた。それでヴィクターがぼくを送りこんで彼女とコンタクトを取らせ、情報どおりの人物かどうか確かめさせた」

「そしてそうだとわかったわけね」

スレーターが悔しげな笑みを浮かべた。「初めて店に行ったとき、メドゥーサの像を刻んだ石がついた古代ローマ時代のなかなかいい指輪を見せられて、数千ドル散財してしまった。せいぜい二、三百ドルの価値しかなかったし、ブルーストーン計画の研究所とはなんのかかわりもない品で、二千年ほど時代をさかのぼるものだったのに。だが、その石が持つ波動に抗えなかった」

「要するに、グウェンドリン・スワンはあなたが来ると予想していたのね」

「彼女は超常的な遺物を見つけだす才能に恵まれているだけでなく、生まれついての商売人だ。今日きみが何も買わずに店から出ることができたら、運がいいとしか言いようがない」

「わたしはそういう遺物が山ほどある町で育ったのよ。はっきり言って、町の人たち全員が生ける遺物も同然だったわ。わたしやオリヴィアもそう。だから超常エネルギーの波動を持つものを集めたいだなんてまったく思わない。ところであなたがグウェンドリン・スワンに興味を持つ理由はわかったけど、あなたのおじさんは彼女にどんな価値を見いだしているの？」

「超常的な遺物を扱うブラックマーケットには、いろいろなゴシップが渦巻いている。〈財団〉の仕事の大半はそういうゴシップを頼りにしていて、グウェンドリン・スワンはあらゆる重要な噂を耳にできる立場にいる貴重な情報源だ」

「彼女は情報を提供する代わりにお金を取っているの？」

「もちろん。ブラックマーケットで対価を払わずに得られるものなんてない」

13

グウェンドリン・スワンが地下室で死体を保管庫に入れようと懸命に引っ張っていると、店のドアを叩く音がした。窓のところの〝閉店〟のサインに客が気づいて帰ってくれることを願って、地下まで聞こえてくる音を無視する。

死んだ男の足首をつかむ手に力を入れ直してふたたび引くと、なんとか胸のあたりまで入った。残るは頭と両腕だけだ。

ところがドアを叩く音はやまないどころか、さらに強くなった。コレクターという人たちは我慢することを知らない。

ようやく全身を保管庫におさめたときには息があがり、額に汗が浮いていた。グウェンドリンは重いドアを勢いよく閉めると、鍵をかけた。

まだ続いている音にため息をつき、暗いエネルギーに輝いている古い鏡の前で足を止めて髪を直す。鏡に映る姿はトレーニングでもしていたかのようだ。

グウェンドリンは髪をとめているクリップを外して肩までの長さの蜂蜜のような明るい茶色の髪を振って広げ、またきちんとねじってクリップでとめた。死体を扱うのでつけていた長い革のエプロンを脱いで、ジーンズをはたく。ヴィクトリア朝時代の鏡の中で、首にかけたロケットのクリスタルが光った。

階段の下でいったん足を止めて地下室を見まわしたが、不審に思われそうなところはなかった。

一階からの音はまだ続いている。

「いま行くわ」グウェンドリンは声を張りあげた。

階段を駆けあがってドアを開け、奥の部屋を通り抜けて表の店舗スペースに出る。

本当にコレクターたちは厄介だ。

グウェンドリンは明るい営業用の笑みを作り、入り口のドアを開けた。

ところがそこに立っている人物を目にしたとたん、笑みを消した。

「まあ、スレーター・アーガンブライトじゃないの。ハルシオン・マナーでのんびり水彩画でも描いているんじゃないかって噂を聞いてたんだけど」

「グウェンドリン、噂が本当とは限らないことはよく知っているはずだろう?」スレーターが言った。「彼女はコンサルタントを務めてくれているカタリーナ・ラーク。

カタリーナ、グウェンドリン・スワンだ」

「こんにちは」カタリーナが挨拶した。

「名前に聞き覚えがあるわ。もしかして、あのインチキ超能力者のカタリーナ・ラーク？　誰かが殺されたと警察に通報したっていう」

カタリーナは顔をしかめた。「一生その評判がついてまわりそう」

グウェンドリンはしかたなく同情してみせた。「マスコミにその話を嗅ぎつけられて、しばらくは大変だったでしょうね」

「とんでもなくね。ヴィクターはまあ、報酬は払ってくれたけど」

グウェンドリンはカタリーナに陰鬱な笑みを向けた。「残念ながら、〈財団〉とかかわるときにはそれなりのリスクを覚悟しなければならないのよ」

「たしかにそのことは痛感させられたわ」カタリーナはスレーターに目を向けた。

「ハルシオン・マナーって？」

「あとで説明する。邪魔をしてすまない、グウェンドリン。いまおじの依頼で、ある事件について調べてるんだが、そのことでいくつか質問したい」

グウェンドリンはほほえんだ。「わかっているでしょう？　〈財団〉のためならなんでもするわ。中に入って」

一歩さがってふたりを通し、すばやく外をうかがって誰もあたりに身を潜めていないことを確認してから、ドアを閉めて鍵をかけた。

それから店内を横切ってカウンターの後ろに行き、〈財団〉から来た男とのあいだに距離を取る。

スレーター・アーガンブライトについての噂はまったくあてにならない。彼は至極元気そうなだけでなく、街の通りを普通に歩きまわれるほど状態が安定しているようだ。まあ、街を歩けるというのはたいした基準とは言えないにしても。シアトルをはじめとする大都市の通りには、頭がどうかした連中が山ほど闊歩《かっぽ》している。

とはいえ、スレーターは明らかに以前とはどこか違っている。だがグウェンドリンには、はっきりどこが違うとは言えなかった。彼女はオーラを見ることはできるものの、それを読み取れるほど強い能力があるわけではない。グウェンドリンの才能は別の分野にあった。オーラに関しては人のまわりにあるエネルギーフィールドがうっすら光る部分として見える程度だ。その明るさは個人の健康状態や生命力によって異なる。彼女が認識できる範囲ではスレーターのオーラはほかの人と比べて力強いままだが、なんらかのダメージを受けていることだけはわかる。

「あなたの個人的なコレクションのために興味深いものを見つける手伝いならいつ

だって喜んでするけど、おじさまの命令で仕事をしているときのあなたを前にすると、緊張せずにはいられないわね」

「よくそう言われる」スレーターが言う。

薄暗い店内を見渡したカタリーナは失望している様子だ。

「ここにあるものは全部、超常的な来歴があるものなの？」

グウェンドリンはその質問に驚いてカタリーナを見た。

「どうしてそんなことをきくのかしら？」

「自分でもよくわからないけど、何かもっと強いエネルギーを感じられると思っていたから」

グウェンドリンはほほえんだ。「あなたの感覚は正しいわ。ここにあるものは全部、複製品なの。本物は地下にしまってあるのよ」

「それで納得できたわ」

グウェンドリンはスレーターに向き直った。「社交辞令はなしにしましょう。あなたは何を求めているの？」

「失われた研究所に由来する遺物で、最近マーケットに出た話題のものがあるはずだ。それについて知っている話をすべて教えてほしい。ロイストンが手に入れたんじゃないかと思うんだが」

「この業界では研究所に関する噂は常に出まわってるわ。あなたも知ってるはずよ」

「じゃあ、少し言い直そう。誰かが人を殺してまでも手に入れたいと思うほど価値のあるものだ」

グウェンドリンは思わず動きを止めた。「ロイストンは病死だと聞いたけど」

「おじは疑いを抱いている」

「もっと詳しい話をする前に言っておくと、最近値上げをしたの」

「おじにはそう伝えておく」

少なくとも今日はこれで利益をあげられると、グウェンドリンは考えた。カタリーナ・ラークが言ったとおり、ヴィクター・アーガンブライトは金払いはいい。

グウェンドリンはカウンターの後ろから出た。「地下で話しましょう」

散らかっている奥の部屋を抜け、地下におりる階段へと続くドアを開ける。グウェンドリンはスイッチを押して明かりをつけ、先に立って階段をおりはじめた。

先に階下に着き、振り返ってカタリーナとスレーターがおりてくるのを見つめる。

「ようこそ、本当の店へ」グウェンドリンはふたりを迎えた。

14

薄暗い照明に照らされた地下室におり立つと、カタリーナはすべての感覚が高まるのを感じた。グウェンドリン・スワンの店の地下にある部屋は、フォグ・レイクの洞窟とどこか雰囲気が似ていた。ひとつひとつの遺物から蔓《つる》のように細く放出されているエネルギーが絡みあい、息をのむほどの超常的な熱波となっていて頭がくらくらする。

カタリーナは驚異の念に打たれながら部屋を見まわした。「ここは本当にすばらしいわ」

「強い波動を持つものが一箇所にこれだけ集まっていたら、通常の感覚しか持たない人でもなんらかのエネルギーを感じるのよ」グウェンドリンが言う。

すっかり魅了されたカタリーナは、華やかな仮面舞踏会の情景が精巧に再現されている展示ケースのほうに歩いていった。波打つ真紅のベルベットに囲まれたミニチュアの部屋には天井から小さなシャンデリアがさがっていて、優雅な衣装と仮面をつけた人形があちこちに散らばっている。隅には繊細な楽器を持った楽師が三人、固まっていた。

カタリーナは舞踏会の場面を再現する細工のすばらしさに目を奪われた。ところがケースの近くに寄ったとたん、超常的感覚が激しく反応し、強く惹きつけられながらも不吉な感じがふくれあがった。

「いったいなんなの？」思わずささやく。

ガラスケースに触れたいという思いに抵抗しきれなくなり、カタリーナは手を伸ばした。

「気をつけろ」スレーターが警告した。「ここにある品物の中には、予想外の影響を及ぼすものがある」

ところがカタリーナの指はすでにガラスに届いていた。楽師たちが小さな楽器を奏でている隅のほうから不気味なワルツの調べが響きはじめ、散らばっている人形が動きだす。

グウェンドリンが低く笑った。「この〝仮面舞踏会〟はオルゴールのようなものなの。ただしねじを巻くのではなく、ガラスに触れることで動く。人のオーラが持つエネルギーで起動するのよ。でも強いオーラを持っていようが、なぜかほとんどの客には動かせない。反応する波長が決まっているのね。だからこれまで売れなかったの。おめでとう、カタリーナ。あなたは選ばれた人みたい。それ相応の値段で譲るわ」

「いいえ、結構よ」カタリーナは断った。

ミニチュアの仮面舞踏会は魅力的だが、人形が速度をあげながらまわっているのを見ていると、不吉な感じがますます大きくなっていく。優雅な衣装をつけた人形たちが、不気味なワルツの調べに操られて無理やり踊らされているようにしか見えない。

カタリーナはガラスから手を離して後ろにさがろうとした。それなのに体が動かない。真紅のカーテンがふたつに分かれ、黒いマントをまとい、血のように赤い仮面をつけた人形が現れるのを、彼女は恐怖に駆られながら見守った。人形は手袋をはめた手に小さな金の杖《つえ》を持っている。

「カタリーナ、大丈夫か？」スレーターが鋭い声を出す。

舞踏会の主人が金色の杖を振りあげた。流れる音楽のせいで、カタリーナの感覚に不快な震えが走る。

「ああもう、くそっ！　あれを止めて」

恐怖に力を得て、カタリーナはミニチュアの仮面舞踏会に抗う力をようやく奮い起こした。小さくあえぎながらガラスから指を離し、よろよろとさがる。

カタリーナはまたしてもスレーターにぶつかった。感覚が恐ろしく研ぎ澄まされていて、少し遅れてスレーターも同じだと気づく。触れた瞬間、ビリッと衝撃が走ったが、すぐに彼が腕をつかんで支え、壁際に連れていってくれた。

「どうしたんだ？」スレーターの声は穏やかで、不吉な気配を察知して警戒しているというより、好奇心に駆られているように聞こえる。

スレーターが彼女から離れてケースに近づく。気持ちを静めたカタリーナは、ケース内の動きが止まっていることに気づいた。人形はすべて静止していて、不快な音楽はやんでいる。黒いマントを着た人形はベルベットのカーテンの後ろに消えていた。

「あらあら、興味深い展開ね」グウェンドリンが言い、スレーターの横に並んでケースを見つめた。「これまでに見せた客は、人形をせいぜいふたつか三つしか踊らせることができなかったのに」

「どこで手に入れたものなんだ？」スレーターがきく。

グウェンドリンはため息をついた。「普通の入手経路よ。死んだコレクターの家に残されていたの。さっきも言ったとおり、これまで売れなかった。人形を少しでも動かせた客はいまのカタリーナと同じ反応をして、誰もほしがらなかったから」

カタリーナは身震いした。「理由はわかるわ。何かいやな感じがするの」

「そうみたいね」グウェンドリンが言う。

「黒いマントを着た人形が金の杖を掲げたあと、何が起こるの？」カタリーナは尋ねた。

「わからないわ」

「こういった超常的な波動を持つアンティークには詳しくないからあくまでも個人的な意見だけど、危険なものかもしれない」カタリーナは言った。

グウェンドリンは考えこむようにカタリーナを見つめた。「覚えておくわ」

「失われた研究所にあったものではないわね。もっと古そうだから」カタリーナは言った。

「正確には十九世紀の品よ。超常的な力は何も最近生まれたものではないわ。人類は火を発見して以来、この力とつきあってきたのよ」グウェンドリンはスレーターに視線を戻した。「それで、正確には何を捜してるの？」

「ロイストンはフォグ・レイクの研究所に由来する何かを手に入れたと、ぼくはにらんでる。それを奪うために何者かがロイストンを殺し、その二日後、カタリーナの友人であるオリヴィア・ルクレアが誘拐された。ぼくたちは彼女を捜してる」

「犯人はロイストンの家で捜していたものを見つけた。その結果、オリヴィア・ルクレアが必要だと考えたということかしら？」グウェンドリンがきく。

「そうだ」

グウェンドリンは探るような視線をカタリーナに向けた。「お友だちのことは気の毒に思うわ。警察には知らせたの？」

「いいえ。いまはまだ通報できるだけの根拠がないのよ。警察で書類を埋める作業に、無駄な時間を費やしたくないし。はっきり言って、警察に行っても取りあってもらえないと思う。もし警察が動いてくれたとしても、〈財団〉のほうがオリヴィアを発見できる可能性が高いでしょうね。この件は何年も前にフォグ・レイクで起きた件とかかわっているみたいだから」

グウェンドリンは考えこんだ。「身代金の要求はあったの？」

「いいえ」

「そんなものは要求してこないだろうと、ぼくたちは考えている」スレーターがつけ加えた。「犯人は失われた研究所を見つけようとしているに違いない。おそらくフォグ・レイクの洞窟にあったと思われる研究所を」

グウェンドリンが眉をひそめた。「オリヴィア・ルクレアを連れ去った人物は、彼女がその役に立つと思ってるの？」

「いまの時点では、そうだとしか考えられないわ」カタリーナは言った。

スレーターがグウェンドリンを見る。「オリヴィア・ルクレアが必要だと犯人が思うような何を、ロイストンは持っていたんだろう？」

グウェンドリンは首を振った。「見当もつかないわ。ただ、フォグ・レイクに由来する一連の遺物がマーケットに出まわったという噂が一カ月前に流れたのはたしかよ。でもわたしの店にはひとつも持ちこまれなかった。招待された人だけが参加できるプライベートオークションだったから。個々の品の説明はなかったわ。ロイストンがそこで価値のあるものを二、三点手に入れたという話は聞いた。だから彼のコレクションにフォグ・レイク由来の遺物があったというのは本当なんだろうけど、それがなんだったのか、わたしにはわからない」

「いまごろは強奪者《レイダー》たちがロイストンの保管庫を一掃しているだろう。やつらの動きがどれだけすばやいかは、きみも承知しているはずだ」

「コレクターが死ぬと、なぜか真っ先に嗅ぎつけるのよね」グウェンドリンが言う。

「そういったやつらがきみのところに、ロイストンのコレクションにあったと考えられるものを売りに来なかったか？」スレーターが尋ねる。

　グウェンドリンは顎をあげた。「盗品は扱わないから。わたしの評判に後ろ暗いところがないのは知っているでしょう？」

「きみが違法な取引に手を染めていると言ってるんじゃない」スレーターがじれったそうに返した。「それにたとえこの地下室に出どころの怪しげなものがあったとしても、どうでもいい。ただロイストンのコレクションから流出したものについて、きみが噂を聞いていないかどうかだけが知りたい」

　グウェンドリンは口元を引きしめたあと、ため息をついた。

「わかった。けちなレイダーがふたり、ロイストンのコレクションにあったとかいう品を売りに来たわ。でも、たいしたものじゃなかった。デスクまわりの小物がいくつかと、古い計算機、それにコーヒーポットだけ。全部ちゃんとしたヴィンテージ品だったし、長いあいだ強いエネルギーが満ちた部屋に置かれていたから、吸収したエネルギーが残っていた。だから計算機を引き取ったの。見たいなら、まだここにあるわ」

「見せてくれ」

　グウェンドリンはアンティークの事務機器が並べられたテーブルに行って、古い計算機を示した。

「どうぞ好きなだけ見て。一九五〇年代後半のものだと思う。残存エネルギーはまあまあだけど、真剣なコレクターの興味を引くほどではないわ」

スレーターは大きくて不格好な計算機を、考えこんだ表情で見つめた。「たしかにそうだな」

テーブルの上にあるほかのものに視線を移した。アンティークのタイプライターに軽く触れて興味を失い、さらに次のものへと視線を動かす。

カタリーナは大きなぜんまい仕掛けの人形に目を引かれた。人形はこぎれいな白いワンピースの制服に白い靴、糊《のり》のきいた白いナースキャップという古い看護婦の服装をしている。百二十センチくらいの身長で、機械仕掛けの手には注射器を握っていた。

興味を覚えたカタリーナは、じっくり見ようと歩きだした。ところがごちゃごちゃと物の多い部屋を横切っていると、あまりにもよく知っているエネルギーがたまった場所に足を踏み入れてしまった。思わず体がすくんで立ち止まる。

死のエネルギーだ。

第二の視覚によるヴィジョンが徐々に像を結んでいく。ぼんやりとしていて細かい部分は見えないが、男が体を折り曲げて床に崩れ落ちる光景のようだ。

「どうしたの、カタリーナ？」グウェンドリンがきく。

「いいえ、なんでもないわ」カタリーナは首の後ろをこすった。「なんていうか、ここに満ちているエネルギーの強烈さに圧倒されてしまって」

「そうね。だけど強い能力を持つ人がここで気分が悪くなるのは、エネルギーに圧倒されるせいじゃないのよ。死の気配を感じ取るからなの」

カタリーナは振り向いた。「なんですって？」

「ごめんなさい。驚かせるつもりはなかったのよ。強いエネルギーを持つ遺物には、墓所や地下納骨堂にあったものが多いの。わたしは墓にあったもので商売をしているというわけ。死には波動があって、特に感覚が鋭くなくても、ここに来ると落ち着かない気分になるっていう人が結構いるわ」

「たしかにそうかもしれない。博物館でも同じ感じがしたことがあるから。でもこれほど強烈じゃなかった。こんな場所でよく毎日過ごせるわね」

「慣れるものよ」グウェンドリンは言った。「いまではここに満ちているエネルギーを意識すらしないわ。スレーター、もういいかしら？」

彼はディスプレー用のテーブルから向き直った。「ああ。協力してくれてありがとう。もしオリヴィアの誘拐に関係がありそうなことを耳にしたら、教えてくれると助かる」

「わかったわ」グウェンドリンはそう言ったあと、ためらいつつ口にした。「よければほかのディーラーにもきいてみましょうか。〈財団〉の人とは話したがらないだろうけど、わたしになら何か教えてくれるかもしれないから」

「ありがとう」スレーターは彼女の申し出に驚いたらしい。「そうしてもらえるとうれしい。ぼくの電話番号は知ってるだろう？　なんでもいいから手がかりをつかんだら、昼でも夜でもすぐに連絡してほしい。誘拐事件は時間との勝負だから」

「そうするわ」グウェンドリンはカタリーナに目を向けた。「お友だちが心配でしょうね。無事を祈っているわ」

「ありがとう」

グウェンドリンがスレーターに向き直る。「すぐに同業者に連絡してみるわね」

彼女は先に立って階段をあがり、階上に着くと照明を消した。カタリーナは闇に包まれた地下室を見おろした。ケースを照らす明かりはもうついていないのに、地下全体がぼんやりとした光に包まれていて、エネルギーが渦巻いているのが感じられる。

たしかに死には波動がある。でも新しい死と古い死では波動の感触が違う。さっき触れてしまったほの暗いエネルギーは、とても新しいものだという気がした。

15

「グウェンドリン・スワンは絶対に嘘をついていたわ」カタリーナは言った。「あの地下室で最近誰かが死んだって、自信を持って言えるもの」

山盛りのフライドポテトから新たに一本選んで引きだしていたスレーターは、手を止めて彼女に探るような視線を向けた。

「それは人間ではないんじゃないか？　シアトルはなかなかいい街だが、都会の例にもれず鼠がいる。特にああいった古くからある地区には」

「いいえ、人間よ。信じて。死んだ動物と死んだ人間の区別はつくわ」

ふたりは街の中心部にある人気のレストランで、濃いコーヒーとともに脂肪と炭水化物の塊とも言える特大サイズのフィッシュアンドチップスを食べていた。カタリーナがこの店を選んだのは、近くにあったこと、ボックス席があるのでプライベートな会話が可能だったこと、店を探すのによけいな時間とエネルギーを使いたくなかったことが理由だ。

いま食べているものは健康的とは言えないかもしれないが、この何時間かで相当なエネルギーを消費しているふたりには、睡眠不足を補うためにもすぐに血糖値をあげてくれる燃料が必要だった。

「わかった、別にきみを疑ってるわけじゃない。念のためにきいただけだ。あの地下室には強いエネルギーが充満していたし、グウェンドリンが言ったように墓場にあったものや、なんらかの形で死や暴力とかかわったものがたくさんある」

「ええ、たしかにそういった種類のエネルギーに感覚を左右されることはあるわ。でもあの地下室で感じた波動はまだ新しかった。死んだのは二十四時間以内だと思う」

「なるほど」スレーターはフライドポテトを咀嚼《そしゃく》しながら、次の一本を取った。「その死は暴力的なものだったのか？」

「ひとつ教えてあげる。わたしにはすべての死が暴力的に感じられるの」

「一本取られたな」スレーターはひと口分に切り取った魚のフライをフォークで刺して持ちあげながら考えこんだ。「それなら教えてほしいんだが、きみは他者による惨殺と自然死の違いをどうやって見分けている？」

「常に単純で明白なわけじゃないわ。どちらかはっきりしないこともある。だから人を殺した者のエネルギーを捜すのよ。それが見つかれば、他殺だとわかる」

「そうか。だったら、じらさないで教えてくれ。グウェンドリンの店の地下室では、人を殺した者のエネルギーを感じたのか?」

「いいえ」カタリーナはコーヒーを飲んだあと、慎重にカップを置いた。「だから、あなたに伝えるかどうか迷ったのよ。あそこにあった遺物から放出されているエネルギーで感覚が乱されただけだと、ずっと自分に言い聞かせていた。でも考えれば考えるほど、あの部屋で誰かが死んだという確信が高まってきたの。しかもさほど前のことじゃない」

「それなのに、殺人者の痕跡を見つけられなかったのか?」

「ええ。だけどあの地下室の空気は本当に普通じゃなかったから。まったく、墓所や地下納骨堂にあったものなんて、いったい誰がほしがるというの?」

「たとえばぼくだ。〈財団〉の博物館のために。しかも世界じゅうにそういったものをほしがる博物館やコレクターが存在して、われわれは常に彼らと競っている。博物館の展示室にある古い品々がいったいどこから来たと思ってる? それらの多くは、墓の中にあったからこそ現代まで残っているんだ」

「たしかに、そういったものに歴史的な価値があることは認めるわ。出どころについては深く考えたくないだけで」

スレーターは続けざまに何本かフライドポテトを食べながら、カタリーナの言ったことについて考えこんだ。

「もしグウェンドリンが地下室で誰かを殺したんだとしたら、きみにはそれがわかると思うか？」

「どうかしら。あそこに渦巻いていたエネルギーの流れは本当に強かったから」

「地下室にあった品々の中には、きわめて危険なものもある」

カタリーナは身震いした。「あのミニチュアの舞踏会のセットみたいに？」

「あれはいやな感じがしたな」

「ええ」

「こんなシナリオはどうだろう。レイダーがふたり、地下室に押し入って、ひとりが危険な遺物に触れて死んでしまう。それでもうひとりが死体を引きずって、どこかに隠した。侵入したと明らかにわかる物証を警察に発見されないために」

「それはありうるわね。でもそうだとしたらグウェンドリンはなぜ、顧客が間違って触れたら死んでしまうような遺物を置いていたの？」

「故意に置いていたわけじゃないだろう。危険なものなら保管庫にしまっておいたはずだ。だが危険に気づいていなかったら保管庫には入れなかった」

「最近、店に押し入られたなんて言ってなかったわ」

「レイダーたちが結局何も盗まず、侵入されたと思っていないのかもしれない」スレーターは考えこんだ。「あるいは押し入られたことを隠したい理由があったのかもしれないな。特に、侵入者のひとりが死んだのなら」

「グウェンドリンは嘘をついていたと思う。少なくとも事実をすべて話してはいなかった」

スレーターがかすかに笑みを浮かべる。「強いエネルギーを持つ遺物で商売をしている人物が、事実をすべて話すなんてありえない。特に〈財団〉の者に対しては」

カタリーナは鼻を鳴らした。「当然ね。ところであなたはグウェンドリン・スワンをどれくらい信用してるの?」

「〝信用〟という言葉の定義を教えてほしい」

「どういうこと? もしかしたらあなたは、人というものに対してずいぶんと皮肉な見方をしているんじゃない?」

「何を求めているのかはっきりわかっている者なら、その行動を信用できる。そいつが最終的に目指しているものを頭に入れておけば、どんな場合にどこまで信用していいかがわかるからだ。グウェンドリンは強いエネルギーを持つ遺物に目がなくて、それにまつわる噂と一緒に遺物を売って稼ぐのを楽しんでいる。彼女について知っているのはそれくらいだ。あとは考古学の学位を持っていて、過去に南アメリカで発掘に参加したことくらいだ」

「わたしが目指しているのはオリヴィアを見つけることだと、わかっているはずよ」

スレーターはフォークを置き、コーヒーに手を伸ばした。「ぼくも同じことを目指している。オリヴィア・ルクレアを見つけたい。つまりぼくたちは仲間だ」

「あなたがオリヴィアを見つけたいのは、追っている事件を解決する助けになるからでしょう?」

スレーターの目が冷たい光を帯びる。「それに彼女が十代のころにたまたま殺人を目撃してしまった罪のない犠牲者だからだ。悪党が一般市民を利用するなんて、絶対に許せない」

彼の声の真剣さに、カタリーナは驚いた。

「一般市民?」

スレーターはコーヒーを飲み干してカップを置き、空の皿を横にどけた。テーブルの上の空いたスペースで腕組みし、身を乗りだす。

「きみがぼくのおじや〈財団〉に好感を抱いていないことはわかってる。だがそれでも、通常の法執行機関では対処できない悪党たちと渡りあえるのは〈財団〉だけだ」

「強い超常的能力を持つ悪党たちね」カタリーナはため息をついた。「わかってるわ。だけど秘密裏に活動する、ならず者の組織はやっぱり好きになれない。父も言ってたけど、報告義務がなく、監視機関もないなら、誰が〈財団〉を取りしまるの？　知りたいのはそこなのよ。あなたのおじさんたちはランコートを追放して、少しはましな組織にした。でも秘密主義なところは変わっていない。そうはいっても、いまの時点では〈財団〉が通常の法執行機関とほぼ同じ側にいるらしいと知って、ほっとしたけど」

「ほぼ？」

カタリーナは一歩も引かずに笑みを浮かべた。「いちおう、いいほうに解釈しようとしてあげてるのよ」

「それはどうも」

「疑問に思っている点がないわけじゃないの。どうすれば〈財団〉を、ランコートがトップだったときみたいなやり方に戻らないようにさせられるの？」

スレーターはしばらく黙ったまま、カタリーナを見つめた。「フォグ・レイクの人たちはみんな、〈財団〉のことをそんなふうに思っているのか？」

「みんなじゃないわ」カタリーナは認めた。「超常的能力を持つ人たちのコミュニティには、通常の法執行機関では対処できないときに頼れる組織や機関が必要だと考える人たちも少しはいる」

「たとえばオーラが見える女性が誘拐されたようなときに？　あるいは超常エネルギーを持つ遺物を蒐集しているコレクターがふたり続けて殺されたときとか？」

「ええ、そういうときに。だけどわたしの意見としては、ほかに監視する機関もない、ならず者の組織が警察みたいな権力を持って活動するなんて……ひどく不安だわ」

「そうか、きみは本当に知らないんだな？」

「知らないって、何を？」

「少し歴史を教えよう。政府はブルーストーン計画の中止を決めたとき、超常的な研究や開発にかかわる機関をすべて閉鎖したわけじゃない。研究所をなくしたところで、超常的能力を持つ悪党どもを取りしまらなければならないという問題が消えるわけではないと認識している先見の明のある者たちがいた。だからある小さな機関が存続したんだが、深刻な資金不足からちゃんとした監視活動はできなかった。ランコート家のやつらが長いあいだ〈財団〉の実権を握っていられたのは、それが原因だ」

「〈財団〉はその名もない政府機関の監督下にあるということ？」

「名前ならある。よく知られていないだけだ。〈財団〉は非定型的現象調査局と契約を結んで活動している、民間の開発研究所だ」

「聞いたことがないわ」

スレーターは笑みを浮かべた。「そこがポイントだ。政府は教訓を学んだ。有権者の大部分は、超常的な研究に本気で取り組むなんて金と人材の無駄遣いだと考えている。だから議員として当選を目指す者は、そんな研究に税金を割いたというそしりを受けたがらない。それでこの機関は秘密のままなんだ」

「つまり〈財団〉は非定型的現象調査局の隠れ蓑ってわけ？」

「秘密機関が企業などを隠れ蓑に使うのはこれが初めてじゃない。中央情報局《CIA》を含めてあらゆる種類の政府機関が、民間の組織や学術機関や企業を通して調査や研究に莫大な資金を投じている」

「もちろんそれは知ってるわ。だけどそんな機関の話は初めて聞いたから」

「きみに〈財団〉がただの自警団のようなものだと思ってほしくないから教えたんだ」

「申し訳ないけど、財団への評価は保留にさせてもらうわ。ところで、ハルシオン・

マナーについても教えてほしいんだけど」

スレーターが顎に力を入れる。「そいつも聞いたことがないのか？」

「グウェンドリン・スワンが口にするまでは」

「ハルシオン・マナーは超常的感覚に不調をきたした人々を治療するための、私立の精神病院だ。ラスヴェガスの郊外にある」

コーヒーの残りを飲んでいたカタリーナはショックを受け、慎重にカップを置いた。

「それ、本当なの？」

「こんなことを冗談では言わない。少なくとも最近は。この病院は〈財団〉が経営していて、超常的能力を持つ人々の不調や心理的障害を扱うだけでなく、通常の刑務所では安全に収容しておけない能力者の罪人を収容する特別病棟も備えている」

カタリーナは首を振った。「今日はもう何かに驚くなんてないだろうと思っていたけど、そうじゃなかったみたい。ショックを受けることはいくらでもあるのね。ここだけの話、あなたのおじさんと〈財団〉はフォグ・レイクの住民やそのほかの超常的能力を持つ人たちに、自分たちの活動をもっときちんと伝えるべきだと思うわ」

「ああ。ランコート一族が築いた悪評を積極的に払拭していくべきだな」

レストランの入り口のガラスのドアが開いて、ふたり連れが入ってきた。片方はカタリーナがよく知っている顔だ。

「ああもう、くそっ！」カタリーナは悪態をついた。

「またそれか？」

「ええ」カタリーナは残っているコーヒーに目を据えた。

スレーターが慎重に振り返り、彼女が悪態をついた原因を探る。「ロジャー・ゴサードだな」

「そのとおりよ」

「一緒にいるのは誰だ？」

「知らないわ」

ロジャーは彼より十歳近く年下だと思われる、驚くほど魅力的な女性を連れていた。長い金色の巻き毛を肩におろした彼女は、タイトなペンシルスカートに白いトップスと光沢のある小ぶりのジャケットという体の曲線を余すところなく強調する服を身につけ、とても高いハイヒールを履いている。その華奢《きゃしゃ》な腕はロジャーの肘に絡められていた。

「とんでもない偶然というやつか？」スレーターが眉を片方あげて尋ねる。

「そうとも言えないわ」カタリーナは認めた。「偶然というより判断ミスね。この店はロジャーのお気に入りのひとつなの。だけど店を選んだとき、そのことは頭になかったわ。まあ、きっと平気よ。わたしたちはみんな、礼儀をわきまえた大人なんだから」

「そう言ってくれてよかった。人前で立ちまわりを演じるなんていうのは、一番避けたいことだからな。そうでなくても、充分トラブルを抱えている」

カタリーナはスレーターをにらんだ。「大丈夫よ。絶対にもめたりしないわ」

「どうして言いきれる?」

「なぜならロジャーもそんなことはしたくないはずだから。わたしとかかわっていると知れたら、彼の看板に傷がつくもの」

「たしかにそうだな。看板か」

「ロジャーとわたしの関係を仕事上でもプライベートでも壊してくれたことで、あなたのおじさんにそのうち感謝の手紙を送る気になるかもしれないわ。ロジャーとの関係がうまくいかないことには、いずれは気づいていたと思うから。それがヴィクターのおかげで早まっただけよ」

「別れるまではいい感じだったのか?」

「いいというか、とにかく続いてはいたわ。丸二カ月。言っておくけど、わたしにとっては最長記録だったんだから」

「次におじに会ったら、きみからの感謝を伝えておこう」

「結構よ。心から感謝しているわけじゃないから。とにかく、話を戻すわよ。ハルシオン・マナーについて話していたのよね。あなたがそこにしばらく入っていたようなことをグウェンドリンが言っていたけど、本当なの？」

　スレーターが表情を引きしめる。まるでこれから人を殴ろうとしているかのような、あるいは殴られることに備えているかのような顔だ。

「いや、ハルシオン・マナーには入らなかった」

「そう聞いてほっとしたわ」

「あそこに入れられなかったのは、おじとルーカスが自分たちのペントハウスの一室にぼくを監禁したからだ。すっかり……回復するまで」

「回復って？」

「その前にかかわった事件で、何かを無理やり照射された。きかれる前に言っておくが、どんなものかはまったくわからない。未知のクリスタルを使った機器で生成されたエネルギーだ。そのあとしばらく、超常的な感覚がまったく働かなくなった。完全に失われてしまったのかと思ったよ」

カタリーナはこみあげる同情の念を懸命に抑えた。スレーター・アーガンブライトを気の毒に思う必要などない。それなのに目が覚めて超常的感覚がすべてなくなってしまったとわかったときの彼の気持ちを思うと、どうしても体が震えてしまう。

「つらかったでしょうね。でもいまはすっかり回復したんでしょう?」

「おそらく。正直言って、自分に何が起こっているのかはわからない。どう変化しているのか見当もつかないんだ。このことはおじやルーカスには打ち明けてない。だがきみとはこれからしばらく協力して動くことになるから、伝えておくべきだと思った」

「どういうことなの?」

「最近、よく眠れない。夜中に目が覚めて、考えこんでしまうんだ。ぼくは〈財団〉が狩っている怪物になってしまうんじゃないかと」

16

「びっくりしたわ」カタリーナは言った。「予想外の展開ね。わたしたちの関係に刺激的なスパイスが加わった感じ」

スレーターの視線が険しくなる。「真面目に受け止めていないんだな」

「覚えてる？　わたしは人が次に何をするのか、かなりの正確さで予測できるのよ。もちろん完璧じゃないけど、普通よりはずっと上だわ」

「だから？」

「わたしが見る限り、あなたのエネルギーフィールドが不安定だという感じはまったくしない。完全に自分を制御しているわ。それにわたしには能力があるから、あなたが突然超常的能力を吸い取る吸血鬼になったり、頭がどうかした怪物になったりしても、前もって知ることができる」

「ぼくがそんなに安定しているのなら、どうして自分が……変化している感じがするんだろう」

カタリーナは肩をすくめた。「まだ回復している途中だからじゃない？」

スレーターはためらった。「おじたちもそう言うんだが」

彼女は愛想よくほほえんだ。「ほら、やっぱりそうなのよ。〈財団〉の理事長とその夫を信用できないなら、誰を信じるというの？」

「結局、きみは真面目に受け止めるつもりはないんだな」

カタリーナは笑みを消し、身を乗りだした。「はっきり言っておくわ、スレーター。わたしにはあなたの個人的な問題を真剣に受け止めている時間がないの。いまはオリヴィアを見つけることしか考えられない。だからそれに協力してくれるのなら、あなたがどんなものに変わろうがかまわないのよ。わかった？」

スレーターの目に見えていた陰りがかすかに消えた。

「わかった」

少し感覚を高めたカタリーナは、ふいに理解した。

「照射を受けさせられたことやその結果を心配してることを話してくれたのは、オーラがどう変化しているかがわたしならわかると思ったからなのね。そうでしょう？」

彼は観念したように椅子の背にもたれた。「たしかにきみの能力をもってすれば、ぼくの身に何が起こってるのかヒントをもらえるかもしれないという思いはあった」

「何を言っているのよ。わたしはインチキ超能力者なんだから」

スレーターの目には冗談を返してくる気配はない。彼は真剣だ。

スレーターを安心させてあげたいという気持ちがこみあげて、カタリーナは戸惑った。もしかしたら、スレーターが怪物になんてなるはずがないと自分に言い聞かせたいのかもしれない。彼とはしばらく行動をともにしなければならないのだから。微妙な領域に入りこんでしまった会話をどういう方向に持っていけばいいのか、カタリーナは考えこんだ。

ふたたび身を乗りだし、ささやきに近いくらいに声を潜める。

「自分の超常的感覚に何が起こっているとあなたは考えているの?」

「わからないと言ったはずだ」

「最終的にどうなるのかはわからないかもしれないけど、エネルギーフィールドがどう変化しているのか何か感触があるはずよ。ひょっとしたら、ただ前よりも能力が高まっているだけなのかもしれないじゃない。違っているのはそれだけ……オーラの熱量が増大しているというだけかも」

「そんな単純な話じゃないと思う。いま起こっていることは、最初に超常的な感覚が芽生えたときとひどく似ている、当時、ぼくは十二歳か十三歳だった。きみは初めて超常的能力を意識したときの感覚を覚えているか?」

カタリーナはひるんだ。「思いださせないで。学校からの帰り道に突然、猛烈な幻覚に襲われたことが何度もあるんだから」

「それが何倍にも強烈になったところを想像してくれ。照射を受けたあと、そういう状態になった。幻覚は子どものころに経験したものより千倍もひどかった。本当に頭がどうにかなるかと思ったよ。おじたちも、認めはしないだろうが同じように思っていたはずだ。だが幸い、ふたりは回復のための時間を与えてくれた。しかしひどい状態だったから、ぼくを閉じこめなければならなかった。一カ月近くも」

カタリーナはコーヒーを飲もうとしてカップを取りあげたところだったが、手がぶるぶる震えてそのままおろした。

「わたしだったら閉じこめられたら期間に関係なく、頭がどうにかなってしまうわ。閉所恐怖症ぎみだから。あなたはどうやって切り抜けたの?」

「おじたちが夕食に鎮静剤をまぜてくれた。悪夢を見ないように。だが薬は一回に二時間以上は効かなかった。おじたちはぼくを薬漬けにしたくなかったんだ。そんなことをしたら、能力の制御を完全に失ってしまうのではないかと考えて」

「それは正しかったのかもしれない。とにかく、地獄で一カ月を過ごしたわけね」

「屋根裏部屋だ」

「なんですって？」

「地獄じゃない」スレーターが口の端を持ちあげ、皮肉っぽい笑みを作った。「幻覚に襲われながら、自分が屋根裏部屋に監禁されていると思っていた。昔は精神に異常をきたした家族をそうしていただろう？」

「たしかに聞いたことがあるわ」

カタリーナを見つめる様子から、彼が何かを決心したのがわかる。

スレーターはジャケットのポケットから小さな革のケースを取りだすと、黙ってそれを開けた。中には注射器が入っている。

「自己使用注射器？　アレルギーか何かなの？」カタリーナは彼と目を合わせた。

「正体不明の照射のせいで、何かが起こるかもしれない」スレーターはケースを閉め、カタリーナに差しだした。「持っていてくれ。必要だと思ったときに使ってほしい」

「あなたにということ？」

「強力な鎮静剤だ。これを使えば、瞬時に動けなくなる。とりあえずしばらくは。ぼくが自制心を失うときを、きみは能力で予測できるかもしれない。使うときは、迷わずすばやくやってくれ。針は服の生地を貫通できる。だから体のどこでもいい。鎮静剤を打ったら、おじに連絡してほしい。どうすればいいのか知っているから。おじの電話番号はまだ残しているだろう？」

「ええ、連絡先ならわかるわ。本気で言っているのね」

「ああ」

反論してもしかたがないと、カタリーナは口をつぐんだ。スレーターが自分の超常的感覚の安定性に不安を感じているのなら、彼女も心配すべきなのだろう。

カタリーナは革のケースを受け取り、コートのポケットに入れた。バッグは持ち歩かないときもあるからだめだ。

「わかったわ。じゃあ、この話は終わり。次にそれぞれの優先順位について、率直に話しあいたいんだけど」

「やっとの思いで打ち明けたのに、あまりショックを受けていないんだな」

「そうね、ショックはあとで感じるのかも」カタリーナはウエイターに合図をした。「いまはほかのことに集中しているから。まずはロイストンが殺された現場に行ってみないと」

ウエイターが勘定書を持ってくる。スレーターが財布を出した。

「経費で落とせるから」

「そうね、たしかにここは払ってもらっていいかも。というか、わたしからしたら〈財団〉には今回の件にかかる費用を全部払ってもらって全然かまわないわ」

「あんまり気軽に言わないでくれ。経理部に一枚一枚レシートを提出しなければならないこっちの身にもなってほしい」

「あなたのおじさんがけちなのは、わたしの責任じゃないから」

ウエイターがクレジットカードを持って戻ってくる。スレーターはサインをすると、レシートをポケットに入れて立ちあがった。

カタリーナも席を立ち、両側にボックス席が並んでいる通路を見つめた。ロジャーが連れの女性と座っている席の横を通らなければならないが、レストランを出るためにはしかたがない。

カタリーナは先に立つと、頭の中でボックス席を数えながらきびきびと進んだ。

あと四つ。

三つ。

ふたつ。

もう二、三秒でロジャーのいるボックス席の横に到達する。ロジャーなんか見えないふりをするつもりだった。彼もきっと同じようにする。そうでなくても、せいぜい目立たないように小さくうなずきあうくらいだろう。大人なのだから。

「猛烈な勢いでぼくを置いていかないでくれ」スレーターが呼びかけてくる。

カタリーナはため息を押し殺し、歩くペースを落とした。

スレーターが追いついてきた。

あとひとつ。

カタリーナは出口のドアに目を据えていたが、ロジャーが顔をあげるのを視界の端でとらえた。カタリーナのことを見つめているので、互いに気づかないふりをするのは無理そうだ。

「カタリーナ、来ていたなんて、気づかなかったよ」

どうしようもなかった。礼儀をわきまえた大人として、いったん足を止めるしかない。

「スレーターと昼食をとりに来たの。午後は忙しいのよ」

「彼女はアリシア。アリシア、カタリーナだ」

カタリーナはアリシアに、新しいクライアントと会うときに使う仕事用の礼儀正しい笑みを向けた。

「はじめまして」明るく挨拶をする。

アリシアはどう返していいかわからないように目をしばたたいた。

「ハイ」それだけ言ってスレーターに視線を移したとたん、言葉を見つけた。「こんにちは、アリシアよ」

スレーターは礼儀正しくうなずいたが、名乗り返そうとはしなかった。

「急がないと。じゃあ、また」カタリーナはやり取りを終わらせた。

「ああ、また」彼女がさっさと切りあげたので、ロジャーは明らかにほっとしている。看板が大事なのだ。

カタリーナはスレーターと並んで出口に向かった。

そのとき、こみあった場所で断続的に起こる一瞬の静けさが訪れた。普通なら何秒かで何事もなく喧騒《けんそう》が戻るものだが、このときは静かな中にひとりの声だけが大きく響いた。

「いまのが例の彼女?」アリシアの声だ。「前に言ってた、頭がどうかしたとんでもない女?」

カタリーナは固まった。スレーターも横で足を止める。

「ぼくたちはみんな、礼儀をわきまえた大人なんだろう?」

「そうじゃないかもしれない」

カタリーナはきびすを返し、三歩でロジャーとアリシアのいるボックス席の横に戻った。人々がいっせいにフォークを途中で止めて息を詰め、ウエイターが異なる時空に移動したように動かなくなる。まるでレストラン全体が魔法にかかったかのようだ。

戻ってきたカタリーナを見てアリシアは目を見開き、いまにもパニックを起こしそうだ。ロジャーは歯を食いしばって、目を細めている。どうすれば次に来るはずの事態を回避できるか、必死に考えを巡らせているのだろう。

カタリーナはほほえみ、それから出し抜けに言った。

「ワッ！」

ピンを引き抜いた手榴弾《しゆりゆうだん》をテーブルの上に放ったようなものだった。

アリシアが悲鳴をあげ、座席の隅に体を滑らせて身を縮める。

ロジャーもびくっとしたが、すぐに立ち直って目に怒りを浮かべた。

「ちくしょう、キャット。おもしろくもなんともない」

向きを変えたカタリーナは、三度《みたび》スレーターとぶつかりそうになった。

「もういいのか？」

「ええ、もういいわ」カタリーナはまばゆいばかりの笑顔になった。

ふたりの背後で、魔法が解けたかのように一気に動きと音が戻った。カップが音をたてて受け皿に置かれ、人々が会話を再開する。ウエイターはきびきびと動きはじめた。

レストランを出ると、カタリーナはしばらく黙って足を運んだ。

「礼儀をわきまえた大人としてふるまったわよね？」しばらくして問いかける。

「それは大人らしいふるまいをどう定義するかによる。だがきみがやり返したことに変わりはない。そして復讐《ふくしゅう》というものが世間でどう言われているかは、きみも知っているだろう？」

カタリーナはため息をついた。「人を呪わば穴ふたつというやつ？　いまのはそれほどのものじゃないと思うけど、やってみてひとつだけわかったことがあるわ」

「なんだ？」

「仕返しをしても、思ったほどすっきりしなかった」

「まあ、そういうことだ」

17

グウェンドリン・スワンは電話の受話器を取りあげると、何度もかけている番号を押した。

トレイ・ダンソンは一度目の呼び出し音で出た。

「どうした?」

ダンソンの声は自身が懸命に作りあげようとしている、有能な弁護士かつ資産運用アドバイザーのイメージどおりのものだ。何を打ち明けられても口外しない、クライアントの秘密を守り、法的問題をすみやかに解決してくれる男。裕福なクライアントの不動産や信託に関連した問題を主に扱っている彼は、必然的に多くの秘密を抱えている。

「最近死んだコレクターのコレクションから出た遺物についての噂を聞いていたら教えてほしいって、さっき誰が店に来たと思う?　彼、どう見ても正気だったわ」

「ちくしょう。〈財団〉のやつらがもう乗りだしてきたのか？」

「残念ながらね。しかもヴィクターが送りこんできたのは普通のクリーナーじゃない。スレーター・アーガンブライトが来て、ロイストンについて嗅ぎまわってるのよ。おまけにスレーターはカタリーナ・ラークを連れていたわ」

「ちょっと待て。〈財団〉がスレーター・アーガンブライトをよこしただって？」

「わたしが見間違えるわけないでしょう？」

「やつは死ななかったとしても、残りの人生をハルシオン・マナーの閉鎖病棟で送ることになるという噂だったのに」

「ちゃんと生き延びて、シアトルにいるわ」

「能力はどうなってる？」

「そんなのは簡単に答えられないわよ」グウェンドリンは首にかけたクリスタルのロケットに触れた。「超常的な波動を持つものには、相変わらず敏感に反応してたわ。でも前とはどこか違っていた」

「どこが違うんだ？」

「わからないわ。遺物に対する感受性が変わらず強いということしか、わたしには言えない。ラークの感受性も強いわ。ふたりを地下に連れていったら、エネルギーが充満したあの空間にどちらも反応していたもの」

「そんなのはなんの証明にもならない。少しでも能力があれば、ほとんどの者が反応するはずだ。強いエネルギーを放つ遺物があれだけ置かれている閉鎖空間に入ったらな」

「そうね。だけどラークはあのミニチュアの舞踏会の人形を動かしたのよ。しかもカーテンの後ろから主《あるじ》まで出てきたわ」

「なるほど、それなら彼女の能力は本当に強いんだろう。別に驚く話でもないが。犯罪現場で痕跡を読む仕事をしていることは以前から聞いていた。だが、いまわれわれが警戒すべきなのはアーガンブライトだ」

「警戒しなければならないのは、あなただけでしょう？　わたしは情報と遺物を売るだけ。ロイストンのコレクションについて聞きまわる人物が現れたら知らせるという約束で、あなたは金を払った。求められていた情報を渡したんだから、わたしの仕事は終わりよ。あとは勝手にやって」

グウェンドリンはそれ以上何か言われる前に通話を切って、受話器を置いた。ダンソンの仕事を受ける際の問題は、彼は頭が切れると同時に危険だということだ。噂や情報を教える代わりにダンソンはたっぷり支払ってくれるが、いくら金をもらっても彼がいまかかわっている計画にこれ以上引きずりこまれるのはごめんだ。リスクとリターンが見合わない。〈財団〉とはもめたくなかった。

グウェンドリンはふたたび受話器を取りあげると、別の電話をかけた。またしても一度目の呼び出し音で出た男の声は、ひどくかすれていた。

「〝害獣駆除〟だ」

「今日、また鼠が罠《わな》にかかったわ。すぐに片づけてほしいの」

「今夜やる」

「よろしくね」

グウェンドリンは電話を切り、はたきを手に取った。遺物を扱う商売はきれいごとではない。一日の半分は掃除に費やしているようなものだ。

18

カタリーナはコートのポケットに両手を入れ、スレーターを見守った。彼は大きな邸宅にある裏口のドアの錠に、小さな電子機器をあてている。そこからブーンというかすかな音がしていたが、やがてカチッという小さな音が響いた。

スレーターはカーゴパンツにたくさんついているポケットのひとつに電子機器をしまうとドアを開け、闇に包まれた廊下の奥に懐中電灯を向けた。

カタリーナはふと好奇心を覚えた。

「前にもやったことがあるのね？」

「心配しなくていい。不法侵入で訴えられる心配はない。ロイストンはコレクションを〈財団〉に遺贈した。ぼくは〈財団〉の博物館の代理人としてここにいる」

「あなたがそう言うなら、そうなんだろうけど」

「報告書によれば、ロイストンのコレクションの展示室と保管庫は地下にある」

「グウェンドリンの店みたいに？　うれしいわ。とんでもない量のエネルギーが渦巻く地下室にまた入れるなんて」

「コレクターは蒐集したものを地下に置くことを好む。セキュリティのレベルが格段にあがるためだ。放出された超常エネルギーの波動のほとんどを周囲の土が吸収するから、傭兵《ようへい》やレイダーたちに遺物の隠し場所を見つけられる可能性が低くなる」

「だからブルーストーン計画の研究所も、フォグ・レイクの洞窟といった場所に作られたの？」

「おそらくそうだ」スレーターが先に立って、広い廊下を進んでいく。「あの洞窟はもともと適した造りになっていたんだろう。ほかの場所では人工的にトンネルを掘らなければならなかったと、〈財団〉の専門家は考えている」

彼について廊下を進みながら、カタリーナはあたりに漂っているエネルギーでうなじの毛が逆立つのを感じた。

スレーターが金属製のドアの前で足を止め、ふたたび開錠装置を取りだす。彼がドアを開けると、地下の暗闇に向かって階段が延びていて、下からエネルギーの流れがあがってきた。

スレーターが壁に並んでいるスイッチを見つけて明かりをつけ、地下に広がる展示空間が照らしだされた。棚やガラス製のキャビネットはほぼ空で、壁や床や天井から残存エネルギーが放出されているものの、わずかに残っている遺物からはほとんどエネルギーが感じられない。

カタリーナはスレーターのあとから階段をおりた。地下の展示室に足を踏み入れ、あたりを見まわす。

「あなたが言ったとおり一掃されて、ほぼ何も残ってないわね。だけどここにあったものが放出していたエネルギーは多少残っているわ」

「ロイストンは変わり者で、コレクションも風変わりだった」スレーターが説明した。「だがグウェンドリン・スワンに言ったとおり、その中の価値あるものは……ほとんどは保管庫にあったはずだが、とっくになくなっている。レイダーたちはめぼしいコレクターの死をいつも真っ先に聞きつけるんだ。不思議なことにね。だがここには、連中よりも先に来た者がいると思う」

「ロイストンを殺した犯人？」

「ひとりか複数かはわからないが」スレーターは部屋の一番奥にある重い鋼鉄製のドアを身ぶりで示した。「あれが保管庫だ。遺体はあの内部で見つかったが、犯罪行為をうかがわせる痕跡はなく、どう見ても心臓発作による死だった」

「でも、あなたはそうじゃないと思っている」

「ああ」

カタリーナは部屋のさらに奥まで入り、おそるおそる感覚を開放した。当然だが、あたりには新しい死の気配が漂っている。

「犯行現場の仕事は本当に嫌い」

スレーターが言葉を返してきて初めて、カタリーナは自分の思いを声に出してしまっていたことに気づいた。

「おじが言っていた。きみは頼まれたときしか、そういった仕事をしないと。責任感から、しかたなく引き受けるのだと」

「いやだとはなかなか言えないのよ。人を殺した犯人が捕まらずに逃げていて、自分なら法執行機関が犯人を捕らえるための情報を手に入れられるかもしれないと思うと」

鉄枠とガラスでできた展示ケースのそばで立ち止まったカタリーナを、スレーターが見つめた。「そういう仕事をすることにスリルを覚える能力者もいる」

「あら、ヴィクターにとってはいいことじゃない？　彼もいつかそういう能力者を見つけて、犯行現場の分析を手伝ってもらえるかもしれないわね」

「だがそういう能力者のコンサルタントには問題がある。嗜好《しこう》がぞっとするというだけでなく、感じ取ったものを脚色しないという保証がない」

次の棚の列に向かいかけていたカタリーナは、それを聞いて振り返った。

「脚色というのはどういうこと？」

「嘘をつくんだ」

「ああ、詐欺師なのね」

「必ずしもそうとは限らない。多少は能力があって、暴力や死の痕跡を拾うくらいはできる場合もある。だがそれが精いっぱいで、彼らは報告書を作成するのに想像力を駆使して話をふくらませるんだ。その結果、法執行機関を間違った方向に導いたり、間違ってはいないまでも曖昧でどこにも行き着かない手がかりに目を向けさせたりしてしまう。〝遺体は水の近くに埋められている〟とか、〝犯人は鏡に取り憑かれている〟なんて言って」

「そういう言い方なら、遺体が発見されたり犯人が逮捕されたりしたあとも間違っていたと責められることはないわね。水なんてどこにでもあるし、ほとんどの家や建物には鏡のひとつやふたつはあるもの」

「そのとおりだ。犯行現場を読むのに実際に長《た》けているのは、きみみたいな人だ。そんなことをするのは嫌いなのに、責任感から法執行機関を助ける。そして手がかりを発見できないときは、正直にそう言う」

「グウェンドリンの店の地下室で、あなたはいくつかの遺物に強く反応していたわ。あのとき、どんなふうに感じていたの？」

「そのものの来歴による。ささやきかけてくるものもあれば、大声で叫んでくるものもある。一番強く響いてくるのは、ダークなエネルギーを放っているものだ」

「わたしと同じね」

「きみはヴィジョンを見るが、ぼくは声を聞く。昔ならぼくたちは預言者としてあがめられるか、ピッチフォークやナイフを振りかざした人々に追いかけられるかのどちらかだっただろう」

「いまは単に頭がどうかしているというレッテルを貼られて、薬漬けにされるか、精神病院の閉鎖病棟に閉じこめられるけど」カタリーナはため息をついた。「だから両親は、普通の人を演じることの大切さをわたしに教えこんだんだわ」

「ぼくも同じことを学ばされた。それは共通しているな」

「そうね」

カタリーナは開けっぱなしになっている保管庫のドアの前で足を止め、中をのぞいた。広くはなく、ウォークインクローゼットくらいしかない。壁に沿って鉄枠とガラスで作られた棚が設置されているが、品物はほとんど残っていない。ヴィンテージのダイヤル式の黒い電話機、小さいインデックスカードが入ったプラスチックのケース、デスクランプといった、いまはなき研究所で使われていたらしきものがわずかにあるだけだ。

「このインデックスカードはなんのためのものだと思う？」

スレーターがカタリーナの横をすり抜け、保管庫に入った。プラスチックケースの透明な蓋を開けて、中のカードを指で動かしながら調べる。

「住所と電話番号のファイルだな。ブルーストーン計画の時代には、データはすべて紙で保存されていた。ルーカスがほしがるだろうな」

「どうしてこんなものをほしがるの？　ブルーストーン計画時代の住所録なんて、載っている人のほとんどはかなりの高齢になっているか、すでに亡くなっているはずなのに」

「ルーカスはブルーストーン計画にかかわっていた人たちの子孫のデータベースを作成する責任者なんだ」

カタリーナは眉をひそめた。「あなたのおじさんたちは少し偏執的なんじゃない？」

「ぼくが朝起きてまずそう思うのはしょっちゅうだし、夜寝るときも同じだ」

「おじさんたちがそれほどブルーストーン計画にこだわるわけはなんなの？」

「フォグ・レイクの住民とその子孫が、ブルーストーン計画に基づいて研究所で行われた実験の犠牲者になったという事実とは別に？」

「ええ、それとは別に」

スレーターはカタリーナを見た。

「そうだな、おじたちが興味を持っている理由はもうひとつある。ブルーストーン計画では極秘の政府機関が複数の研究所を統括していたが、各研究所は互いにかかわることなく別々に活動していた」

「ひとつひとつが独自の研究していて、外部からは何をしているかうかがい知れなかったということ？」

「ああ。そうしてセキュリティをさらに強化していた。各研究所には所長がいて、そこで行われる研究と開発の責任を負っていた。つまり、ひとつひとつの研究所は実質的に独立した組織だった。当時はそのやり方がいいという判断だったんだろうが、ひとつ大きな欠点があった。所長に多大な権限が与えられてしまうことだ」

「それで？」

「ヴィクターやルーカスをはじめ、〈財団〉の専門家の何人かは、これらの研究所のうちのひとつが超常エネルギーを兵器化するのに成功したと信じている」

カタリーナは驚愕《きょうがく》した。「つまり、実際に超常エネルギーを使った銃や爆弾が造られたということ？ 人を殺したり、何かを吹き飛ばしたりするために？」

「研究所で実際に何があったのかは誰も知らない。〈財団〉は兵器として造られたらしい装置をいくつか発見しているが、いまのところ、誰も動かせていないんだ」

「どうして？」

「考えられるのは、超常エネルギーを使った銃を起動する際は、使用する者の能力の波長と合わせる必要があるのかもしれないということだ。この技術的なハードルはいまはまだクリアされていない。少なくともわれわれの知る限りでは。だがそれでも、ブルーストーン計画の研究所が兵器の試作に成功していたという噂はなくならない」

カタリーナは鼻を鳴らした。「エリア五十一の冷凍庫には地球外生命体の死体が保管されているという噂がなくならないのと一緒ね。そういう話は陰謀説と同じたぐいのくだらない噂よ」

スレーターはヴィンテージの電話機を取りあげた。「ある山間《やまあい》の小さな町の住民は、何代か前の住民が謎の爆発事故で発生した正体不明のガスを吸ったために超常的知覚を持っているという噂みたいに？」

カタリーナはため息をついた。「それは陰謀説には入らないわ」

「どうして？」

「本当のことだから」

スレーターが受話器を持ちあげて耳にあてるのを、カタリーナは見守った。彼が穴に指を入れ、ダイヤルをまわす。

「それは強いエネルギーを放出してるの？」

「超常エネルギーにさらされる環境にあったほかの事務機器と同じようなものだ。だが、こういう古い電話機が好きなんだ。手で持つ通信機器は興味深いエネルギーを吸収している。しかし、こんなのは初めてだな」

「どういうこと？ ほかのものとどこが違うの？」

スレーターは電話機の本体を調べた。「メーカーの名前も、品番も、シリアルナンバーもない。それにヴィンテージの電話機にしては少し重い。フォグ・レイクの洞窟にあったものかもしれないな。ロイストンはフォグ・レイクにあったものを好んで集めていたから。少々気になるな」

「レイダーたちはどうして持っていかなかったの？」

「やつらにアピールするような強烈なエネルギーを発していないからだろう。〈財団〉のキュレーターもそう思ったんだと思う」スレーターはためらいつつ続けた。「だがロイストンは、わざわざ保管庫にしまうだけの価値があると考えた」

カタリーナは保管庫の入り口をくぐった。「まあ、熱いエネルギーが渦巻いてるわね。ああもう、くそっ！」

彼女はびくっとして飛びのいた。暴力的なエネルギーの流れにうっかり踏みこんでしまったのだ。心臓が激しく打ち、首の後ろが熱くなったり冷たくなったりする。ぞくぞくする震えが走ったかと思うと、目の前にヴィジョンが浮かびあがった。

カタリーナはよろよろとさらに何歩かさがり、不快な感触のエネルギーから離れた。

「何を感じたんだ？」

カタリーナは何度か深呼吸をして気持ちを落ち着けた。

「あなたの言ったとおりよ。ここで誰かが死に、ほかの人物が一緒にいた。彼は殺されたんだわ」

スレーターが強い視線を向ける。「現場に血痕はなかったし、ロイストンには鈍器による外傷もなかった。死因は心臓発作だ」

「もう少し詳しく探ってみるから、ちょっと待って」

カタリーナは両腕を自分の体にきつく巻きつけると、沸き返っているエネルギーの流れのところまで歩いて戻り、慎重に感覚のレベルをあげた。

ふたたびヴィジョンが像を結びはじめる。焦点が合いかけたかと思うとまたぼんやりして、鮮明にはならない。目の前に見えているものを説明しようとして、自分の声が普段とはまるで違う薄気味悪い響きを帯びていることに気づいたが、どうしようもなかった。彼女のしていることは、いわば悪夢の奥に心を飛ばしてのぞき見るようなものだ。

「犠牲者は、いまわたしがいる場所に立っている」カタリーナはその声で語りつづけた。「ひとりじゃなくて、もうひとりいる。犠牲者がびくっと身を縮める……鋭い痛みが走る。その時点では恐怖を感じていない。でもすぐに、自分の身に恐ろしいことが起こっているのだと気づく。息ができなくなって、心臓が激しく打ちはじめる。自分が死ぬのだと悟る。恐怖、怒り、パニック。息ができない。息が──」

ふくれあがっていく犠牲者の恐怖が残したぞっとするエネルギーが、波となって押し寄せてくる。手で触れられそうなほどの圧倒的な力に、カタリーナはひるんだ。命の危険すら覚え、逃げだしたいという衝動に必死で抵抗する。

そのとき力強い手がカタリーナの肩をつかみ、後ろに引き戻した。

「大丈夫だ、カタリーナ」スレーターの声でヴィジョンが粉々に砕け散った。力強い腕で抱きしめられ、彼のオーラに包まれる。「ぼくがきみをつかまえている。終わった。もうすんだことだ。きみは安全だ」

カタリーナは高めた感覚を遮断し、世間の大半の人々が現実と呼ぶ世界に舞い戻った。通常の感覚をメインにすると、スレーターに抱きしめられているのがわかった。温かい腕と力強いオーラにこのまま身をゆだねていたいという思いに抵抗できず、息が整うまでのほんの何秒かだけだと自分に言い訳をして力を抜く。

ヴィジョンを見たあと、こうしてやさしく慰めてもらうのは本当に久しぶりだった。能力が芽生えて悪夢を見るようになり、母が寝室に来て慰めてくれたとき以来だ。だが両親がただ心配してやさしくなだめてくれたのは、ほんの少しのあいだだけだった。娘が獲得した感覚がどんなものかが明らかになると、両親はその奇妙な感覚を制御することの大切さをひたすら娘に教えこんだ。ヴィジョンに対処できるようにならないと、外の世界で普通の生活は送れないと言って。

両親はよかれと思って娘に厳しくしたのだし、その気持ちはいまもまったく疑っていない。それでもカタリーナが見ているものが見えない両親には決して理解してもらえない部分があると、彼女は思わずにいられなかった。垣間見る情景がどれほど心の負担になるものなのか、ふたりにはわからない。起きたまま見る夢のようなものだと思っているのだろうが、それよりずっとたちが悪い。ヴィジョンはあまりにも現実的だった。

「こんなわたしを見ると、ほとんどの人はなるべく遠ざかろうとするの」スレーターのジャケットに顔を押しつけたまま、くぐもった声で言う。

「なんだって？」

カタリーナは恥ずかしくなって顔をあげ、体を離した。スレーターの手が肩から落ちる。

「ごめんなさい」彼女は目を合わせないまま謝った。「いつもはこれほど動揺したりしないいんだけど。ここに残っているエネルギーのせいで、ヴィジョンが強化されているんだと思う」

「そうかもしれないな」スレーターが言葉を切り、すぐに続ける。「正確さも増しているのか？」

カタリーナは苦笑いした。「あなたのそういうところがたいしたものだと思うわ、ミスター・アーガンブライト。普通なら遠まわしに探りを入れるような部分に、ずばりと切りこんでくるんだもの。いいえ、ここに充満しているエネルギーのせいでヴィジョンの正確さが増したとは思わない。ただ強くなっただけ。ここで誰かが殺された。ロイストンの遺体がここで発見されたことを考えると、彼が犠牲者だと考えるのが自然でしょうね。もうひとりその場にいた人物についても、はっきりとした痕跡を感じたわ」

「さらにもうひとりいた可能性はあるか？」

スレーターが殺人の詳細に意識を集中しているので、カタリーナは自分を立て直せた。スレーターはこんな状態の彼女を見ても腰が引けていないし、精神病院に閉じこめるべきだというような目も向けてこない。ちゃんとしたプロの探偵として扱ってくれているのだと思うと、抱きしめられたときと同じくらい体にぬくもりが広がった。

「マージが言っていたクローンたちのことを考えてるのね。でも保管庫の中には犠牲者以外にひとりしかいなかったと思う。三人も入れるほど、ここは広くないし」

「たしかにそうだな。それに犯行はひとりでも充分可能だ」

カタリーナはふたたび感覚を高め、保管庫内を歩きまわった。「犯人は……興奮していた」

「人を殺したからか？」

カタリーナは答えるのをためらい、エネルギーの痕跡を注意深く分析した。「いいえ。殺人は冷酷な暴力行為よ。犯人が興奮していたのは、捜していたものを見つけたからじゃないかしら」

「そして二日後、オリヴィアが誘拐された」

カタリーナはスレーターを見あげた。「あなたの言うとおりだと思う。犯人がロイストンの保管庫で発見した何かのために、オリヴィアは連れ去られたんだわ。つまりロイストンが殺されたことと、十五年前の洞窟での殺人事件は関連している。だけどロイストンはどうかかわっているの？」

「手に入れてはならないものを手に入れてしまったというだけだろう。セーフルームも意味がなかったな」

「セーフルームって？」

スレーターは重い鋼鉄製のドアについている錠を示した。「コレクターは保管庫を、傭兵や窃盗犯に入られたときに立てこもれる仕様にしてあることが多い。だが自ら殺人者を保管庫に招き入れてしまったら、それも役に立たない。ここで起こったのはそういうことだろう」

「つまり、ロイストンは犯人を知っていたのね」

「いや、そうとは限らない。保管庫を無理やり開けさせられた可能性もある」

「どうやって？」

「頭に銃を突きつけるとか」

カタリーナは否定した。「それは違うと思うわ。ロイストンは怖がってなかったもの。少なくとも最初は。彼はなんていうか……有頂天になっていたの」

「自分の経験から言うと、ロイストンみたいに熱心なコレクターが興奮する理由はふたつしかない。新しくコレクションに加える品が手に入ったか、とりわけ貴重な品をライバルに披露する機会が訪れたか」

「犯人はコレクターかバイヤーのふりをしたのかもしれないわね」

「ありうるな。だがロイストンをだますにはかなりの演技力が必要だ。コレクターは秘密主義で疑《うたぐ》り深いからな。とにかく、次はフォグ・レイクに行く必要がある」

「なんですって？　車で三時間半もかかるのよ。天気が悪化したら四時間。そんな暇はないわ。あんなところにオリヴィアを誘拐した犯人がいるわけないもの」

「だが十五年前の事件現場に行って、何が読み取れるか試してみなければ」

洞窟に戻るなんて無理だ。頭がどうにかなって、湖に身を投げてしまう。

カタリーナは古い悪夢を頭の奥に押しこめ、洞窟に行かないよう説得する理由を懸命に探した。

「これからフォグ・レイクに行ったら、向こうに泊まらなければならないわ。霧のせいで、暗くなってから出入りすることはできないから」

「始まりからたどらなければならない」スレーターが言い張る。

「あのクローンみたいなふたり組が、フォグ・レイクに隠れられるはずがないわ。あそこはごく小さな町で、全員が顔見知りなの。よそ者は目立つのよ」

「やつらがあそこにいるとは思ってない」スレーターがいらだちをあらわにした。

「だが運がよければ、誰がそのクローンたちを動かしているのか感じ取れるかもしれない」

「でも――」

「言い争っている時間はないんだ、カタリーナ。悪いが、ぼくを信用してもらうしかない」

「信用するですって？〈財団〉から来たというだけで？フォグ・レイクに戻るんじゃなくて、オリヴィアを連れ去った男たちを即刻捜すべきよ」

「あの双子を無視するつもりはない。ここで見つかった手がかりを追わせるため、おじに言って、いますぐシアトルに誰かをよこしてもらうつもりだ。〈財団〉のクリーナーは腕がいい」

「それはそうだけど、その人たちはあなたのおじさんの利益を最優先にするわ」

「こういった場合のやり方は心得ている。信じてくれ」

その点に関しては信用するべきだとカタリーナは考えた。スレーターは古い遺物を追うことにかけてはエキスパートだ。彼を信じられるかどうかにオリヴィアの命がかかっていると言っても過言ではない。

「いいわ、こういうことについてはあなたのほうが専門だと認める。フォグ・レイクに答えがあるとあなたが確信しているなら、あの町に行くべきなんでしょうね。遠いけど、暗くなる前に着かないと。遅れたら、霧が晴れるのを待って車の中で夜明かししなければならなくなるから」

カタリーナの不承不承の譲歩に、スレーターはうれしそうではなかったものの、ぶっきらぼうにうなずいた。

「ありがとう。早く向こうに着けば、それだけ早く調査を始められる。まずはきみの家に寄って、必要なものを持っていこう。いちおうきいておくが、きみの故郷にはホテルや朝食つきの小さなホテル《B&B》はないんだろう？」

「もちろんないわ。フォグ・レイクは反観光の町として長い伝統を誇っているんだもの」

「ああ、そうらしいな」

「でも安心して。実家に泊まればいいから。両親はシアトルに自宅とスコッツデールにコンドミニアムを持っているけど、夏はいまでもあの町で過ごしてるの。両親がフォグ・レイクにある家を処分しないのは、いつかわたしが……」

「なんだい？」

「子どもを持って、その子を安全な環境で育てる必要が出てきた場合に備えているんだと思う」

「なるほど、子どもか。ところできみのご両親はいまどこにいるんだ？」

「世界一周クルーズの船の上よ」

「オリヴィアのご両親は？」

「お父さんはオリヴィアがまだ赤ちゃんのころに亡くなったの。お母さんも一年半前に亡くなった。警察の見解では、ハイキング中の事故だそうよ」

「きみやオリヴィアはその見解を信じていないみたいだな」

「オリヴィアは事故じゃなくて殺されたと思っているわ。でも証拠を見つけられなかった。山で死ぬと、自然が証拠を隠してしまうもの」

「そうだな」

「動機もわからなかった。殺されたんだとしたら、通り魔的な犯行だったんだと思う。あるいは、うっかりドラッグを製造しているところに足を踏み入れてしまったとか。見当もつかないわ」カタリーナは咳払いをした。「もう出発しましょう。長いドライブになるから」

「ああ」

スレーターは古い電話機をまだ持っている。

「インデックスカードが入っているケースを持ってくれないか？」

「わかったわ」

カタリーナはカードの入ったケースを持って、彼のあとから保管庫を出た。さっさと階段に向かうスレーターに遅れないよう、急がなければならなかった。ところがコンクリートの階段をのぼりはじめた彼がいきなり足を止めたので、カタリーナはぶつかりそうになった。

「どうしたの？」彼女は手すりをつかんで体を支えた。

照明のスイッチを押す音とともに、地下室が闇に包まれた。スレーターはドアを閉めて鍵をかけると、振り返って小さな懐中電灯の光を階段に向けた。

「おりるんだ。早く！」

カタリーナは手すりを握りながら、あわてて引き返した。スレーターもすぐ後ろに続く。

一階の廊下に足音が大きく響いた。ふたり分の足音だ。

「追いつめたぞ」男の声がする。

鈍い音が何度か響き、ギシギシときしる音がしたあとに突然、何かが壊れるような音がした。一拍間を置いて、ドアが勢いよく開く。

スレーターがコンクリートの階段の陰から身を乗りだし、すばやく二度撃った。

「くそっ！　武器を持ってるなんて、聞いてねえぞ。霧を使え！」男が叫ぶ。

スレーターがふたたび一階のドアのあたりを狙って弾を撃ちこみ、階段の陰にすばやく隠れた。

明かりがついて、ガラスでできた物体がふたつ空中を飛んでくるのが見えた。一見雪玉のようだが、ガラスの中に入っているものは雪には見えない。霧のようだ。

地下室の床でガラスの玉が割れるのと同時に、階段の上の重いドアが音をたてて閉まる。

スレーターがカタリーナの手を握った。

「何をするときも、手を絶対に離すな」

スレーターの言葉の意味を考える暇もなく、霧が大波のごとく彼女をのみこんだ。次の瞬間、幻覚が一気に襲いかかってきて、カタリーナは地獄の万華鏡へと落ちていった。

19

頭がくらくらする。

パニックが全身に広がり、酸のように体を焼く。すべての感覚が危険なほど高まって、頭の中で警報が鳴りはじめた。地下室に灰色の霧が充満し、猛烈な勢いで悪化していく幻覚とともに超常的な炎が燃えあがる。これまでに犯行現場で見た死者や死にゆく人々のヴィジョンが、悪夢の群れとなってカタリーナに襲いかかった。

「ただの幻覚よ」彼女はなんとか落ち着こうとして、ささやいてみた。

「そうだ、現実はこれだ」スレーターがつないだ手をきつく握る。

「手をつないでいてよかったわ。一瞬、不安になったから」カタリーナはあえいだ。

幻覚がさらに勢いを増した。ふたりを取り巻く炎は本物にしか見えず、いまにも肌を焦がしそうだ。

「この霧は感覚を亢進《こうしん》させる興奮剤だろう。ぼくたちを暴走状態にするためのものだ。

いますぐ感覚を遮断しろ」

　敵に襲われているときに感覚を遮断するのは、生き延びようとする本能に逆らう行為だった。蛇や虎と対峙《たいじ》しているときに目をつぶるようなものだ。心も体も使える武器はすべて使えと、襲ってきた敵と戦うにはあらゆるものが必要だと、本能が全力で叫んでいる。

　しかし幻覚はカタリーナが抵抗すれば抵抗するほどひどくなる。スレーターが感覚を遮断したのが彼女にはわかった。同じようにしてみる価値はある。カタリーナは残っている意志をかき集めて、暴走しかけている感覚を抑えようとした。幻覚は消えなかったものの、弱まった。あたりの霧も少し薄れてきて、横に立っているスレーターの姿が見える。

　カタリーナは力を得て、感覚をもう一段弱めた。幻覚がさらに消え、霧がどんどん薄くなる。いまでは近くに並んでいる棚が見えるまでになっていた。

「あなたの言ったとおりだった。でも、このまま出ていくわけにはいかないわ。ふたりが待ち構えてるもの」

「入ってきたところからは出ていかない。保管庫に入る」

「そういえば、セーフルームになっていると言っていたものね。でもあそこに閉じこもっても、長期戦になるだけじゃない？」

「その点を踏まえて、コレクターはセーフルームに必ず緊急用の出口を造っている」

「ふうん。コレクターのことを本当によく知っているのね」

「自分もそのひとりだからな」

「ああ、たしかにそうだわ」

ふたりは霧の中を進み、保管庫に入った。スレーターがようやくカタリーナの手を放し、厚い鋼鉄製のドアを閉めて施錠する。頑丈なボルト錠だ。

彼はすぐにガラスの壁を丁寧に探りはじめ、やがて求めていたものを見つけた。

「あったぞ」

滑るように壁板が開き、狭くて暗い通路が現れた。スレーターが向けた懐中電灯の光がタイルに反射する。やっと人ひとり通れるくらいの広さだ。

「ぼくが先に行く。電話機を持ってくれ。懐中電灯と武器を持たなければならないから」

カタリーナは自分がまだインデックスカードのケースを持っていることに気づき、空いているほうの手で電話を受け取った。「ここを出た先で、また何かあると思ってるの？」

「何が起こるかわからない」

「さっきの銃声を誰かが聞きつけたとは思えないわ。近くに家はないし、コンクリートが音をかなり吸収したはずだもの。でもこの通路を抜けて地上に出たあと、またクローンたちを撃ったらそうはいかない。駆けつけた警察にいろいろきかれているうちに、フォグ・レイクまで行く時間がなくなってしまう」

「ほかにどうしようもないときにしか撃たない。約束する」

「しかたがないわね。いいわ」

妥協しなければならないと、カタリーナは自分に言い聞かせた。人間関係はそういったものの上になり立っている。

スレーターがタイル張りの暗い通路に入っていった。カタリーナも電話機とインデックスカードのケースを持ってあとに続く。すると十五年前にフォグ・レイクの洞窟で殺人犯から逃げたときの悪夢のような記憶がよみがえり、息ができなくなった。閉所恐怖症の発作だ。

あそこに戻ったら、湖で溺れてしまう……。

大丈夫だ、行ける。行かなければならない。行けないならロイストンの家の地下室に引き返し、地獄から来たクローンたちに捕まるのを待つしかない。つまり、ほかに選択肢はない。

一気に広がったパニックに抵抗しようと、カタリーナは遮断した感覚をもう一度慎重に開放した。それで少しパニックがおさまる。前を見るとスレーターの力強いオーラが目に入って、それを見つめていると気持ちが落ち着いた。

それに感覚を高めても幻覚が戻らなかったことにほっとした。通路内の空気はよどんでいるが、霧は侵入してきていない。

「出口が見えたぞ」

「ああ、よかった」

カタリーナの声が普通でないことにスレーターは気づいた。

「大丈夫か？」

「ええ、もちろん。平気よ。狭い空間がちょっと苦手なだけ。さっさとここを出ましょう」

スレーターは鋼鉄製の壁板の前で足を止め、懐中電灯を消してから横に滑らせた。

その先も暗闇で、すえた黴《かび》くさい臭いが漂ってくる。

「隣の家の地下室みたいだな。そういえば空き家だった。この家もロイストンが所有していることは賭けてもいい。驚くことじゃない。コレクターはプライバシーを大事にするものだ」

スレーターは通路を出ると、懐中電灯で部屋をぐるりと照らした。細い光の中に、じめじめしたコンクリートの床と壁が浮かびあがる。

「本当ね。ここも地下室だわ」

カタリーナは自分がプラスチックのケースと電話機を握りしめていることに気づいて当惑した。スレーターが階段に向かった。

突然、煌々《こうこう》とした明かりがスレーターを照らしだした。暗闇から声が響く。男は開いたドアの陰にいて、全身は見えないが頭と肩がのぞいている。感覚を高めていたカタリーナに男のオーラがちらりと見え、今朝すれ違ったジョギングをしていた男か、あるいはその双子のきょうだいだとすぐに悟った。スレーターも気づいたのがわかる。

「銃を捨てろ、アーガンブライト。さもないと弾をぶちこむぞ」双子の片割れが言う。

「こんな乱暴なやり方は必要ないだろう」スレーターが言った。「ビジネスの話をしようじゃないか。おまえたちは何を捜している？　取引できるかもしれないな」

「銃を捨てろと言っただろ。話はそれからだ」

「わかった」スレーターは身をかがめ、ゆっくりと銃を床に置いた。その動きを懐中電灯の光が追う。「おまえのクローンはどこにいる？」

「いったいなんの話だ?」

「おまえの双子の片割れだ」

「どうしてわかった? まあいい。トニーはあっちの家を見張ってる。おれたちはロイストンが造った抜け道を知っていたから、おまえが見つける可能性もあると思ってた。女はどこだ？」

「ここよ」

　カタリーナはわざとスレーターの前に出た。

「カタリーナ、やめろ」スレーターが静かに言う。

　カタリーナはスレーターを無視して、暗闇に浮かびあがるヴィジョンに集中した。まるで文字が書かれているかのように、男の意図がはっきり読める。男がスレーターを撃たないようにするには、彼女が盾になるしかない。

「そこをどけ」すでに熱くたぎっている男のオーラが、怒りでさらに沸き返る。

「彼を殺したいなら、わたしも撃つしかないわ。だけどあなたには生きたままのわたしが必要なんでしょう。だから取引よ。条件を言うわ。わたしはあなたと行くから、彼のことは解放して。何もせずに」

　男は予想外の申し出に面食らったらしく、どうするか考えこんだ。そして結局、一番簡単な道を選んだ。「いいだろう。アーガンブライトはどうでもいい。おれがほしいのはおまえだ。ここまであがってこい。アーガンブライトはそのままそこにいろ。ドアに鍵をかけておけば開けるのにしばらくかかるだろうから、こっちが逃げる時間はたっぷりある」

「いかにも自信満々なソシオパスらしい口ぶりね」カタリーナは明るく言った。「そういう話し方をすると、うまくいくものなの？」

「いったい何をぺらぺらしゃべってる？　さあ、来い」男のオーラが混乱を示した。

「いま行くわ」

カタリーナは男のオーラから目を離さないようにして、一段抜かしで階段をあがった。カタリーナを通すために男はいったん脇にどき、彼女が廊下に出るや、スレーターを撃つために戻ろうとした。

けれどもカタリーナには男の意図がわかっていた。二、三秒早くヴィジョンでそれを目にしていた彼女は、先に行動を起こした。男の注意がスレーターに向いている隙を突いて、ヴィンテージの電話機を男の側頭部に叩きつけた。

不意打ちを食らった男は懐中電灯と銃を落とし、よろよろと後ろにさがった。血が金髪を濡らし、顔の横を流れ落ちていく。

「このくそあま！」

男が怒鳴ってつかもうとしたときには、カタリーナはすでにスレーターの邪魔にならないように引っこんでいた。

スレーターが怒りのエネルギーでオーラを燃え立たせ、階段を駆けあがってくる。

カタリーナは電話機を捨て、懐中電灯をつかんだ。それで床を照らしてきらりと光る金属を見つけたが、男も自分の銃を見つけて急いで手を伸ばした。

だがその前に、スレーターが熱追尾式ミサイルのように男に突っこんだ。

壁に叩きつけられた男がうめき声をあげて、ずるずると床に座りこむ。

スレーターは男の血だらけの顔を見つめ、服の上から体を叩いて持ち物を調べた。

「もうこういう電話機は作られていないんだ」スレーターが言う。

男がうめいた。

「もうひとりもすぐに来るわ」

「身元を示すものは何も持ってない。こいつらはプロだ」スレーターは男の肩をつかんで揺さぶった。

男の意識が戻り、ぼんやりと開けた目がスレーターをとらえた。

「おまえが問題になることはないだろうって言われたのに」男がまわらない口で言う。

スレーターはそれを無視して詰問した。「オリヴィア・ルクレアをどこへ連れていった？」

「なんの話かわからない」

「穏やかにことを進めている暇はない。おまえは双子の片割れが助けに来るのを待ってるんだろうから、こっちとしては急がないとな。オリヴィア・ルクレアをどこへ連れていった？」

「言ってたまるか。おまえも少しは脳みそがあるなら、さっさと逃げろ。おれはひとりじゃない。弟がすぐ来る」

「オリヴィア・ルクレアをどこへ連れていった？」

同じ質問を繰り返すスレーターに男に危害を加えるそぶりはないが、あたりには凍りつくような冷たいエネルギーが急速に立ちこめた。その源がスレーターのオーラだと気づいて、カタリーナは初めて目にする現象に戸惑った。戸惑いが衝撃に変わり、衝撃がやがて奇妙な興奮に変わる。通常の感覚も超常的な感覚もすべてが波立って火花を散らした。

恐怖とスリルのどちらを感じるべきなのかわからない。おそらく両方なのだろう。どんな形のものであれ、力は必ず人の注意を引きつける。

スレーターが男の肩をつかんだ手に力をこめた。「オリヴィア・ルクレアをどこへ連れていった？」

男がひきつけを起こしたようにがくがくと揺れ、顔を恐怖にゆがめた。

「お……おれに何をしてるんだ？」あえぎながら声を絞りだす。

「質問に答えろ」

「仕事でやっただけだ。別に個人的にいやがらせをしてるわけじゃない。女たちを誘拐して古いモーテルに連れてくるようクライアントに指示されて、ひとりは捕まえた。だが、もうひとりはおまえに邪魔された」

「どこのモーテルだ？」

「寒い。凍えそうだ。いったいおれに何をしてる？」

「どこのモーテルだ？」

スレーターの声はぞっとするほど抑揚がなかった。冷えていっているのは男のオーラだけではない。廊下の温度もどんどんさがっている。

男がスレーターを凝視した。「おまえはくそったれの凍らせる者《アイサー》なんだな。こんなやつが本当にいるなんて」

「どこのモーテルだ？」

廊下の温度がさらにさがる。男の体温もだ。

「スレーター、気をつけて。彼には生きていてもらわないと」カタリーナは声をかけた。

スレーターがかすかに眉間に皺を寄せて彼女を見つめる。まるで理解できない外国語で話しかけられたかのようだ。

男が怯えた弱々しい声を出した。

「フロンティア・ロッジ。ヒンリーの郊外にある。女は傷つけてない。誓うよ。クライアントから傷つけるなって言われたんだ。無傷のまま届けろって。助けてくれよ。殺さないでくれ」

「だったら、殺したくなるような理由を与えるな。カタリーナ、きみの携帯電話でこいつの写真を撮ってくれ」

カタリーナは暴力行為を働いた反動でまだ体が震えていたが、トレンチコートのポケットからなんとか携帯電話を取りだして、ぼんやりと見返す男の写真を二枚ほど撮った。

ところが携帯電話をポケットに戻したとき、廊下を風が吹き抜けた。家のどこかでドアが開いたのだ。暗闇に足音が響く。

「ディーク？　どこにいる？　やつらはロイストンのセーフルームと、その奥の通路を見つけたぞ。捕まえたのか？」

ディークがはじかれたように起きあがろうとした。「トニー、トニー、助けてくれ！　こいつはアイサーなんだ。殺される――」

スレーターがディークをつかんでいる手にさらに力をこめた。凝集している冷気がさらに強くなる。ディークはびくっとしたかと思うと、力を失って床に伸びた。

立ちあがって廊下を歩きだしたスレーターは、夜中の嵐のような冷気をまとっている。

しかしディークの必死の叫びは、すでに双子の弟に警告となって届いていた。すばやく遠ざかっていく足音に、カタリーナはトニーが家を出ていこうとしているのだとわかった。暴力的なソシオパスは、もうひとりの暴力的なソシオパスを助ける必要があるとは考えなかったのだ。たとえ相手が双子の片割れであっても。

足音はすぐに聞こえなくなり、バイクのエンジンをかける音が遠くから響いてきた。

スレーターが戻ってきた。「逃げられた。だが、とりあえずひとりは捕らえたな」

「ディークはしばらく質問に答えられそうにないわ」

「どうしてだ。死んだのか？　ちくしょう、死んだら役に立たない」スレーターは床に伸びている男に近寄った。「よかった。オーラが見えるから生きてるな」

ディークがまだ息をしているのは運がよかったのだと言いたいのを、カタリーナは我慢した。

「ええ、生きてはいるわ。でも深い眠りに入ってる。意識がないのよ。昏睡《こんすい》状態なのかも。いつ目を覚ますかわからないけど、すぐではなさそうね」

「それなら地下室に置いていこう。おじに連絡して、こいつを回収してくれるよう頼む。これ以上時間を浪費できない」

「フォグ・レイクへ向かう前に、モーテルに行かないと。オリヴィアがまだいるかもしれない」

「時間の無駄だ。早くフォグ・レイクに向かうべきだ」

「反対するつもりはないわ。あなたはフォグ・レイクに行って。わたしはモーテルを捜すから。初めて手に入れた有望な手がかりを無視することはできない」

スレーターは考えこんだ様子でカタリーナを見ている。

「やめて、だめよ」

「何が？」

「わたしを無理やり車に押しこんで、フォグ・レイクに連れていけないかどうかと考えてるでしょう。そんな真似はやめて」

スレーターはため息をついた。「ヴィジョンで見えたのか？」

「ヴィジョンなしでもわかるわ。火を見るよりも明らかよ」

「わかった。まずモーテルを見つけて、それからフォグ・レイクに向かう。だがその前にきみの事務所かアパートメントに寄って、こいつの写真を印刷しよう」

「どうして？」

「フォグ・レイクの住民に見せる必要があるかもしれない。あの町では携帯電話やコンピュータは使えない。そうだろう？」

「それもそうね。じゃあ、事務所に行って写真を印刷して、それからモーテルを捜しに行きましょう。わたしが運転するわ」

「わかった。それでいこう」

スレーターがあまりにもおとなしく従ったので、カタリーナは不安になった。

「ねえ、大丈夫？」

「わからない。よく考えてみないと」

カタリーナは意識を失っているディークを見おろし、彼の言葉を思いだした。

〝おまえはくそったれのアイサーなんだな。こんなやつが本当にいるなんて〟

フロンティア・ロッジはカスケード山脈の山麓にある小さな農村の外れの、古い道路沿いにあった。かなり前に廃業しているのは明らかで、ほぼすべてのドアや窓に板が打ちつけてある。一箇所だけドアが開いていたのでその部屋に入ってみると、へこんだベッドとしみだらけのカーペットがあるだけで、誰もいなかった。

電気は止められているので、スレーターが懐中電灯の光を狭い部屋に走らせた。ベッドの下で何かがきらりと光り、カタリーナが四つん這いになってのぞくとブレスレットだった。

「オリヴィアのものよ。買うときに一緒にいたの。ディークは本当のことを言ったんだわ。オリヴィアはここにいた」

「彼女以外に何人いたかわかるか?」

カタリーナは黴くさい部屋を歩きまわって、意識を集中した。やがてぼんやりとヴィジョンが浮かびあがり、ベッドを振り返る。

「三人。この部屋にはオリヴィア以外に三人いた」カタリーナは言った。ヴィジョンを見ているときの、いつもとは違う声だ。

「そのうちのふたりはあの双子だろう。あとひとり、未知の人物がいたことになる」

「クローンたちが出ていって、誰かが入ってきた」カタリーナは三人目の人物が残した痕跡の上に立った。その痕跡から、沸き返る期待が感じられる。「彼は高ぶっている。興奮している」

「性的に？」

「違う。だけどひどくほしがっているものに、もう少しで手が届きかけている」

「そいつが男だというのはたしかか？」

カタリーナはしばらくためらったあと、首を振った。「いいえ、確信はない。だけどその人物はオリヴィアを外に運びだせるだけの力を持っている。力の強い女性なら可能でしょうね。男である可能性のほうが高いけど」

「オリヴィアが運びだされたとどうしてわかる？」

カタリーナはヴィジョンを振り払い、スレーターを見た。「入り口とベッドのあいだにオリヴィアの足跡がないの。だからベッドまで抱えて運ばれたんだと思う。そのすぐあとに別の誰かが来て、彼女を運びだした」

「ほかには？」

ベッドの反対側にまわったカタリーナは動きを止め、ふたたび感覚を高めた。

「オリヴィア」そこでささやく。

床の上に足跡が明るく輝いていた。

「オリヴィアは目を覚ます。頭がぼんやりして、怖くてたまらない。でも目的がある。たどり着かなければならないゴールが。彼女は必死になっている」

カタリーナは明るく輝く足跡をたどって薄汚れたバスルームのドアの前まで行き、ふたたび立ち止まった。ヴィジョンからすばやく抜けでる。

「シアトルから長時間車に乗ってきて、トイレを使う必要があったんだ。犯人が使うのを許可したと考えるのが妥当だろう」スレーターが言った。

カタリーナは小さなバスルームをのぞいた。「オリヴィアがメッセージを残しているわ」

スレーターが近づいてきて、横に並ぶ。

「どうやらそのようだな」低い声で言った。

厚い汚れのついた鏡に、指で文字が書かれていた。

〝ヴォルテックス〟と。

20

「どうやらあなたのおじさんたちが言っていたとおりみたい。〈ヴォルテックス〉は単なる伝説じゃなかった」カタリーナが言った。

スレーターはカタリーナの小さいものの馬力のあるSUVのライトに照らしだされて前方に延びている山間の狭い道路を見つめた。運転しているのはカタリーナだ。走りにくい山道の運転に慣れているのは明らかで、相当苦労しそうなこのあたりの道でも安心してまかせておける。体に広がる奇妙な倦怠感《けんたいかん》と闘っているいまの彼にとっては、好都合だった。

カタリーナにはさまざまな疑問に対する答えを聞く権利があるが、スレーターが知っているわずかな事実さえ教える時間がなかった。フロンティア・ロッジを出てすぐにかけたヴィクターへの電話を、ついさっき終えたところだ。〈財団〉のチームはすでにシアトルへ向かっているだろう。彼らがロイストンの家の地下室で縛られ、猿ぐつわを噛まされている男を拘束し、ラスヴェガスに連れていって尋問してくれる。男が昏睡から覚めればの話だが。〝おまえはくそったれのアイサーなんだな。こんなやつが本当にいるなんて〟

スレーターは男の罵倒を頭から締めだした。自分が照射でどう変わってしまったか、いまは考えている暇がない。外部との通信手段を含め、ほかに頭を悩ませるべき問題がいろいろとある。本部への電話はこれから先しばらくかけられないだろう。山間部に入ってから全地球測位システム《GPS》も電話もどんどん接続が悪くなっている。フォグ・レイクに着いたらさらに悪化するに違いない。この土地が放出している強いエネルギーが、コンピュータや携帯電話の通信を妨げている。

「これからともに行動するうちに、説得力のある伝説は現実と同じくらい大きな損害を引き起こせることを、きみはすぐに思い知らされるはずだ」

「人が伝説を信じたがって、手段を選ばずに追いかけるから?」

「そうだ。〈ヴォルテックス〉の研究所については、おじやルーカスや〈財団〉の専門家たちはさまざまな手がかりからそれが実在していて、倫理観に欠ける科学者が研究を主導したと信じているが。そして彼らが信じているなら、〈財団〉のほかにも研究所の存在を信じている者たちが必ずいる」

「あててみせましょうか。〈ヴォルテックス〉の研究所を主導していたその倫理観に欠ける科学者は、兵器化した超常エネルギーを使って世界征服をもくろんでいたのね」

「おそらく違うだろう。倫理観に欠けてはいても、そいつは独裁者や軍のリーダーではなく科学者だった。超常エネルギーの可能性を探って、難病の治療法を発見したり、人の寿命を延ばしたり、新しい世界を発見したりするのが目的だった可能性のほうが高い。だが研究を続けるには資金や政治的な力が必要だ。伝説が事実なら、それらを手に入れるためにそいつは平気で人を殺した」

「だったらその科学者は、世界じゅうにいる独裁者や軍のリーダーと変わらないというわけね」

「もっと危険だったかもしれない。世界じゅうにいる権力に飢えた独裁者や軍のリーダーよりも頭が切れたから」

「その科学者には名前があるの？」

「当然あるはずだが、ブルーストーン計画の中でもトップクラスの極秘事項だった」

「とにかく、オリヴィアは〈ヴォルテックス〉の研究所という伝説を信じているやつに連れ去られたのね。犯人がひとりか複数かはわからないけど」

「オリヴィアが〈ヴォルテックス〉について何か知っているとそいつは思っている」

倦怠感がますますひどくなり、スレーターはガソリンスタンドで買ったまずいコーヒーを飲んだ。

カタリーナがハンドルを握る手に力をこめる。「オリヴィアは〈財団〉からあなたみたいな人が来ると考えて、あのメッセージを鏡に書いたんだわ。わたしがヴィクターに連絡するとわかっていたから。そしてラスヴェガスから来る人物なら〈ヴォルテックス〉という言葉の重要性を理解できるとわかっていたから」

「彼女は正しかった」

「とりあえず、誘拐の実行犯をひとり捕まえたわ。ディークが目を覚ませば、ヴィクターのチームが何か役に立つ情報を引きだせるかもしれない」

「ああ。だがその可能性は低い。双子は誘拐を実行するためだけに雇われたんだと思う。雇い主が少しでも頭がまわるなら、そういうやつらに大事な情報を明かしたりしない」

「それなら、モーテルの部屋にいた正体不明の第三の人物を追うしかないわね」

「双子以外にいたのはひとりだけだと確信があるのか？」

「確信ならほぼあるわ。犯行現場を読むときは、百パーセント自信があるとは絶対に言わないようにしてるの。そういう場所にはさまざまなエネルギーが渦巻いていて、そのひとつを明確に読み取るのは難しいのよ。幸いあのモーテルには普通の犯行現場ほど生々しいエネルギーは残っていなかったけど、強い感情が満ちてはいたわ」

「あとはヴィクターがシアトルに差し向けたチームが調査を続けてくれるだろう。地下室に置いてきた男が役に立つ情報を持っているなら、クリーナーが必ず聞きだす」

「それだけ？　お人好《よ》しのヴィクターおじさんがしてくれるのはそれだけなの？　クローンに話を聞くだけ？」

「大丈夫だ。おじはこの件を深刻に受け止めている」

「どうしてわかるの？」

「チームをプライベートジェットでよこすらしい」

「だから？」

「ぼくは民間機で来た」

「あなたに対してはお金を惜しんだということ？」

「しかもおじはエコノミークラスに乗せようとした。幸いルーカスが担当課に、ファーストクラスにするよう言ってくれたが」

「へえ」カタリーナはスレーターを見た。「それってあなたが特別だから？」

「いや、閉所恐怖症の気があるからだ」

カタリーナは前方の道に目を据えた。「閉所恐怖症なのはあなただけじゃないわ」

「洞窟でひと晩過ごしたせいか？」

「そんなところね。あなたは？」

「屋根裏部屋に監禁されて一カ月過ごしてから、そうなった」

カタリーナはしばらく黙っていたが、やがてぽつりと言った。「大丈夫よ」

「何が？」

「ディークが言っていたものになるんじゃないかって、心配なんでしょう？　アイサーに」

「ヴィジョンで見たのか？」

「あなたが考えていることを知るのにヴィジョンは必要ないわ」

「だが、ずいぶん確信があるように聞こえる」

「あなたがディークに言われたことをまったく口にしないというのが大きいわね」

「じゃあ何か？　ぼくがそのことを話さなかったから、そのことを考えているとわかったというのか？」

「そうよ」

スレーターはしばらく目をつぶったあと、重いまぶたをふたたび引きあげた。油断すると眠気に屈してしまいそうになるが、そうするわけにはいかない。目覚めたら、幻覚でいっぱいの部屋に舞い戻っているかもしれないのだ。

「アイサーは超常的能力を持つ者たちのあいだでささやかれている伝説だ」静かに言った。

カタリーナがにんまりした。「〈ヴォルテックス〉と同じように？」

「ディークのオーラを凍らせてしまうところだった」

「でも、そうしなかったわ」

「あいつを殺していたかもしれない」

「あなたは銃を持っていた。それでディークを殺していたかもしれないけど、そうしなかったじゃない。あなたはソシオパスのブランクじゃないし、頭がどうかしてもいない。あなたの反応からすると、人のオーラを冷やす能力があることを知らなかったのね」

「自分が変化していることはわかっていた。どう変化しているかわからなかっただけだ」

「今回それがわかった」

「ぼくはアイサーだ。つまり怪物なんだよ」

「いいえ、怪物じゃないわ」カタリーナは鋭い声で反論した。「怪物は自分の力に疑問を持たずに邪悪な行動を取る。あなたは新しい能力を得たけど、人間性は以前と変わっていない」

「ぼくとは今朝会ったばかりじゃないか」

「あなたのオーラは強いけど、安定している。あなたは自分を完全に制御してるわ」

「きみには全部見えるのか？」

「ええ。それにあなたには睡眠が必要だということも。今日は相当なエネルギーを使ったし、昨日の夜は眠れなかったんでしょう？　休息が必要よ」

「いまは眠らないほうがいい気がする」

「起きたら屋根裏部屋にいるんじゃないかと心配なの？」

「真面目に言っているんだ」

「眠りなさいよ、相棒。フォグ・レイクに着いたら起こしてあげるから」

「ぼくが渡した自己使用注射器をまだ持ってるか？」

「ええ。そんなものは必要ないけど」

「必ず身につけておいてくれ」

「わかったわ」

スレーターは疲労に抗うのをやめた。ジャケットを丸めてドアとヘッドレストのあいだに置いて枕にし、目を閉じる。

彼は息を二回吸う前に眠っていた。

そしてすぐに、屋根裏部屋に閉じこめられている夢を見た。


「今度は食事に何を入れたんだ？」スレーターは尋ねる。

「ヴィジョンをあまり見なくてすむように、ちょっとしたものを入れただけだ」おじのヴィクターがなだめる。

「いつまでここに閉じこめておくつもりだ？」

「きみが回復するまでだよ」ルーカスも言う。「スープを飲むんだ。そうしたら気分がずっとよくなるから」

「もう薬はごめんだ。のんだら眠ってしまうし、寝たら幻覚よりひどい悪夢を見る」

「きみには睡眠が必要なんだ」ルーカスが諭す。「さあ、スープを飲んで。飲まないと、ハルシオン・マナーに行かなければならなくなる」

スレーターはスプーンを持ち、薬の入ったスープを口に運ぶ……。

「起きて、スレーター」カタリーナの声がした。「もうすぐよ。ぎりぎり間に合ったわ。だいぶ暗くなってきた。山間部は暗くなるのが早いの。三十分遅ければ、町まで行けなかった」

スレーターは悪夢でいっぱいの部屋が見えることを覚悟して目を開けた。しかしあたりには、狭い道の両側にうっそうと広がっている木々と、そのあいだから白くたなびいてくる霧しか見えない。

ＳＵＶのヘッドライトに、古ぼけた看板が浮かびあがる。

〝見るものがない町フォグ・レイクへようこそ〟

21

カタリーナがキッチンの戸棚を見て、朝食用に温めるのは豆の缶詰がいいかチキンスープの缶詰がいいか迷っていると、玄関のドアを叩く鋭い音が響いた。

「カタリーナ、ベヴ・アトキンスよ。昨日の夜に着いたって聞いて、朝食の材料が必要なんじゃないかと思ったの。卵とパンを持ってきたわ」

カタリーナは戸棚を閉めた。キッチンから急いで出て、狭いけれども居心地のいいリビングルームを突っきる。玄関のドアを開けると、笑顔の中年女性が立っていた。

「おはようございます、ミズ・アトキンス」

「ベヴでいいわよ。あなたはもう子どもじゃないんですもの。そんなにかしこまる必要はないわ」ベヴがピクニックバスケットを差しだした。「どうぞ。朝食にはこれで足りると思うわ。ふたり分あるから。お友だちを連れてきたんですって？」

いまごろはきっとフォグ・レイクの住民全員が、カタリーナが友人を連れてきたことを知っているはずだ。その友人がアーガンブライト家の一員で〈財団〉から来たと知っても、みんなはこうして歓迎のバスケットを持ってきてくれるだろうか。興味があるところではある。

カタリーナはバスケットを受け取った。「ありがとうございます。助かりました。シアトルを出る前に食料を仕入れてくるのを忘れてしまって。母が缶詰を置いていたので、朝食は豆かチキンスープにするつもりでした」

「ユークリッドがもう少ししたら店を開けるから、買いに行くといいわ」ベヴがカタリーナの背後をのぞいた。「お友だちはもう起きているの?」

カタリーナが口を開く前に、スレーターが返事をした。

「ええ、起きていて、腹ぺこです。はじめまして、スレーター・アーガンブライトです。ああ、これはいい」カタリーナのすぐ後ろに来たスレーターが、ピクニックバスケットの中身を見て言う。

ベヴが目を見開いた。「アーガンブライト?」

「ええ、ヴィクター・アーガンブライトの甥《おい》です。申し訳ないが、あなたの名前を聞き逃しました」

カタリーナはスレーターがなぜ一緒にいるのか、自分が説明したり言い訳をしたりする義務はないと判断した。アーガンブライト家の一員なら、言いたいことは自分で言えるだろう。そこでにっこりして、ただベヴをスレーターに紹介した。

「ミズ・ベヴァリー・アトキンスよ。この道をちょっと行ったところに住んでるの」

スレーターが小さく会釈する。「おはようございます」

「この町に〈財団〉の人が来るのは珍しいわ」ベヴが声を鋭くした。「ここではラスヴェガスにいる人たちの注意を引くような問題が起こることはまずないのよ。ありがたいことに」

「そうですね。静かでとてもいい町ですから。それでもときにはフォグ・レイクのような場所でも問題が起こることはあります」

ベヴは彼を無視して、カタリーナに問いかけた。「あなたとお友だちはどうしてフォグ・レイクに来たの？」

ふたりがここに来た理由を隠そうとしても意味はないとカタリーナは考えた。こういった人間関係が濃密な小さな町では、秘密など存在しないに等しい。

「オリヴィア・ルクレアの身にあることが起こったんです」

「なんですって！」ベヴがショックを受けた表情になる。「病気にでもなったの？それとも怪我？」

「オリヴィアは誘拐されたんだと思うんです。それでわたしはスレーターに助けてほしいと頼みました」

「まあ、なんてこと」ベヴがスレーターにすばやく視線を向ける。「あなたがここに来た理由はよくわかったわ」

スレーターはカタリーナをちらりと見た。「わかっていただけてよかった」

ベヴがカタリーナに向き直る。「オリヴィアの家族はもうこの町にいないわ。金持ちのお嬢さまというわけでもないのに、どうして誘拐されたのかしら？」

スレーターがカタリーナの肩に手を置く。「オリヴィアとカタリーナが洞窟で目撃した殺人事件に関係があるようです」

ベヴは彼を見つめた。「そんなのはおかしいわ。殺人事件なんてなかったもの。ふたりが見たものが幻覚だということは、みんなが知ってるわ。あそこには古いエネルギーが残っているから、長時間過ごすと奇妙なものを見たり経験したりするのよ」

「十五年前に洞窟で誰かが殺されたのかそうでなかったのか、きちんと調べてみるつもりです。オリヴィアを見つけるための手がかりを発見できるかもしれませんから」

「なんて恐ろしいの。これまでフォグ・レイクでは犯罪なんてまったく起きなかったのに。誘拐されただなんて、間違いということはないの？」

「ええ」カタリーナは言った。

「身代金の要求は？」

「ありません」スレーターが答える。

「じゃあ、誘拐されたとは限らないでしょう」ベヴが追求する。

「いいえ、誘拐です」スレーターが断言した。「申し訳ないが、カタリーナとぼくはもうするべきことに取りかかりたいので。こういうことは時間との勝負ですから」

「もちろんそうよね。洞窟に入ってみるつもり？」ベヴがきく。

「この町に来たのはそれが理由のひとつです」カタリーナは答えた。

ベヴが玄関前の階段をおりかけて、足を止めた。カタリーナとスレーターを交互に見たあと、カタリーナに視線を戻す。

「だったら、あなたたちふたりはその……そういう関係じゃないの？」

ベヴが露骨に詮索がましくならないように気を遣っているのはわかったが、それでもいまのはこのうえなく単刀直入な質問だ。

「あら、わたしたちはそういう関係ですよ」超常的感覚を使わなくても、カタリーナにはスレーターが動きを止めたのがわかった。ベヴに笑みを向ける。「事件を調査してる者同士、いい関係です」

「事件を調査してる者同士?」ベヴがすばやくうなずいた。「あらまあ、そういうことね。だったら早く仕事に取りかかれるように、あなたたちを解放してあげないと」ベヴはさっさと階段をおり、二、三ブロック先の町の中心部へと足早に向かった。

スレーターがドアを閉め、カタリーナを見る。

「事件を調査してる者同士、いい関係だって?」

「あの場では、それしか思いつかなかったのよ。嘘じゃないし。まあ、そこはどうでもいいんだけど」

「どうでもいいのか?」

「ええ」

「ぼくたちが同業者の関係だと、ここの人々は信じないと思ってるんだな?」

「あら、それは信じるわよ。ただしそれ以上の関係もあると絶対に勘ぐるわ」カタリーナは持ち重りのするピクニックバスケットを持って、キッチンに向かった。

スレーターがあとからついてくる。「そういうものなのか?」

「小さな町では、男女がひとつ屋根の下でふたりきりで過ごせば、そういう関係だということなの」

「そう思われたら、きみは困るのか?」

「いいえ。フォグ・レイクで起こる出来事がフォグ・レイクの外に伝わることはないから。ラスヴェガスとは違うわ」

「昨日のことだが――」

カタリーナは一瞬動きを止めたあと、卵をバスケットから慎重に取りだしてボウルに割り入れた。

「昨日は特に何もなかったわ。誰かがあなたを殺そうとして、わたしを誘拐しようとした以外は」

「ぼくにとっては重要な出来事があった」スレーターが淡々と言った。「この数カ月間、照射のせいで自分がどう変わってしまうのかとずっと悩んできた。そして昨日、ロイストンが所有するあの空き家で答えがわかった」

カタリーナは次の卵を手に取った。「アイサーにまつわる件ね」

スレーターが狭いキッチンを横切り、彼女の前に立つ。「アイサーがどういうものか理解している者は、ぼくの新しい能力を知ったらたいていパニックに陥るだろう」

カタリーナは卵をボウルに割り入れた。「うーん。わたしもあとでそうなるかもしれないけど、いまはそれどころじゃないから」

ふたりのまわりで、エネルギーが少しずつ存在感を増していく。

「ぼくの能力をたいしたものじゃないように受け止めてくれてありがたかった。ぼくが普通の人間だというふうにふるまってくれて。ぼくたちみたいな者が普通と言える範囲内での普通だが。きみは感謝の気持ちを簡単には受け取ってくれないんだな」

カタリーナは彼に向き直った。「あなたもわたしもとうてい普通とは言えないけど、頭がどうかしているわけじゃないわ。それにブランクでもないし、怪物でもない。大事なのは、わたしたちのどちらも能力をきちんと制御できてるということ。そうだとわたしが認めているからといって、感謝してもらう必要なんてないわ。いずれはあなた自身もその結論にたどり着いたはずだもの」

スレーターが警戒の表情を浮かべる。「ぼくはただ感謝を伝えたかっただけだが、きみは何か別のことを伝えようとしている気がする」

「いいわ、じゃあはっきり言うわね。感謝を伝えるのにキスをするのはやめてほしいの」

「なんだって？」

「わたしは状況を読み違えているの？」

スレーターは眉間にかすかに皺を寄せた。空気中の熱がさらに高まっていく。

「ああ、きみは読み違えている。キスはしたいが、感謝の気持ちからじゃない」

「だったら、どうしてしたいの？」

スレーターはカウンターの端に両手をついてカタリーナを閉じこめ、触れあう寸前まで体を寄せた。

「キスをしたいのは、この家に火がついて燃えあがらないのが不思議なくらい、きみがホットでセクシーだからだ。ぼくはずっと抑えてきた。昨日の朝シアトルでぶつかったときから、きみを求めて熱くてたまらなくなっている体を」

カタリーナは彼の言葉にショックを受けた。男性が彼女を相手にこんなせりふを吐くことはめったにない。いや、はっきり言ってまったくなかった。これまでの人生でカタリーナとの体の交わりについて男たちが言うことは、次のいずれかだった。〝ぼくを調教してほしい〟〝きみって仕切りたがり屋だな〟そして最後に〝クライマックスに達しない問題をセックスセラピストに相談したほうがいい〟

スレーターが自分を求めている。普通に男性が女性を求めるように。そして自分もスレーターを求めていることに気づいて、カタリーナはショックを受けた。

体が震えて手元がおぼつかなく、卵をそっとカウンターに置く。スレーターに衝突して以来感じていた奇妙な緊張感、何かが覚醒した感じの正体がようやくわかった。これがそうなのだ。男女間の情熱はこんな感じなのだ。自分を守るために築いた高い壁を越えてきてくれる男性をずっと求めていたのに、自ら彼の腕の中に飛びこんでいきたくてうずうずしている。

でもいまはタイミングもよくないし、場所もよくないし、相手もよくない。

いや、相手がよくないというのは違うかもしれない。スレーターだからこんな気持ちになるのだろう。

カタリーナはスレーターの肩につかまって体を支えた。次に何が起こるにしても、これまで固く張り巡らせてきた防壁が完全に崩されることになる。

「それなら、キスをして」

スレーターの目の表情がさらに熱を帯びた。

「喜んで。だが、きみもぼくにキスをしてほしい」

カタリーナは息が吸えなくなった。「いいわ」

切迫感に突き動かされ、すばやく強く唇を押しつける。スレーターも彼女に腕をまわすと、獰猛《どうもう》なまでの激しさでキスを返してきた。けれどもカタリーナは彼の反応よりも、自分の反応のほうが意外だった。

自分のせいでスレーターがこれほど欲望をたぎらせていることに、彼女は興奮していた。スレーターの香りに気持ちが駆り立てられる。たとえカタリーナが自分を制御できなくなっても、それに動じないくらい彼は強い。スレーターを怯えさせたり彼の自尊心を傷つけたりすることを恐れる必要はないし、自分が正気かどうか疑われる心配もない。彼の腕の中では自分を抑えなくていい。

きっといまキッチンには、エネルギーが嵐のように渦巻いているはずだ。ふたりの情熱であたりに火がついてもおかしくない。

空気が足りなくなって息を吸い、少しわれに返ったが、自分を包む圧倒的な熱にすぐに深みへと引き戻されそうになる。カタリーナはスレーターの腕の中で、揺さぶられた感覚を懸命に鎮めようとした。触れれば火傷しそうなくらい熱をはらんだ目を見ると、彼も葛藤しているのがわかる。

「いまは時間がない」ようやくスレーターが言った。

「そうね、時間がないわ」カタリーナはなんとか息を整えると、彼に背中を向けてカウンターの卵を手に取った。

「次はもっとゆっくりできるときに」

スレーターの言葉は誓いのように響いた。

22

洞窟に戻ったら、頭がどうにかなってしまう。湖に身を投げて溺れ死ぬことになる。

奥に洞窟が広がっているようにはまるで見えない狭い入り口の前で、カタリーナは足を止めた。大丈夫、入っていける。入らなければならない。オリヴィアのために。

スレーターが岩のあいだに開いている入り口を調べる。

ふたりとも予備の懐中電灯、水、救急セット、携帯栄養補助食品《エナジーバー》といった標準的なハイキング用の装備を詰めこんだデイパックを背負っていた。スレーターのデイパックにはさらに、ロイストンの保管庫から持ってきたヴィンテージの電話機と、インデックスカードのケースが入っている。

彼がそれらをデイパックに入れるのを見たとき、カタリーナはむっとした。

「町の人たちを信用していないの？　わたしたちが出かけているときに、持ち物をあさられると思ってるのね？」

「強いエネルギーを持つ遺物にかかわる事件では、誰も信用しない」

カタリーナはそれ以上信用について議論するのはあきらめた。それより、いまにものみこまれそうなパニックを鎮めなければならない。

「そこが入り口よ。中に入ってしばらく行くと、広い空間に出るわ。そこで人が殺されたの」

スレーターがカタリーナを見て、かすかに眉をひそめた。「大丈夫か？」

「ええ」

大丈夫、ちゃんとできる。

スレーターが懐中電灯を出した。

「洞窟の中はきみのほうがよく知っている。先に行くか？」

そう言われて、カタリーナはずっと自分をだましていたことに気づいた。無理だ。絶対にできない。

「できないわ。ここには入れない」ヴィジョンを見るときの、ぼんやりした声になる。

カタリーナは息が吸えなかった。心臓が激しく打ちだし、ヴィジョンが始まった。

氷のように冷たい底なしの水の中に、どんどん沈んでいく自分が見える。

だめ、ここに入るなんて無理だ。悪夢に捕まって、頭がどうにかなってしまう。

フォグ・レイクに身を投げて溺れてしまう。

「カタリーナ?」

スレーターの声が遠くで聞こえる。カタリーナは彼を見つめた。

「わたしに何をしたの?」ぼんやりとした声のまま、問いかける。

「カタリーナ、目を覚ませ」

スレーターが近づいてきてカタリーナの両腕をつかみ、彼女を強く引き寄せた。彼のオーラが勢いを増して広がり、カタリーナを包みこむ。スレーターはアイサーで怪物だ。自分は凍えて死んでしまう。それなのに熱かった。彼の体からどんどん熱が伝わってくる。彼女のオーラは命綱にすがりつくように、その熱を喜んで迎え入れた。

「カタリーナ、ぼくを見て話すんだ」

カタリーナはスレーターに腕を巻きつけると、恐ろしいヴィジョンから安全な現実へと引き戻してくれる彼に身をまかせた。

ようやく息ができるようになり、意志の力を振り絞って湖で溺れるヴィジョンから完全に抜けだした。大きく息を吸うと感覚が安定し、気持ちが静まった。

「ごめんなさい。ひどいフラッシュバックに襲われたの。もう何年も見ている悪夢で、いつもいきなり襲ってくるのよ」

「悪夢については説明してくれなくてもいい。ぼくもよく知っている」

カタリーナはおぼつかない笑みを作った。「そうだったわね」

「手をつないだら少しは気が楽になるか？」

「ええ、ふたり分のオーラはひとり分のオーラより強いもの。そうしてもらえたら助かるわ。洞窟に戻ることへの恐怖が強迫観念になってしまっているの。オリヴィアもそうよ。入ってしまえば大丈夫だと思うんだけど。少なくとも、耐えられる程度にはなるんじゃないかしら。だから入るときにわたしが抵抗したら引っ張ってね」

「無理に入るのはよくないんじゃないか？」

「オリヴィアのためだから。そうすると約束して」

スレーターはカタリーナを見つめ、短くうなずいた。「わかった。だったら〝ふたり分はひとり分より強い〟説を試してみるか」

カタリーナはスレーターが伸ばした手をつかんだ。スレーターが彼女の手をきつく握り、先に立って歩きだす。

「待って、わたしが先に行くわ」

彼の手を握りしめ、持てる意志の力をかき集めてカタリーナは走りだした。とにかく入り口さえ突破すれば……。

スレーターも彼女について走る。カタリーナは岩のあいだの入り口を全力で駆け抜けた。氷のように冷たい水が頭上に広がって、彼女は沈んでいく。溺れていく……。冷たい闇の底におとなしく沈んでいくつもりはなかった。カタリーナはひとりではない。必死に脚を動かして、水面を目指す。

気がつくと、スレーターと手を握りあったまま入り口を越えていた。彼の持っている懐中電灯の光が岩壁を照らしている。

闘いは終わり、カタリーナは何事もなく洞窟の中を駆けていた。頭がどうにかなることもなく、湖に身を投げたいという衝動も感じていない。

カタリーナはあわてて足を止めた。ちゃんと息を吸えているとわかって、力がわいた。すりきれそうになっていた感覚を引き戻して、しっかりと制御する。

気分が高揚し、記憶が一気によみがえった。悪夢でも幻覚でもない、本当の記憶が。

「もう大丈夫よ」カタリーナは戻ってきた記憶に圧倒されながら請けあった。

「じゃあ、さっそく問題の現場を見に行こう」

23

スレーターは岩の上にキャンプ用の電池式ランタンを置き、広い空間の中央にある、岩が集積している場所に懐中電灯の光を向けた。

「あそこが犯行現場なのか？」

「ええ」カタリーナが闇の中にかろうじて見える脇穴の入り口に目を向け、そのすぐそばにある大岩を指さす。「オリヴィアとわたしはあそこに隠れたの」

スレーターは当時の犯行のエネルギーの名残がまだ感じられるかどうかきこうとしたが、カタリーナの肩がこわばり、目が陰っているのを見て口をつぐんだ。洞窟の入り口を通り抜けるのは、彼女にとって相当つらい経験だったはずだ。気持ちが落ち着くまで少し時間が必要だろう。

「現場を見て、話して聞かせてくれ。仕事でいつもしているように」

カタリーナが探るように彼を一瞥する。「やってみるけど、十五年も前のことだから。それに、わたしが実際の犯行をすべて目撃していることも忘れないで」

「目撃してると何か違うのか？」

「ええ、もちろん。事件のあと、記憶が曖昧になったの。感覚もおかしくなった。オリヴィアも同じよ。パニックや幻覚の発作に襲われて、もっとあとでは悪夢に苦しむようになった。ぐっすり眠れなくて、夜中に何度も飛び起きたわ。わたしたちも両親もあのころは本当につらかった。なんとかトラウマから立ち直りはしたけど、いまでもオリヴィアとわたしはあのときの夢を見ることがあるの」

「よくわかるよ」

カタリーナがちらりと向けてきた視線からは、彼女が何を考えているのかわからない。「こういうことは男女間の関係に影響を及ぼすのよね」

「くそっ、いまいましいことにな」

カタリーナが眉をあげる。「それってわたしの専売特許だと思ってたわ」

「きみのは〝ああもう、くそっ！〟だ」

「まあ、そうだけど」カタリーナは背中を伸ばして顎をあげ、大きな岩に向かった。「これまではあの夜のことを思いだそうとするたび、息ができなくなった。でもいまははっきりと、眼鏡をかけた背の低い男が立っていた場所を思いだせる」

「ヴィクターの推測が正しければ、眼鏡の男はジョン・モリシーだ」

「きっとそうね。とにかく彼は黒いケースの中から何かよくわからない機器を取りだして、ここに置いたわ」

カタリーナは一メートルほど離れたところにいるが、スレーターは周囲のエネルギーが高まっていくのを感じた。カタリーナの力強いオーラの流れは彼女の香りと同じくらい特徴的で、どちらにも強く惹きつけられる。これから先、カタリーナが近くにいれば必ずわかるだろう。歩道でぶつかったときからほしくてたまらず、キッチンでの衝撃的なキスがだめ押しになった。これから何が起ころうと、実際にベッドをともにしようがしまいが、カタリーナを忘れることは絶対にない。

とはいえ、彼女とは必ずベッドをともにするつもりだ。

「モリシーが持ってきたその機器について、もう少し詳しく話してくれないか？」

「研究所によくあるようなものよ。工場で大量生産されてる感じじゃなかった。手作りだったのかも」

「そうかもしれない。モリシーが作ったんだろう」

「周波数を合わせてあるからほかの人には使えないと、もうひとりの男に言っていたわ。そしてその調整に手こずってた。なんでもないローテクの機器でさえ、洞窟やフォグ・レイクではうまく動かないの。使えるのは、懐中電灯か電池式の旧式な道具くらいのものよ」

「超常エネルギーが強すぎるんだ」スレーターは考えこんだ。「そいつらは明確な目的があって洞窟に入ったんだな。何かを捜していて、モリシーの持ってきた機器がその助けになればいいと思っていた」

「そう考えると、辻褄《つじつま》が合うわね。でも……モリシーを殺した男は目的を果たせなかった」カタリーナが急にじっと動かなくなる。

カタリーナの目つきと声が変化したので、ヴィジョンを見ているのだとわかった。だが何を見ているにしても、動揺している気配はない。今回は自制心を保っている。

スレーターは待った。

「モリシーは自分がしていることに熱中している」いつもとは違う、夢を見ているかのような声だ。「興奮して、じれている。手元の作業に完全に集中していて、それを突然邪魔されて戸惑っている。それから何かがおかしいと気づく。くずおれて、息ができなくなる。そして自分が死に向かっていると悟る。愚か者め。わたしなしでは捜しているものはもう見つけられないぞ」

最後の部分はモリシーの言葉をそのまま口にしたかに聞こえたが、スレーターは確認しなかった。さえぎって、ヴィジョンの邪魔をしたくない。モリシーが殺された場所からカタリーナがあとずさりして、きつく手を握りあわせる。

「犯人も興奮してる」カタリーナがぼんやりとした声で続けた。「ぞくぞくしている。だけど突然、危険を察知する。怒りがわきあがる。そして脇穴のひとつに向かって走る。目撃者がいる。あいつらを生かしてはおけない」

カタリーナはトランス状態から目覚めた。汗をかき、呼吸が浅くなっている。

「大丈夫か？」

「ええ」カタリーナが普通の声に戻って答えた。「男はわたしたちが置き忘れたキャンプ用のランタンを見つけたの。それでほかに誰かがいると気づいた。わたしたちはじっとしていたら見つかるとわかっていたから、脇穴に逃げこんだわ。自分は潜入捜査官だと男が呼びかけてきたけど、信じられなかった。結局、男は追跡をあきらめた。でも行ってしまったかどうか、わたしたちは確信が持てなかった」

「それで洞窟でひと晩明かしたんだな」

「待ち伏せされてるんじゃないかと不安だったのよ。だから朝になったと確実にわかるまで待った。朝になったら町の人たちが捜しに来てくれると知ってたから」

「犯人はどうしてあきらめて逃げたのかわかるか？」

「ええ」カタリーナは握りあわせていた手をほどいて、脇穴を指した。「男はこの土地の出身じゃないから、洞窟の内部をよく知らなかった。深追いすれば迷ってしまうとわかっていたのよ。洞窟は迷路みたいに複雑に入り組んでいるだけでなく、超常エネルギーが満ちていて、それに感覚を乱されてしまう。見えないはずのものが見えて、奥へ行けば行くほどひどくなるの」

「幻覚か？」

カタリーナはスレーターを見た。「そうよ」

「きみとオリヴィアはどうして迷子にならずにすんだんだろう？」

「強いエネルギーの流れを追っていったから。翌朝もその流れを逆にたどったわ」

「だが犯人はきみたちのあとを追えなかった。少なくとも奥までは」

カタリーナは眉をあげた。「洞窟の中のエネルギーの流れを追える人は、地元でも多くないのよ。オリヴィアもわたしも能力は強いほうだけど、ふたりで力を合わせてようやく追えるほどだった」

「なるほど。たしかに入り口あたりにはかなりの量のエネルギーが渦巻いていて、方向感覚を乱された。脇穴のあたりは、それがさらに強い」スレーターは懐中電灯で広い空間をぐるりと照らした。「モリシーと彼を殺した男の話に戻ろう。記録によれば、遺体は発見されなかったんだな」

「犯人が川の中に投げこむのを、オリヴィアと目撃したわ」カタリーナは広い空間の端を流れる深い水の流れに目をやった。脇穴のひとつから流れでて、水でいっぱいの別の脇穴へと消えていく。「強い流れなのよ。何かを投げ入れたら、みるみるうちに見えなくなってしまう」

スレーターは流れに歩み寄り、安全な距離を取って立ち止まった。そこから懐中電灯で照らすと、水は驚くほど透明だった。

「川がどこに流れでているか、誰か知らないのか？」

「ええ。町の人も水に着色剤を入れて近くの泉や湖を調べてみたりしたんだけど、いまのところ誰も発見できていないわ」

スレーターは流れが消えていく場所に明かりを向けた。

「ここに流せば遺体が発見されることはないだろうと、犯人はわかっていたんだな」

「犯罪の証拠をとりあえず隠すために投げこんだだけかもしれないけど」

スレーターは彼女の意見を検討し、首を振った。「いや、モリシーの遺体をここに捨てたら二度と発見されないと知っていたに違いない」

「どうしてそう思うの？　犯人はこのあたりの出身じゃないと、さっき言ったはずよ。

モリシーもそう」

「霧が立ちこめた夜に洞窟の入り口を見つけられたなら、川についても知っていたはずだ。少なくとも犯人のほうは知っていただろう。犯人の足跡は残ってないか？　どこから洞窟を出たかわかるか？」

　カタリーナはしばらく意識を集中させた。「入ってきたのと同じ場所から出ていっている。わたしの知る限り、ほかに出口はないし。だけど出ていくときの足跡はエネルギーが沸き立っていて、やや不安定だわ。激しい怒りにとらわれていたからね」

「外に出たら、そのあとどこに向かったのかもわかると思うか？」

「いいえ。足跡はこういう岩場ではたどれるけど、森に入ったら無理なの。土の地面は超常エネルギーを短時間で吸収してしまう。十五年も経ったいまでは不可能よ」

「洞窟を出たあとどこに向かったか、きみの考えは？」

　カタリーナはためらった。「考えられるのは三つしかないわ。まず、町へおりた。だけどよそ者の男にとってはリスクをともなう選択肢だったはずよ」

「この町では、よそ者は即座に気づかれてしまうからな」

「そのとおりよ。次に考えられるのは森ね。だけど霧が重く垂れこめている夜に森に入ったら、あっという間に方向がわからなくなってしまう。このあたりでは、普通のコンパスすら信用できないの。最後の可能性は、ボートで湖を渡った」

「それはありうるのか？」

「夜に？　霧の中で？　地元の人でも、とんでもなく危険な行為よ。フォグ・レイクにボートで出て無事に戻るためには、岸を目で確認しながら進むしかない。それを霧の出ている夜にするのは至難の業だわ。ここで見た殺人事件が幻覚ではなく現実だったのなら犯人は湖で死んだに違いないと、わたしもオリヴィアもずっと自分に言い聞かせてきた」

「だが納得しきれなかったんだな」

「何を信じればいいのか、わからなかったのよ。記憶が混乱していたし。でも時間が経って落ち着いてくると、殺人を目撃して犯人からひと晩じゅう隠れていたのは本当のことだったという確信がどんどん強まっていったわ。でも細かいところはやっぱり思いだせなかった。いままでは」

「殺人があった時期に、なくなったボートは？」

「なかったと思う。ボートの数は少ないから、なくなったら絶対にわかったはずよ」

「犯人が湖を渡って逃げた可能性があり、ボートの盗難を届けでた人が誰もいないとなると、結論はひとつだ」

「犯人は逃げようとして溺れ死んだとか？」

「いや、犯人はあの夜、ひとりじゃなかった」

「モリシーが一緒だったものね。でも彼もこの町の人じゃなかったわ」

スレーターはカタリーナを見つめた。「犯人が誰にも気づかれずに洞窟に出入りできたのは、フォグ・レイクに共犯者がいたからだ」

24

カタリーナはあまりの驚きに呆然《ぼうぜん》としたが、しばらくして気持ちを静め、口を開いた。

「それだと、町の誰かがかかわっていたということになるわ」

「そんなにありえないことか？」

カタリーナは両腕を広げた。「ええ、信じろと言われても無理よ。両親が友人だと思っていた誰かが、殺人とその隠蔽に関与していただなんて」

「ご両親の知り合いとは限らない。犯人に協力した者は、事件より前に町を出ていたかもしれない」

カタリーナはほっとした。「そうよね。フォグ・レイクを出ていく人はたくさんいるもの。たいてい高校を卒業するタイミングでね。オリヴィアとわたしもそう。両親はわたしたちと一緒に町を出てシアトルに移り住んだの」

「どちらにしても、この町に住んでいたことのある人物が事件とつながっている」

「それって……やっぱりいやな気分だわ」

「気持ちはわかるが、フォグ・レイク出身の人がいい人であるとは限らない。同郷者イコール善人ではないんだ。だからこそ〈財団〉はクリーナーを雇っているし、ハルシオン・マナーみたいな場所が必要になってくる」

「もちろんそれはわかってるわ。じゃああなたが言うとおりだとして、ひとつ警告しておくわね。町の人たちが信じてもいない殺人事件の共犯者についてあなたがききまわったとしても、誰も何も話してくれないわよ」

「〈財団〉の者にはね。だから、その役はきみにまかせようと思っていた」

カタリーナは思わずうめきたくなるのをこらえた。「わたしがききまわっても結果は変わらないと思うけど」洞窟の中を見渡して続ける。「やみくもな恐怖はなくなっても、やっぱりここにいると落ち着かないわ。そろそろ外に出ない？」

「あとひとつだけ。きみとオリヴィアが犯人から逃げて隠れていた場所を見つけられないか？」

「どうして？　何か意味があるの？」

「きみの話に気になる部分があって、もしかしたら重要な場所かもしれないと思ったんだ」

「鏡やシャンデリアがあったという部分？」

「そうだ」

「あれは幻覚だと思うわ。あなたが屋根裏部屋に監禁されたと思ったのと同じよ」

「そうかもしれない。だがいちおう見てみたい」

「わかったわ」

カタリーナは懐中電灯を手に、殺人を目撃してオリヴィアと一緒に逃げこんだ脇穴の入り口に向かった。スレーターがキャンプ用のランタンを持って、あとに続く。

脇穴の中をたゆたう細いエネルギーの流れが、奥へ行くにしたがって揺るぎなく力強いものになっていく。

「きみの言ったとおりだ。ここには強い流れがある」

「奥に行けば行くほど、流れが強くなるのよ」カタリーナは角を曲がり、小さな空間で足を止めた。「犯人はここまで来て追うのをあきらめたの。足跡からパニックが伝わってくるわ。わたしたちをこれ以上追えないことに鬱屈した怒りを感じているけど、それよりも大きいのは迷ってしまうことへの恐怖よ」

「だが、きみとオリヴィアは進みつづけた」

「追うのをやめなかったとしても、男はわたしたちを見つけられなかったでしょうね」

「なぜそう言いきれる？」

カタリーナは力強い流れをたどってさらに何度か曲がりながら進んだあと、足を止めた。「あれがその理由よ」

事件のあと何度も悪夢で見た超常エネルギーの渦が、〝悪魔のダンスホール〟への入り口をふさいでいる。渦の流れは非常に強く、ところどころは通常の感覚でもとらえられるほどだ。鮮やかな濃青色の部分や炎のような赤い部分が通常の視覚で確認できる。

バチバチと火花が散っているようなあたりの空気にカタリーナの髪は浮きあがり、感覚がざわめいた。彼女が隣を見ると、スレーターは目に興奮を浮かべ、激しく渦巻くエネルギーの渦に見入っている。

「こいつは……すごい。まるでカテゴリー五のハリケーンのミニチュア版だ。きみとオリヴィアはどうやってこれを通り抜けたんだ？」

「パニックを起こして無我夢中だったんだと思う。手をつないで、一気に突っこんでいったの。そうしたら反対側で目が覚めた」

「目が覚めた？」

「しばらく気を失っていたのよ。それほど長い時間じゃないけど」

「戻るときもここから出たのか？」

「そういえば、戻るときは簡単に出られたわ。大変なのは入るときだけ。悪夢と幻覚が吹き荒れる中を駆け抜けたという感じだった」

「もう一度やってみる気はあるかい？」

「重要だとあなたが言うならね。年を重ねた分、あのときよりも感覚を制御できるようになったわ。だから前ほどひどいことにはならないと思う」

「洞窟に入ったときと同じようにしよう。手をつなぐんだ」

スレーターがカタリーナの手を握る。

「一、二の三で行くぞ」

カタリーナは心の準備をして、感覚を高めた。「いいわ」

「一——」

スレーターが彼女を引っ張って前に飛びだし、嵐の目に突っこんだ。カタリーナは今度もまた万華鏡の中にいた。無数のきらめくかけらに取り巻かれた、混沌《こんとん》とした世界。

次の瞬間、ふたりは反対側に抜けていた。感覚は爆発的に高まっているが、意識はある。今回は気を失わず、スレーターとは手をつないだままだ。

「二と三はどこに行ったのよ？」

「急いでたんだ」

スレーターは超常エネルギーの渦の裏側をしばらく観察したあと向きを変え、折れた鍾乳石、床や壁や天井に張られている汚れた鏡の破片、散乱している砕けたクリスタルなどを次々に見ていった。

「途方もないな」彼が静かな声で言う。

「〝悪魔のダンスホール〟へようこそ」

「ぴったりな呼び名だ」

スレーターはぶらぶらと歩いてまわりはじめたが、カタリーナの手は放さなかった。触れあっていることで、力を合わせて幻覚を押し戻しやすくなる。

「ここがなんだったのか、わかるの？」カタリーナはきいた。

「ああ」スレーターは黄色と緑色の大きなクリスタルのかけらを調べるのをやめて答えた。「ぼくたちはいま、膨大な量の超常エネルギーを生みだす装置の残骸の内部にいるんだと思う」

「そんな装置があるなんて知らなかったわ」

「そういった装置を製造することが、ブルーストーン計画の最終目標のひとつだった。どうやらフォグ・レイクの研究所はそれに成功していたらしい」

「どうして鏡が床や壁や天井に張られているの？」

「鏡やガラスは独特で複雑な物理特性を持っていて、超常エネルギーの研究においては不可欠なものだ。クリスタルもそうだ」

「研究所の人たちはこの装置を起動させるところまではうまくいったみたいね。だけど、そのあと何かがうまくいかなかった」

「そして爆発が起こった。あとのことは、ぼくたちが知っているとおりだ」

スレーターはカタリーナを緑色の厚いガラスの壁の前に引っ張っていった。

「これは窓？」

「そうだろうな」

ガラスの表面は汚れていて、向こう側がどうなっているのかはまったく見えない。

スレーターは懐中電灯を床に置くと、積もっている埃を慎重に手でぬぐった。

カタリーナが興味を引かれて懐中電灯を窓に向けると、ガラスの向こう側にダイヤルや計器やスイッチからなる古めかしい制御パネルが浮かびあがった。隅に金属製のデスクがあって、日誌や図面が散らばっている。

壁には古いピンナップカレンダーがかかっていた。ミス・七月は胸が大きくて脚の長い赤毛の女性で、露出度の高いネグリジェを着ている。セクシーなポーズやメイクと髪型は、明らかに前世紀の中ごろのものだ。カレンダーの数字の部分を見ると、見覚えのある日付が丸く囲まれている。

「七月二十四日だ」スレーターが言った。

「本当だわ」カタリーナはささやいた。「爆発事故の日よ。〈フォグ・レイクの日〉の式典は毎年七月二十四日に行われるの」

「爆発事故で超常エネルギーを帯びたガスが放出されて、フォグ・レイクや周辺の地域に広がった。おめでとう、カタリーナ。十五年前にきみとオリヴィアは、失われた研究所を見つけていたんだ。ガラスの向こうの制御室やさらにその奥に何があるのかわからないが、いまも極秘にされているそれらをブラックマーケットに出せば、とんでもない高値がつくだろうな」

「オリヴィアを捕まえたやつらは、ここに案内させたいんでしょうね」

「だがまだ成功していないらしい」

「早くオリヴィアを見つけないと」

「情報がずいぶん増えたから――」

スレーターは話の途中で急に口をつぐみ、頭を少し傾けた。てのひらを厚い緑色のガラスにつけたままじっとして、遠くの話し声に耳を澄ましているようだ。

カタリーナは黙ってスレーターを見つめた。周囲のエネルギーが高まり、彼が極度の集中状態に入ったのだとわかる。スレーターは声を聞いているのだ。

「恐怖。パニック。何か予想外の事態が起きた。大惨事だ。〝装置を止められない。制御できなくなった。ここを出ろ。いますぐ〟」

カタリーナにも聞こえた。執拗《しつよう》に続く耳障りな音に、びくっとする。

声ではない。

スレーターのデイパックに入っている古い電話機が鳴っていた。

25

「いったいどうういうことだ？」スレーターは言った。

ガラスから手を離して肩からデイパックをおろし、床に置いてすばやく紐《ひも》をほどく。

電話がふたたび鳴りはじめた。せかすような音はとても無視できるものではない。

スレーターがデイパックから電話機を取りだすのを、カタリーナが見守っている。

「死後の世界から亡霊がかけてきているだなんて言わないでよね」

スレーターは電話を調べた。「死者の霊と話せるなんてありえないと言ったじゃないか。この場所に充満しているエネルギーのせいで鳴りはじめたんだろう」

「そうね。ところで電話には出るつもり？」

「ああ、もちろんだ」

スレーターのすべての感覚が興奮でパチパチと音をたてている。たとえ怪物になってしまったのだとしても、自分はこういう瞬間のために生きていたのだ。過去がその存在を主張して、現在に向かってとうてい無視できない衝撃的な信号を送ってきたときのために。

彼は受話器を持ちあげ、そっと耳にあてた。

甲高くて短い金属音が続いている。

「声がする？」カタリーナがきいた。

「いや、信号でも送っているみたいな音が聞こえる」

そのとき制御室に接した鏡に覆われた壁の奥から、何かがきしむような音が響いてきた。

カタリーナがはじかれたように振り返り、音がしている場所を見つめる。

「この音は何？」

「歯車が動いている音だ。古くて錆《さ》びついてるが、ちゃんと動いている」

壁板がゆっくりと重たげに移動して、制御室への入り口が少し開いた。

金属音がやむと、スレーターはしゃがんで受話器を置いた。電話機をデイパックに戻して肩にかけ直し、制御室の入り口まで行って懐中電灯で内部を照らす。

「電話機がドアを開ける信号を制御室に送ったんだ。閉めるときも同じだろう」

「この装置を作った人は、どうしてただの電話機に見えるようにしたの？」

「設計したエンジニアは、超常エネルギーで作動するこの装置が制御室に入るための鍵になっているとわからないようにしたかったに違いない」

「間違った人の手に渡ってしまったときに備えて？」

「そうだ」

カタリーナがスレーターの隣に来て、自分の懐中電灯で制御室の中を照らした。

「爆発があった夜は、みんなあわててここを出たんでしょうね」

混乱した様子があちこちに残っていた。書類や図面が散らばっているし、椅子はひっくり返っている。コーヒー用のマグカップが割れて散乱し、デスクの引き出しは一箇所開いたままだ。スレーターはそこに歩み寄った。

「空っぽだ。逃げるときに、誰かが中身を持ちだしたんだな」

制御室の奥にあるドアが開けっぱなしになっている。カタリーナがそこに行って、ドアの向こうに広がる暗闇に光を向けた。

「廊下よ。両側に部屋が並んでる。研究をしていた場所かもしれないわね。ドアはみんな大きく開いているわ。図面や書類があちこちに落ちてる。必死だったのね。全員逃げられたのかしら。それともどこかに骸骨が残ってるとか」

スレーターはカタリーナの横に移動し、自分も懐中電灯を向けた。

「遺体が残っているとしても、急いで捜す必要はない。これは〈財団〉史上最大の発見だ。早くチームを呼んで、遺物や残っているデータを回収しないと」

「あなたが考えているほど、スムーズには行かないかもしれないわよ」

横を見たスレーターは、カタリーナが険しい表情で眉をひそめ、顎に力を入れていることに気づいた。

「フォグ・レイクの住民は〈財団〉のチームを歓迎しないと思っているのか?」

「もちろんよ」

「プラスの面に目を向けよう。この件はおじがコミュニケーション能力を磨くいい機会になるはずだ」

「そうかもしれないわね」

「まあ、それはおじにまかせよう。いまはこの場所を安全に封鎖する必要がある」

「そしてオリヴィアを捜しに行くのよ。時間がないわ、スレーター」

「彼女が誘拐された理由がわかったから、罠を仕掛けられる」

カタリーナが振り返った。「どうするの?」

「出発点に戻るんだ。モリシーを殺した男を人目につかないように町に出入りさせたフォグ・レイクの住民を割りだす」

「その人物がいまもここに住んでいるとなぜ思うの？」

「いまも住んでいるかどうかはわからないが、十五年前に住んでいたことはたしかだと思う。フォグ・レイクは小さな町だ。可能性のある者を絞りこんで、ひとりひとり確認していく」

「さっきの言葉と違うじゃない。共犯者はこのあたりに詳しいけど、事件の時点ですでに町を出ていたかもしれないと言ったのに」

「その可能性もないとは言えないが、ここへ来てみて、事件当時このあたりに住んでいた可能性のほうが高いと思えてきた。そいつはきみとオリヴィアが事件の翌朝に洞窟から出たとき、町にいたはずだ」

「どうして？」

「事件全体を俯瞰《ふかん》してみると、フォグ・レイク一帯に精通している人物が計画したと思える点がいくつもある。そいつはモリシーたちと幹線道路のどこかで待ちあわせて、ふたりを洞窟まで案内した。ボートを用意しておいて、モリシーを殺した男を逃がしたあとは誰にも知られないように戻した。事件の翌朝も町にいて、きみとオリヴィアが無事に戻ったものの、目撃した殺人の話を町の人々が幻覚だと見なしたと知ることができる立場にいたはずだ。もしかしたら、証拠が残っていた場合に備えてこの場に戻ってきたかもしれない」

「共犯者がこのあたりに詳しくて、さまざまな危険について承知していただろうということにはわたしも賛成するわ。だけど理解できないのは事件当時、その人物がこの町に住んでいたとあなたが確信している理由よ」

「さっきも言ったが、確信しているわけじゃない。一番可能性が高いと感じているだけだ。だがもうひとつ、そう感じる理由がある」

「教えて」

「捜索隊が現れたとき、きみとオリヴィアは殺人を目撃したと話したと言った。エネルギー生成装置があった場所の様子も伝えたと」

「〝悪魔のダンスホール〟のことね。ええ、話したわ」カタリーナはスレーターを見つめた。

「みんなに幻覚だと言われてそれについて話すのはやめたと言っていたが、その前にかなりのことをしゃべっていたはずだ」

「それで？」

「きみが指摘したとおり、モリシーが殺されるところを目撃してから十五年も経っている。それなのにいまになって、きみとオリヴィアが狙われた。つまり最近になって、その共犯者はきみたちが見た〝悪魔のダンスホール〟が幻覚ではなかったと悟ったんだ。きみたちが発見したのは、フォグ・レイクにあった研究所のまさに核心的な部分だということを」

カタリーナは息を吸いこんだ。「わたしとオリヴィアが洞窟から出た直後に町にいた人物だけが、ここの詳しい描写を知っているということね」

「そうだ。ご両親や町の大人たちに幻覚だと言われたあとはその話をしていないというきみの言葉が本当なら」

「あのころのわたしたちは、とにかく普通に見られなければならないと必死だった。制御を失ったと思われるのは避けたかったのよ。でも、あの場にいた人があとで誰かに話したということもありうるでしょう？　その人が十五年後に別の証拠と出会って、〝悪魔のダンスホール〟の正体に気づいた」

「それは考えすぎだろう。絶対とは言いきれないが、ほぼ可能性はない。論理的に考えて、共犯者はきみとオリヴィアが洞窟を出たときに町に住んでいたというのが自然だ。そのときにきみたちの話を聞いて、あとで思いあたったというのが」

カタリーナがうなずく。「それで、いまからどこに向かうの？」

「どこにも行かない。フォグ・レイクにとどまる」

カタリーナは険しい表情でスレーターを見つめた。「こんなところにいて、どうやってオリヴィアを見つけるのよ？」

「考えてみろ、カタリーナ。オリヴィアを誘拐したやつらは彼女を〝悪魔のダンスホール〟に案内させようとしているんだ。だから必ずここに来る。そうだろう？　あいつらはオリヴィアをこのあたりの洞窟のどこかに隠しているはずだ」

カタリーナが驚いた顔でスレーターを見た。「洞窟の内部の地図はないのよ。たとえ百人隠されていても、ひとりも見つけられないわ」

「しかし向こうの目的は〝悪魔のダンスホール〟を見つけることだ。遅かれ早かれ、やつらは動く」

「それをただ待つなんて無理よ」

「そうだな、こっちがまず動こう」

「町のみんなに、ここを見つけたと言うの？」

「いや、いまのところはぼくたちだけの秘密にしておく。だが、やつらをちょっとつついてやろう」

26

「オリヴィアの誘拐と十五年前に洞窟で起きた殺人には関連があると、スレーターは見ているの」カタリーナは言った。「今日一日調査してみて、わたしも同意見だと言わざるをえないわ」

カタリーナとスレーターは、夜も開いている町で唯一のレストラン、〈レイクヴュー・カフェ〉の赤いビニール張りのボックス席に座っていた。ふたりはユークリッド・オークスと話していた。どっしりとした体格にひげを生やしたユークリッドは、フォグ・レイクにある食料雑貨店の店主であり、また町長でもある。いったい何が起こっているのかを聞きだそうと、ふたりのテーブルに来ていた。

自分たちが注目を集めていることを、カタリーナはよくわかっていた。その夜、町の住民のほとんどが店に押しかけていた。ユークリッドが到着すると、レストランとバーは静まり返った。彼が来た理由を誰もが知っていたのだ。みんなして、会話に耳をそばだてている。

「殺人というのはなんのことだ？」ユークリッド・オークスが言った。

外の世界の人なら、この町長は頭が鈍いのかと思ってしまうかもしれない。けれどもそれは大きな間違いだ。フォグ・レイクで生まれ育ったユークリッドは、十代のころに町を出て大学へ行き、数学を学んだ。結果、大学院で教えるまでになった。そのあと確率論を駆使して世界じゅうのカジノで財を築き、フォグ・レイクに戻ってきてからは超常エネルギー波の二重性とかいうものに関する理論研究に打ちこんでいる。

カタリーナはフォークを置いた。「オリヴィアとわたしが目撃した殺人のことよ、ユークリッド。覚えているはずだわ。洞窟で一夜を明かした次の日の朝に、オリヴィアとわたしを捜しに来てくれた人たちの中にあなたもいたもの」

ユークリッドが濃い眉根を寄せた。「だが、殺人などなかった。きみとオリヴィアが見たのはすべて幻覚だったということで、きみたちの両親もほかの者たちも納得したじゃないか」

スレーターがユークリッドを見た。「殺害現場で証拠をいくつか集めてきた」

「ほう、そいつは驚きだ」ユークリッドはスレーターにあからさまな疑いの目を向けた。「どんな証拠だ？」

「いまは話すわけにいかない」

「本当の話なのか？」ユークリッドがさらに顔をしかめた。広い胸の前で腕組みをする。「殺されたのは誰なんだ？」

「ジョン・モリシーという名の〈財団〉の研究員だ」

「その男は洞窟で何をしていたんだ？」ユークリッドが尋ねる。

「いい質問ね」カタリーナは言った。「〈財団〉は、モリシーが強いエネルギーを持つ遺物を捜していたと考えてるの」

ユークリッドはカタリーナを見つめてから、スレーターに視線を移した。「モリシーが殺されたのはたしかなのか？」

「遺体はないが間違いない」スレーターは言った。「現場を調べたからわかる。犯人はモリシーを川に捨てたに違いない」

「ふむ」ユークリッドは少しのあいだ思案した。「その〈財団〉の男を殺したやつに心あたりはあるのか？」

「いや。だがオリヴィアを捕らえたやつらの手がかりならある」

レストランとバーは息をのんだような静寂に包まれた。誰ひとりとして身じろぎすらしない。

「手がかりというのは？」ユークリッドがきく。

「やつらはオリヴィアを誘拐するための実行犯を雇っていた」スレーターが言った。

「カタリーナとぼくで、そのうちのひとりを捕らえた。そろそろ〈財団〉のもてなしを受けているころだろう。ただ、いまのところ、やつはあまり役に立たない」

「なぜだ？」

「話せる状態にないんだ」スレーターは言った。「いずれは白状するだろうが。当然ながら、あの男が目を覚ますのを待っている暇はない。しかし、やつには誘拐の共犯者の双子の弟がいる。そいつを見つけることができれば、必要な答えを得られるかもしれない」

「その双子の片割れがこのあたりで見つかると期待しているのか？」ユークリッドは片手を振って人だかりを指し示した。「見ろ、その男に似た者はいるか？」

「いや。だが写真を持っている」

スレーターがポケットから写真を取りだし、テーブルに置いた。突然、店内にいた全員がボックス席のまわりに集まってきた。

「こいつは顔をどうしたんだ？」ユークリッドは言った。

「わたしが古い電話機で殴ったの」カタリーナは説明した。

ユークリッドがうなずく。「痛めつけてやったみたいだな。いまは昔のような電話機を製造しなくなってしまった」

一瞬、スレーターが愉快そうな表情を浮かべたが、何も言わなかった。

写真は人の手から手へと渡っていった。

「いいや、こいつに似たやつは見たことないね」誰かが言った。

「わたしの知り合いにもいないわ」女性の声がした。

「ハンサムな若者じゃないか」ユークリッドは言った。「むろん、出血していなければの話だが。この男が悪人なのはたしかか？」

「たしかよ。やつはブランクなの」カタリーナは言った。

ユークリッドがしたり顔でうなずく。「こういったブランクどもに毎回惑わされるんだ。やつらのオーラに空白部分があるのが見えても、人はあいつらのペテンにだまされてしまう。驚くべきことだ」

「ブランクには常人としてふるまう能力があって、それがカムフラージュになっているのよ」

レストランのドアが開いた。湿った夜気が一気に店内に入りこんでくる。カタリーナはそちらを振り向いた。ほかの全員も続く。分厚いダウンコートに身を包み、使いこんだ革のトレッキングシューズを履いたナイラ・トレヴェリアンが入ってきた。人だかりが分かれ、ボックス席まで道ができる。ナイラはコートのベルトを外しながら、さっそうと歩いてきた。

「カタリーナ」穏やかな温かい笑みを浮かべた。「あなたが町に来てると聞いたの。また会えてとてもうれしいわ。本当に久しぶりね」

カタリーナから見て、この十五年でナイラはほとんど年を取っていないように思えた。皺は増えたものの、生まれながらに授かった整った顔立ちは、ずっと失われることのない洗練された美しさを保っていた。長い髪には白髪がまじっていたが、以前と変わらず髪を首の後ろでくくり、ウエストまでかかる長いポニーテールにしている。ナイラには繊細ではかなげなところがある。それを、長年患っている心臓の病のせいだと言う人もいる。

ボックス席に来るころにはナイラのコートの前は開いていて、下に着ているフランネルのシャツとジーンズが見えた。カタリーナの記憶にある、昔のナイラの服装と同じだ。

「ハイ、ナイラ」カタリーナは立ちあがってボックス席からすばやく出て、年上のナイラと短いハグを交わした。それから後ろへさがり、すでに立ちあがっているスレーターを紹介した。「こちらはスレーター・アーガンブライト。〈財団〉で働いてるの」

「ええ、知っているわ」ナイラは言った。「ここフォグ・レイクでは、噂はあっという間に広まるもの」彼女の口調は淡々としていた。けれどもその笑顔に偽りはなく、目は心配に陰っていた。「この町にようこそと言いたいところだけれど、あなたたちがオリヴィア・ルクレアの失踪について調査をするために来たことはわかっているわ。その話は本当なの？」

「オリヴィア・ルクレアは失踪したわけじゃない」スレーターが答えた。「おととい、誘拐されたんだ」

ナイラの笑顔がショックと困惑の表情に取って代わられた。「にわかには信じがたいわね。どうしてオリヴィアを誘拐するの？　家族がお金持ちなわけでもないのに」

「身代金目当てではないと考えてる」スレーターは言った。「どうも十五年前に洞窟で起こった殺人事件と関係しているらしい」

ナイラはカタリーナのほうを向いた。「だったら本当なの？　あなたは実際に殺人を目撃していたの？」

「ええ」カタリーナは言った。「オリヴィアも目撃者だったから捕まったんだと思う」

ナイラがスレーターに向き直る。「でも、なぜいまになって？　これだけ時間が経っているのに」

「わからない。たしかなのはオリヴィアが連れ去られたということだけだ。ふたりいる誘拐の実行犯のうち、ひとりの写真を手に入れた。そいつはいま〈財団〉に身柄を拘束されている。最後に連絡があったときは昏睡状態だったが、まもなく回復するだろう。そのあいだに、双子の片割れの相棒を捜すんだ」

誰かがナイラに写真を手渡した。彼女はそれをじっくり眺め、かすかに眉をひそめた。

「怪我をしているわ」ナイラは言った。「事故に遭ったのかしら?」

「そんなところよ」カタリーナは言った。

「昏睡状態なのも無理はないわね」ナイラは首を振った。「見覚えはないわ。この双子がフォグ・レイクと関係があると踏んでここへ来たの?」

「わかっているのは」スレーターが答えた。「やつらが強いエネルギーを持つ遺物の売買にかかわってるということだ。シアトルのロイストンという名のコレクターを殺したのもやつらじゃないかと考えてる。カタリーナとぼくは、そのロイストンの家の展示室で襲われた。あいつらは、ぼくたちの感覚に影響を及ぼすガスらしきもので武装していた。強力な幻覚剤だ」

ナイラが驚いた様子でカタリーナを見た。「大丈夫なの?」

「ええ、わたしは平気よ」

「よかった」ナイラはもう一度写真に目をやった。「悪いけれど、これ以上お役に立てそうもないわ。彼は昏睡状態なのよね?」

「残念ながらそうだ」スレーターが答える。

ユークリッドが顔をしかめた。「いったいどうしてそうなった?」

「きっとわたしたちに使ったのと同じガスの影響を受けたんだわ」カタリーナは言った。「幻覚剤は大きな問題を引き起こしかねないもの」

質問にすらすら答えるカタリーナに、スレーターが眉をあげる。だが彼は黙ったままでいた。

ふたたびレストランのドアが開いた。カタリーナたちは振り向き、新たに現れた人物を見た。ハーモニー――みんなが知っている限り、姓はない――はドラマティックな登場をあえて演出する必要はなかった。その能力は彼女に生まれつき備わっている。百八十センチはあろうかという長身、たてがみのような豊かな銀髪、威厳に満ちた体、そして輪廻《りんね》を繰り返してきたかのような賢明な目の表情。

床まで届く黒いウールのマントの長い袖を革のニーハイブーツのまわりではためか

せながら、ハーモニーはレストランに勢いよく入ってきた。

ドアのすぐ内側で立ち止まり、じっと動かなくなった。期待をはらんだ静寂が人々のあいだに広がる。

「過去のエネルギーが乱された」シェイクスピア俳優さながらの深い声でハーモニーは宣言した。「霧の奥深くにとてつもない闇が集まってきている。今夜は家のドアに鍵をかけ、暖炉のそばにとどまれよ」

完全なる沈黙がおりた。忍び笑いをもらす者はいない。目をぐるりとまわす者もいない。フォグ・レイクで育った人なら、ハーモニーが特別な声色で語るときには耳を傾けるべきだと知っている。

「もっと具体的なことはわからないか、ハーモニー？」ユークリッドが尋ねた。

「いいや」ハーモニーの声はすでにいつもどおりに戻っていた。それでも彼女の体つきにふさわしい力強い声だが、ドラマは終わりだった。「悪いね。これがわたしにわかるすべてだ。ただ、今夜の霧にはいやな波動を感じる。それがあのときを思いださせて……いや、気にしないでおくれ。カタリーナが町にいると聞いたよ」

もう一度カタリーナは立ちあがった。「ここよ、ハーモニー」

ハーモニーは顔を輝かせ、前へ進んだ。ふたたび人だかりが分かれる。

「そこにいたのかい」ハーモニーは温かい抱擁でカタリーナを包みこんだ。「また会えて本当にうれしいよ。オリヴィアが誘拐されたとか、調査のためにおまえさんが〈財団〉のクリーナーを連れてきているとか聞いたけど、いったい何事だい？」

「長い話だけれど、短く言えばそういうことよ」カタリーナは後ろへさがってスレーターを示した。「こちらがスレーター・アーガンブライト、事件について調べているの。スレーター、こちらはハーモニー」

スレーターが礼儀正しく立ちあがる。「どうも、ハーモニー」

ハーモニーは深い洞察力を備えたまなざしでしばらくのあいだ彼を見つめた。カタリーナは空中のエネルギーが震えるのを感じた。ハーモニーがスレーターのオーラを見ようとしていることに気づき、カタリーナは固唾《かたず》をのんだ。ハーモニーは強い能力を持っているが、それが具体的にどういうものなのかは誰も知らない。もしハーモニーがスレーターのフィールド内にある氷のエネルギーを察知したら、彼を危険だと見なして、みんなに近づかないよう警告するかもしれない。

「おやおや」ついにハーモニーが口を開いた。「アーガンブライト家の人かい。なるほどね」

カタリーナは小さく安堵の息をついた。ナイラの指から写真を引き抜き、ハーモニーに差しだした。

「これが誘拐の実行犯のひとりよ。この双子の片割れを捜しているの」

「ふむ」ハーモニーがそちらに興味を移した。写真を手に取って見つめる。「この男に何があったんだい？」

「スレーターを撃とうとしたから、わたしが電話で殴りつけたの」

ハーモニーが驚いた顔になって視線をあげた。「小さな携帯電話でこんなひどい傷ができたのかい？」

「古い電話機だったの。おそらく一九五〇年代後半のものだと思うわ」

「なるほど」ハーモニーが言った。「それなら説明がつく。悪いが、この男も双子のほうも見たことがないね。だが、どうもこの男は誰かを思い起こさせる。記録保管所の文書で見たのかもしれない。三十歳くらいに見えるが、おまえさんはどう思うね？」

「そのくらいだと思う」スレーターが言った。

「こうしよう。家系の記録を調べて、それくらいの年の双子の兄弟がいないかどうか見てみようじゃないか」

スレーターの視線が鋭くなる。「フォグ・レイクの関係者の家系記録を持っているのか？」

「それも仕事のうちなんだよ」ハーモニーは言った。「記録は〝例の事故〟の夜までさかのぼる。完璧とは言いきれないがね。引っ越していった者たちの多くとは連絡が途絶えてしまった。だが事故当時ここに住んでいた者たちの子孫を追うくらいなら、まあまかせておくれ。家へ帰って調査を始めるとしよう」

「恩に着る。何か見つかったら、今夜じゅうにでもすぐに知らせてもらえるとありがたい。朝まで待たないでくれ」

「オリヴィアの命がかかってるの」カタリーナは言った。

「わかったよ」ハーモニーが言った。

ブーツを履いた足できびすを返し、大股でドアへと歩いていった。男がひとり、大急ぎで走っていってドアを開けた。ハーモニーはいったん立ち止まってマントのフードをかぶり、それから霧の立ちこめる夜へと消えていった。

ハーモニーの後ろでドアが閉まると、不安をはらんだ静寂が人々のあいだに広がった。ユークリッドがあたりを見まわして言った。

「ハーモニーの話を聞いただろう。今日は早めに帰ったほうがいい。普段このあたりでドアに鍵などかけないことはわかってるが、今夜はかけてくれ。森の中に悪いやつらが潜んでいるかもしれん」

椅子のこすれる音とともに人々が立ちあがり、コートや帽子を身につけはじめた。ウエイターたちが大急ぎでテーブルを片づける。ほんのわずかな時間のあいだに、レストランとバーはほとんど空っぽになった。

スレーターがカタリーナを見た。「ハーモニーに姓はあるのか？」

「おそらくね」カタリーナは立ちあがり、フックからコートを取った。「家系を記した記録に載っているはずだけど、本人がハーモニーとだけ呼んでほしいといつも言ってるの」

スレーターは立ちあがって財布に手を伸ばした。「正直言うと、ハーモニーがここへ入ってきて今夜の霧にいやな波動を感じると言ったときには、ぞっとしたよ」

「彼女はときどきそういうことをするの。あなたも慣れて」

スレーターは紙幣を数枚テーブルに置くと、ズボンのポケットに財布を戻した。

「誰もがハーモニーの言葉を注意深く聞いていたな」

「それはそうよ。彼女はフォグ・レイクの現役の巫女だもの」

「真面目に言ってるのか？」

「ええ。だけど巫女の仕事はお金にならない。少なくてもフォグ・レイクではね。

ハーモニーには本業があるのよ」

スレーターはジャケットを着た。「なんだ？」

「町の図書館司書をしているの」

27

夢の中の彼女は、オリヴィアを捜して鏡の間を駆け抜けた。通り過ぎる鏡のひとつひとつにヴィジョンが渦巻き、彼女を愚弄する。正しい鏡を捜しあてればオリヴィアにたどり着けることはわかっていた。けれども廊下は果てしなく続いていて、残された時間はなくなりつつあった。ヴィジョンはますます不気味さを増していく。

オリヴィアを隠している鏡を突き止めようと必死になって、彼女はさらに速く走った。

「カタリーナ、起きろ。きみは夢を見ているんだ」

スレーターの声で、激しい不安にさいなまれる悪夢から引き戻された。カタリーナは唐突に体を起こし、いまいる場所を確かめた。自分がフォグ・レイクにある両親の家の古いベッドにいると気づくまでに少し時間がかかる。壁のコンセントに差しこまれた常夜灯が、青みがかった淡い光で室内を照らしていた。

スレーターがベッドの傍らに立っていた。カタリーナに触れることなく、距離を取っている。淡い光の中、さっきまでと同じ黒のズボンをはき、クルーネックのTシャツを着ている姿が見える。不安のあまり少々混乱していたせいで、カタリーナの感覚はなかなか落ち着こうとしなかった。スレーターのオーラもはっきり見えて、彼もまた興奮しているのがわかる。

「ごめんなさい」カタリーナは言った。「悪い夢だったわ」決まり悪さを感じつつ、ベッド脇から脚を垂らした。チェストの引き出しにしまっておいた古いフランネルのパジャマを着ていたので、肌が露出しすぎているという心配はなかった。彼女は立ちあがり、髪を耳の後ろにかけた。「起こすつもりはなかったの」

「寝ていなかった」スレーターが答えた。

カタリーナは窓際へ行き、やわらかな光を放つ霧を見つめた。爆発のあった夜の出来事に影響を受けた生物は、フォグ・レイクの住民だけではない。町の草木もいろいろと変化していた。夜になると、たくさんの植物が青白い不気味な光を放つのだ。今夜はエネルギーを注入された霧がなんとも不吉に見える。

「今夜は霧にいやな波動を感じると言ったハーモニーは正しかったわね」

スレーターが移動してきて、カタリーナの背後に立った。「巫女やら預言やらを本気で信じているわけじゃないだろうな?」

「ええ。でも邪悪なものが存在して、それが力を持っていることは信じてる。オリヴィアを連れ去ったやつが誰であれ、そいつが今夜の悪い波動の原因よ」

「そうだな」

「オリヴィアを誘拐したやつらが彼女を洞窟のどこかに隠していると、あなたは本気で思ってるの?」

「確信は持てないが、理屈にはかなっている。この事件は最初から局地的なんだ」

「もしかしたら、自分たちで誘拐したやつらを突き止めようとするのをやめて、朝になってから捜索隊を組織したほうがいいのかもしれない。オリヴィアを捜すべきよ、スレーター」

「いまの段階でそうしたら、役に立たないどころか、かえって事態を悪化させる」スレーターがカタリーナに両腕をまわした。「あの洞窟は迷路みたいだと言っていただろう。何年捜そうが、オリヴィアを見つけられないかもしれない。捜すにしても、起点が必要だ。あと数時間だけほしい。ぼくたちは真相に近づきつつある。パズルのピースが集まりはじめてるんだ」

「本当に？　そう言ってるだけじゃないの？　わたしは犯罪現場はいやというほど見てきている。ぬか喜びにはうんざりなのよ」

スレーターが腕の中にいるカタリーナを振り向かせ、両手で彼女の顔を挟んだ。暗がりの中、彼の目が燃えている。彼のオーラも。

「本当のことを言っていると約束する」スレーターが言った。「ぼくに未来は見えない。誰にも。だが調査が答えを導きはじめたときに感じる感覚なら知っている。誓うよ。いま感じているのはまさにそれだ」

カタリーナは両腕をスレーターに巻きつけ、体を押しつけた。彼の体温とたくましさに安心感を覚えつつ、あたりでにわかに活気づいた官能的な親密さに浸った。

通りでスレーターにぶつかったときから、カタリーナは自分に言い聞かせてきた。互いに感じる引力はうわべだけのものにすぎないのだと。同じ目標を追う中で危険を共有するふたりの男女が、必然的にかかわりあっているだけなのだと。けれども今朝のキスではっきりした。理由がなんであれ、ふたりは心から強く惹かれあっている。

わたしはこの人を決して忘れない。

「カタリーナ」スレーターが彼女の髪にささやいた。「タイミングも場所もふさわしくないし、尋ねるのも早すぎるかもしれない。だが知りたいんだ。事件が解決したら、ぼくたちに未来があると思うか――」

カタリーナはスレーターの口に指をあて、言い終わる前に質問を制止した。

「わからないわ。でも、どうなるか見てみたいとは思う」

スレーターの目が欲望の熱を帯びて陰った。彼の唇がカタリーナの唇をふさぐ。

そのキスがカタリーナの感覚を焦がした。熱い。すべてが焼きつくされる。そこには渇望の炎と未知のものに対する興奮が入りまじっていた。今朝ふたりのあいだに走った情熱的な衝撃の波動は、いま起こっていることへの序曲にすぎなかった。

切羽詰まったうめき声とともに、スレーターはキスを深めながら両手をパジャマの前に移動させた。ボタンを外しはじめた彼の指に、カタリーナはかすかな震えを感じ取った。スレーターが欲望に震えているのだと思うと、全身に喜びが駆け巡る。それはスレーターがカタリーナと同様に、これほどまでの激しい思いに慣れていないことを物語っていた。

スレーターが一番上のボタンを外した。彼のてのひらでやさしく胸を包みこまれ、今度はカタリーナが震える番だった。そこはいまやこのうえなく敏感になっていて、これ以上の親密な触れ合いに耐えられる気がしない。そう思うと同時に、今夜は我慢する必要などないのだと悟る。この人に対しては、何も抑制する必要はない。

カタリーナはスレーターのTシャツの下にそっと両手を差し入れた。スレーターの体はまるで炉のようだ。彼女はほてった肌の下にある筋肉の感触を味わった。スレーターが親指の腹をカタリーナの胸の頂に走らせ、それから指を肋骨《ろっこつ》から腰の丸みへと滑らせていった。パジャマのズボンを脱がせ、下着を足首までおろす。

次の瞬間、カタリーナはたまったフランネルの山から持ちあげられ、部屋の中を運ばれていた。スレーターの肩に両手をかけ、体を安定させる。

レーターは古いベッドの上にカタリーナをおろした。カタリーナはそこに膝をついたまま、ススレーターがTシャツを脱ぎ捨て、ズボンの前を開けるのを眺めた。

次にブリーフが消えた。カタリーナは彼のこわばったものに魅了されつつ、スレーターが避妊具をつけるさまを見つめた。スレーターの全身に震えが走る。彼の準備が整うと、カタリーナは手を伸ばし、指で包みこんだ。スレーターの全身に震えが走る。彼のオーラは欲望のエネルギーで燃え立った。

カタリーナの感覚はいまや困難を克服していた。これまで決して恋人に対して自分をさらけださなかった。その場に身をまかせれば、完璧だった関係を確実に壊してしまうはめになると、いやというほど思い知らされてきたからだ。寝室でさんざんな結果に終わったときに言われつづけた三パターンの言葉が宙に漂う。〝ぼくを調教してほしい〟〝きみって仕切りたがり屋だな〟それから何より身も凍る言葉……〝クライマックスに達しない問題をセックスセラピストに相談したほうがいい〟

「今朝、言っただろう。家に火がついて燃えあがらないのが不思議なくらい、きみはセクシーだと」スレーターが言った。「あれは間違いだ」

「そうなの？」

「今晩、このいまいましい町全体が炎に包まれずにすんだらラッキーだな」

カタリーナは笑いながらこわばりを握る手に力をこめた。スレーターが低くうなり声をあげて覆いかぶさってきて、彼女を仰向けにベッドに押し倒した。ふたたび唇を奪い、反応を求めてくる。カタリーナは彼の背中に爪を立てた。

スレーターが彼女の体の隅々まで撫《な》でながら、片手を腿の内側までおろしていった。カタリーナは自分が溶けていくのがわかった。彼の手が秘められた部分に押しつけられると、カタリーナは目を閉じてベッドから腰を浮かせた。

「とても潤っている」スレーターが喉元で言った。「ぼくのために」

もはや言葉にならず、カタリーナは体をよじって彼の手に押しつけ、さらなる親密な愛撫《あいぶ》を求めた。スレーターは撫でつづけている。もしカタリーナがきちんと息を吸いこめていたら、叫んでいたかもしれない。たちまち体の奥が張りつめてくる。カタリーナはスレーターにしがみつき、さらに求めた。

彼が二本の指を深く滑りこませると、カタリーナは体を痙攣《けいれん》させた。クライマックスが波のごとく全身を駆け抜ける。

カタリーナのクライマックスが終わりを迎える前に、スレーターは深く身を沈めた。もう限界だ。彼女は粉々に砕け散ってしまいそうだった。第二の波が全身に押し寄せる。

スレーターが何度も押し入ってくる。彼の背中の筋肉は花崗岩《かこう》のように硬くなっている。カタリーナはスレーターに両脚を巻きつけた。スレーターが自らを解放した。くぐもったうなり声が聞こえ、カタリーナの横にある枕に彼が顔をうずめて声を殺しているのがわかる。

ふたりは一緒に汗で濡れたシーツにくずおれた。

カタリーナは目を開け、暗い天井を見あげた。家にも町にも火をつけることはなかったけれど、まさに間一髪のところだった。

28

スレーターは静かに横になっていた。カタリーナの曲線的な体の快いぬくもりとやわらかさ、あたりに立ちこめる男女の交わりの原始的な匂い、そして体内に満ちていく完全なる安らぎを感じながら。こんな禅のような整った体内バランスを最後に感じたときのことを思いだせない。考えれば考えるほど、いままで経験したことなどなかったのだと確信する。六カ月前のあの惨事以前でさえなかった。

「うーん」カタリーナの声はくぐもっていた。

「どうした？」

「どいてくれない？」カタリーナが言った。「この小さなベッドをあなたがほとんど占領してるのよ」

彼女が自分の下で身じろぎしていることにスレーターは気づいた。

「すまない」

しぶしぶ体を回転させ、カタリーナから離れて——そのまま狭いマットレスの端から滑り落ちて床にぶつかった。

「スレーター」カタリーナがすばやく身を起こし、喉元までシーツを引きあげた。「大丈夫?」

「さあ、どうかな」スレーターは立ちあがった。「すっかり目が覚めた。たしかに小さなベッドだな。すぐ戻る」

スレーターはふらふらと狭いバスルームに入り、数分過ごした。寝室に戻ると、カタリーナが立ってパジャマを着ようとしていた。残念な気持ちがどっとこみあげる。

「性交渉後の満足感を味わうのがあまり好きじゃないみたいだな」

カタリーナが闇を照らすような笑顔を向ける。「それがあなたの言い方なの?」

「ほかにもっといい表現を思いつかなかった」

「言っておくけど、ちゃんと味わっているわよ」カタリーナがもこもこしたスリッパに足を入れた。「とてつもなくね。これってどのくらい続くものなの?」

「なんだって?」

「こんなのは初めて経験したから」彼女はそう言いながらドアへと向かった。「どうすればいいのかわからないの」

カタリーナが廊下へ出た。スレーターは自分の服をかき集めてあとを追った。

「どこへ行くんだ?」

「あなたのベッドよ。あっちはダブルベッドだもの。わたしのよりずっと大きいわ」

スレーターの機嫌は急激に回復した。この新たに見つけた幸せに満ちた場所にふたたび浸る。知ったばかりのその場所をもっと探求したくてたまらない。

「だったら、どうしてそう言わなかった?」

カタリーナが肩越しに彼をちらりと見た。なまめかしく神秘的で、誘うような目だ。

「いま言ったわ」

少し前にスレーターに提供した暗い寝室に入ったカタリーナはスリッパを脱ぎ捨て、シーツと重いキルトの下に潜りこんだ。

スレーターの夜が、刻々と幸福感を増していく。

彼はすぐ近くの椅子に服を投げ捨て、自分もベッドに潜りこんだ。カタリーナが自分の上になるよう、腕の中に抱き寄せる。

「性交渉後の満足感を初めて経験したというのはどういう意味だ?」スレーターは尋ねた。

カタリーナが彼の胸の上で腕組みし、小悪魔っぽい目つきで見つめてきた。

「この方面ではいつも問題を抱えてきたの。いいえ、それは正しくないわね。この手のことになると、たいていは男性のほうがわたしのことで問題を抱えるの」

「そうなのか？」

「わたしがSMの女王さまをやっていると思いこんでしまう人がいたりね。そういうのもたしかに目新しくはあるけど、しばらくすると恐ろしくつまらなくなる。少なくともわたしはね。クライマックスの達し方について学ぶためにカウンセリングを受けるべきだと考える人もいるわ。でも、そのやり方なら知っている」

「きみは賢いからな」

「そうよ。インターネットでちょっと検索して、バッテリー式の小型の器具を手に入れるだけでよかった。だけどこの件で問題を抱える何よりの原因は、ベッドでのわたしが怖い女だと多くの相手に思われてしまうせいでしょうね。彼らはわたしをなんでも自分が仕切らないと気がすまない女だと考えるの。でも、本当の問題はそこじゃない」

「きみのオーラだな？」

「ええ。少しでもオーラが熱くなりすぎると、何が起こっているのかわからない男たちは縮みあがってしまうの」

「そしてわかるやつらは不安になる」

「あなたは違うわ」

スレーターはてのひらをカタリーナの背中から腰の丸みへと滑らせた。

「ああ、ぼくは違う」

「さあ、これでわかったでしょう、わたしの性生活の歴史が。だからこの六カ月間で、独身を謳歌《おうか》できるようになったというわけよ」

「あのコンサルタントのゴサードと別れてから？」

「ええ」

「きみから独身の楽しみについて言われるとはおかしな感じだな。ぼく自身もその選択肢を模索してきたから。おじたちに屋根裏部屋から出されて以来ずっと」

「能力が変化する前には、誰か特別な人がいたの？」カタリーナがきいた。

「ああ。名前はロアンナ・パウエルだ。〈財団〉の研究所のひとつで働いている」

「あら。だったら、ふたりには共通点がいっぱいあったんじゃないの？」

「そうだな、相性はぴったりに思えた。互いの家族もみんな交際に賛成してた。だがぼくが屋根裏部屋であのひと月を過ごしたあと、ロアンナの心は変わってしまった」

「閉じこめられているあいだ、彼女は訪ねてきてくれたの？」

「一度だけ。当時、〈財団〉にはさまざまな噂が飛び交っていた。直近にぼくが担当した事件で何か恐ろしいことが起こって、ぼくがハルシオン・マナー送りになると人々は言っていた。ロアンナが不安に思うのも当然だった。ぼくのことも、ぼくとの未来のことも。彼女はぼくに会いたいと申しでて、おじたちが短い面会を承諾した」

「その面会がうまくいかなかったのね」

「面会のあいだ、ぼくはなんとか平常心でいられたが、それでも何かが変わってしまったのがロアンナにはわかった。その変化に彼女は怯えた。ぼくが制御不能な幻覚のための治療を受けていると知ると、ロアンナはぼくの存在を危険すぎると判断した」

「残念だわ」カタリーナが言った。「別れはつらいものよね」

「別れは起こるものだ」

「そうね」

「きみとゴサードの関係はどのくらい真剣なものだったんだ？」

「うまくいっていると思っていたの」カタリーナは答えた。「ロジャーはわたしに革の衣装を着てくれと頼みこんではこなかった。仕切り屋だと非難もしなかった。何より、彼にはわたしが詐欺師ではないと見抜くだけの素質があるように思えたわ。ロジャーに対しては超常的能力がある一面を隠す必要がなかった。彼は気にしなかったの。気にしないどころじゃないわね。ちょっとした興奮を覚えていたかもしれないわ」

「ベッドで？」

「わたしたちはそこまで親密になることはなかった。わたしのせいよ。ロジャーじゃない。この方面になると、わたしはリスク回避型になるの。いまの状況は例外だわ」

「いまの状況は間違いなく例外だ。この六カ月、ぼくも超リスク回避型だった」

「わたしは関係を次の段階に進める準備をしているところだった」カタリーナが言った。「だけど、あなたのおじさんが現れた。超常的能力者……インチキ超能力者だと言いふらされたあと、わたしは専門家たちにとって厄介な存在になった。ロジャーの大事な評判の脅威になってしまったのよ。彼の会社では、最先端の科学調査に基づいてコンサルティングすることが重要なの。もし超能力者だと主張する女に頼っているなんて噂が広まったら、ロジャーは多くの信頼を失っていたでしょうね。だから当然、ふたりの関係を終わらせるしかなかった」

「とはいえ、きみが怒るのはもっともだ」

「最初は腹が立ったし、傷つきもしたけど、あとになってわかったの。いらだちの大半は自分自身に対してだったと。ロジャーがわたしをたいして好きではないことに、最初の段階で気づくべきだった。彼はわたしを利用していただけ。わたしがこの仕事を気に入っていないと知っていたから、自分と交際すればもっと仕事をするよう説得できると、とっさに考えついたのよ。わたしは注目度の高い事件の解決をいくつか手伝わされたというわけ」

「つまり、法執行機関の世界でゴサードが地位を確立する手助けをしたわけだな」

「そういうこと。わたしはロジャーとは永遠には続かないだろうと、内心わかっていたのかもしれない。それなのにほかのカップルみたいに、わたしたちにもいいところはいっぱいあると信じたかった」

「ゴサードがきみにSMの女王役を望まず、仕切り屋と呼ばず、きみの能力を受け入れたからというだけで、きみはそんな浅はかな結論に飛びついてしまったのか？　それだけで？　きみたちのよかったところはそれで全部か？」

「なんと言えばいいかわからないわ。関係を築いていくには、さほど悪くない土台に思えたのよ」

スレーターは両のてのひらでカタリーナの顔を挟んだ。

「いいか？　ぼくたちにはその全部がそろっているし、もっといいところがある」

「もっと?」

「最高に熱いセックスだ」

「ああ」カタリーナは言った。「そうね、それを忘れていたわ」

「思いださせてあげよう」

スレーターはカタリーナをそっと仰向けにすると、肘をついて、彼女の口元まで唇をおろしていった。カタリーナが感覚を解き放つと、あたりのエネルギーが高まっていくのが感じられた。それに呼応して、彼の感覚も急激に高まっていった。

「カタリーナ」

「何?」

話はもう充分だと、スレーターは心の中でつぶやいた。今夜のところは。

玄関のドアを激しく叩く音で、スレーターは体を交えたあとのけだるい余韻から目覚めた。隣でカタリーナがすばやく体を起こす。

「ぼくが行く」

スレーターは立ちあがり、ズボンと銃に手を伸ばした。ふたたびドアを叩く音がする。今度はくぐもった声も聞こえた。

「カタリーナ。わたしだ、ハーモニーだよ」

「双子を見つけたのかもしれないわ」カタリーナが言った。

スレーターは表側にあるリビングルームに行き、カーテンを開けて玄関ポーチを確認した。ハーモニーはスレーターを感じ取ったに違いない。マントのフードを脱ぎ、玄関灯で顔が確認できるようにした。彼女はまっすぐスレーターを見つめてきた。その目はうつろだ。まるでほかの人には見えない何かが見えているかのように。巫女というわけか。

スレーターはカーテンを引き、玄関のドアを開けた。長いマントをニーハイブーツのまわりではためかせながらハーモニーがすばやく部屋に入ってきて、鋭い視線で銃を一瞥する。

「そんなものは必要ない」ハーモニーはそっけなく言った。「フォグ・レイクは犯罪の起きない土地だと、カタリーナに教わらなかったのかい？」

「ときどき失踪は起こるが」スレーターは応じた。

「その件で、おもしろいものを見つけたかもしれない」

「例の双子のこと？」カタリーナがガウンのサッシュを結びながら、寝室からあわてて出てきた。「突き止められたの？」

「〝例の事故〟が起きた当時、フォグ・レイクに住んでいたハーキンズという名の男に興味深い子孫がいるのを見つけたよ。ハーキンズは事故の数年後にこの地を去って、数十年前にすでに死んでいる。だが家系図によると、ハーキンズの子どものひとりが約三十年前に一卵性の三つ子を産んでいた」

「三つ子だって？」スレーターは言った。

「そんなことがわかるとは思ってもいなかったわ」カタリーナも驚いた。

「写真はあったのか？」スレーターはきいた。

「あったが、それは三つ子のうちのひとりが服役していたからだ。わたしの前任者は優秀な人だったよ。逮捕時の写真をコピーしてファイルに入れてくれていた」

ハーモニーがマントの下から封筒を取りだした。

スレーターは封筒を開けた。カタリーナも写真を見ようと急いで部屋を横切ってくる。写真の中の二十歳くらいの若者が、うつろな目でこちらを見返している。

「十年ほど年を取らせれば、シアトルでカタリーナを捕らえようとした男にそっくりだ」スレーターは言った。「なんの罪で服役していたんだ？」

「薬物だよ」ハーモニーが言った。「ファイルによれば、何かのデザイナードラッグを売ってたそうだ」

「ありがとう」カタリーナは言った。「とても助かるわ」

スレーターはハーモニーを見た。「なぜ電話をくれなかった？」

ハーモニーは肩をすくめた。「電話が通じなかったんだ。この町では固定電話すらまともに使えるようにしておくのが難しいんだよ。朝になったら、ユークリッドたちが写真を確認してくれるだろう。さて、必要なものがそれで全部なら、わたしは帰るとするよ」

「家まで送ろう」スレーターは言った。

「いいや、結構。おまえさんにはやることがあるだろう。わたしのことは心配しなくていい。通りの向こう端に住んでるからね」

ハーモニーは大股で玄関へ向かった。スレーターが追いつく間もなく、彼女はドアを開けると、懐中電灯をつけて玄関の階段をおりていった。

スレーターは玄関ポーチに出た。カタリーナも続く。ふたりはハーモニーの懐中電灯の光が霧の立ちこめる通りを移動し、突きあたりの建物へと消えていくまで見守った。少しすると、建物の二階の窓に明かりが灯《とも》った。

「あそこが図書館よ」カタリーナが言った。

「ハーモニーは町の図書館に住んでるのか？」

「巫女は必ず図書館の上の部屋に住むことになっているの。あの職についている人には、ろくな手当がないの。かなり気の滅入《めい》る仕事も多いのに。だから昔から町が無料で住まいを提供しているのよ」

　ふたりは家の中に戻り、ドアを閉めて鍵をかけた。

「三つ子か」スレーターは言った。「くそっ。つまり、ブランクがあとふたりもいるわけだな」

「三人目はブランクじゃない可能性もあるわ」

「冗談だろう？　このところ運が向いてきているからとでも言う気か？」

「わたしたちみたいに強い超常的能力の持ち主は運なんか信じないわ。忘れたの？」

「おれは三人目がブランクじゃないなんて楽観視はしない」スレーターは言った。

　彼は寝室へ行き、バックパックを持って戻ってきた。キッチンカウンターのすぐ手の届くところに銃を置くと、バックパックからノートとペンを取りだした。

「紙はあるか？」スレーターは尋ねた。「あるいは、できればフォグ・レイク周辺の地図があるといいんだが」

「フォグ・レイクの地図はないわ」カタリーナは答えた。「町議会の規則に反するから」

「どうしてだ?」

「理由その一、このあたりの人は誰も必要としないから。その二、地図が誤った人の手に渡って、観光を促進してしまう恐れがあると考える人が多いから。湖、洞窟、森。どれもキャンプやハイキングをする人が大好きなものだもの」

「地図はなしか」スレーターは言った。「しかたがない。自分たちで描くしかないな。ということは、紙が必要だ」

「母がいつも家にスケッチブックを置いてるわ。絵を描くのが好きなの。探してみる」

カタリーナは廊下を抜け、クローゼットのドアを開けた。少しするとキッチンに戻ってきて、スケッチブックを一冊差しだした。

「これでいい?」

スレーターはぱらぱらとページをめくった。たしかなものを得た興奮がわきあがる。

「これらは全部、フォグ・レイク周辺を描いた絵だな?」

「そうよ」

「こいつは地図よりいい。絵はいろいろな点で写真より優れてる。きみのお母さんは細部を観察するすばらしい目を持っているな」

「どうして地図やこういったスケッチが必要なの?」カタリーナが尋ねる。

「ぼくは超常的能力による調査の業界で〝真実のひらめき〟と呼ばれるものを得ることがある」

「それで?」

「もっと早くにわかっていてもよかったのに」スレーターは言った。「いや、本当はとっくにわかっていたんだ。ここへ来る途中で見た夢の中で。それなのにあまりにも疲れ果てていて、直感が伝えようとしていることを気にとめなかった」

「いったいなんの話?」

スレーターはカタリーナを見た。ささやき声が大きくなる。

「薬だ」

「薬がどうしたの?」

「この事件には薬が絶えず登場する。しかも高度先端技術を有する研究所で製造されるような薬が。注目すべきはそこだ。それが、起こっているすべての出来事の裏にいる人物を突き止める鍵なんだ」

29

カタリーナはスレーターの隣のスツールに座り、彼がスケッチブックのページをめくるのを眺めた。スレーターを取り巻く空気に熱いエネルギーが感じられ、興奮が伝わってくる。カタリーナも何度か経験したことがある。スレーターは獲物に近づくハンターになっていた。

「あなたの新説がいったい何を意味するのか教えて」カタリーナは言った。

「最初からずっと珍しい薬が関係している。モリシーを殺すのに使われた注射器に入っていたものがなんであれ、何者かが犯人に渡したんだ」

「そうね。でも、だから何？　人を殺せる薬物なんていくらでもあるわ」

「ああ。だが殺人の方法としては一般的じゃない。たいていの犯人は銃やナイフや鈍器といった確実な手段を選ぶ。なぜわざわざ珍しい薬を使う？　遺体が見つかることを恐れているなら話は別だが、モリシーを殺した犯人はその点を心配していた様子はない。最初から遺体を川に捨てるつもりだったんだから」

「きっと犯人には医学の知識があって、毒薬を使うのに慣れていたとか」

「もしくは違法薬物にかかわりがあった……つまりドラッグの取引をしていたのかもしれない。注射器は危険物質を体内に入れるのによく用いられる手段だ」

「たしかにそうね」カタリーナは言った。「十五年後にオリヴィアが誘拐されたときも、謎の薬を注射された。犯人は彼女を生かしておきたかったから、おそらく致死性のものではない何かを」

「そしてきみとぼくが調査を始めると、強烈な幻覚を引き起こすガスで襲われた。だが、それも致死性ではない」

「なぜなら、わたしを殺したくはなかったから。生きたまま捕らえたかったから」

「今夜ぼくたちは、凶悪な三つ子のひとりが薬物売買で逮捕歴があることを突き止めた」スレーターが続けた。「路上で手に入るありきたりの薬物じゃない。化学者が製造するデザイナードラッグを売ってたんだ」

カタリーナの体に悪寒が走った。原因はまさにあの悪夢だ。あそこに戻ってはならない。戻ったら頭がどうにかなってしまう。湖に身を投げて、溺れ死ぬことになる。

カタリーナはスレーターの目を見た。「あなたはこの事件に多くの薬が関係していることを偶然ではないと見てるのね」

「偶然はあまり好きじゃない。だがたとえその可能性が正しいとしても、ほかにも考えなければならない点がある」

「続けて」

「ロイストンの地下室で誘拐の実行犯が使った霧がなんだったにせよ、あれは単に気絶させるだけのものじゃなかった。ぼくたちの超常的感覚に多大なダメージをもたらしたんだ」

「幻覚を生じさせる薬物ならたくさんあるわ。たとえばLSDとか。ほかにも山ほどあるはずよ」

「ああ。しかしそれを兵器化して、ほんの数秒のうちに強い能力を持つふたりの人間の感覚を無力化できる強力なガスに仕立てあげるのは簡単じゃない。そうするには高度な研究施設を持った経験豊かな人物の技能と、さまざまな薬物が超常的能力者に及ぼす影響についての実用的な知識が必要だ」

あそこに戻ってはならない。

スレーターが言った内容を消化しようと、カタリーナは少しのあいだ座ったまま押し黙った。

「今度はわたしが〝真実のひらめき〟を得る番ね。きっとそうだわ」

「どういうことだ？」

「もしこの事件に薬物が登場するのが偶然でなければ、もしここまでのあなたの考えが正しければ、薬が使われたもうひとつの機会を見逃すわけにはいかないわ」

「それはいつだ？」

「一番初めよ」

カタリーナは思いついたばかりの可能性をスレーターに語って聞かせた。彼女が話し終えると、スレーターは満足そうにうなずいた。

「それは辻褄が合うな。しかも、きみの考えにはもうひとつ合点のいくところがある。この事件には地元の住民が絡んでいるに違いないと思ってた。まさにそのとおりだ」

30

「わたしは自分を元来疑り深い人間だと思ってるの」カタリーナは言った。「なんといっても探偵だし。でも正直に言うと、共犯者は地元の人に違いないと、しかも薬物が関係している可能性が高いとあなたに言われなければ、ナイラ・トレヴェリアンがわたしの容疑者リストの一番目に来ることはなかったでしょうね。彼女はこの土地のヒーラーなのよ。この町に住む多くの人々が、彼女の腕にとても感謝してるの」

ふたりはナイラ・トレヴェリアンの蔓に覆われた小さな家の外に立っていた。霧があたりに立ちこめていたが、ナイラが同質療法薬《ホメオパシー》やハーブの強壮剤を定期的に開かれるクラフトフェアの会場に運ぶためによく使っていた小型のSUVがあるのは確認できる。唯一ある電灯が、玄関ポーチのドアの上で光っていた。生い茂るハーブの植木鉢や、敷地内を埋めつくし、玄関の階段に迫る勢いで繁茂している見事なシダを照らしている。

とはいえ、この家のまわりを照らす光源は電灯だけではなかった。青々とした庭が、豆電球のような光でほのかにきらめいている。暗くなるとかすかな光を放つこの地特有の植物をナイラは何種類か植えていた。

「両親が言っていたことを思いだしたわ。ナイラは植物学者としての教育を受けていたのよ」

「それでいろいろと説明がつくな」スレーターが言った。

家を囲む庭が不気味な異世界さながらの光を放つ一方、家の窓は暗かった。ナイラが中にいるとしたら、フォグ・レイクの大半の住民と同様に寝ているのだろう。

「トレヴェリアンのこの土地のハーブに関する広範な知識と、能力者を治療してきた経験をもってすれば、洞窟から出てきたあとのきみとオリヴィアに飲ませるハーブティーに何を入れるべきか、正確にわかっただろうな」

「ナイラは最初の何杯かを自らの手でわたしたちに飲ませた」カタリーナは言った。

「きっと、ふたり同時に強い催眠暗示をかけようとしたんだわ。あそこに戻ってはならない、戻ったら頭がどうにかなってしまう、もし戻ろうとすれば自ら湖に身を投げて溺れ死ぬことになると。あの夜についてい見るふたりの夢がどうしてこんなにも似ているんだろうと、オリヴィアとわたしはよく不思議に思ったものよ」

「そのハーブティーに催眠作用があったに違いない」

「ナイラはわたしたちの両親にハーブのパックを渡して、少なくとも十日間は一日に二杯ずつ飲ませるように指示した。そのあと、オリヴィアとわたしの記憶はどんどん混乱していったの。やがて、きっと大人たちの言うことが正しいのだと自分たちを納得させるようになった。あの夜に起きた出来事はすべて妄想だったのだと。だけど大人になる過程で、わたしたちはお互いの記憶や夢を確かめた。するとあまりにも類似点が多くて、やっぱり殺人を目撃していたんだと確信したわ。そうはいっても、〝悪魔のダンスホール〟についてははっきりとした自信を持てなかったけど」

「あの夜の出来事について自分たちの言い分が正しかったと、ご両親やフォグ・レイクの人々に訴えようとはしたのか？」スレーターが尋ねる。

「いいえ、なんの意味もない気がしたの。みんなは証拠を要求するだろうけど、わたしたちには何もなかった。だから黙ってたわ。町を出てからは、ふたりともめったに帰省しなかった。あの洞窟には二度と行かなかった」

「だから、きみたちは命が助かっていたんだろう。いままで脅威にならなかったから」

「まさにそうなのよ」カタリーナは言った。「ここに住む誰もがわたしたちの言うことを信じてなかったおかげで、脅威にならずにすんでいたのに」

「変わったのは、きみたちがあの夜にフォグ・レイクの昔の研究所を発見していた事実に気づいた人物がいるということだ」

「どうやって?」

「それはトレヴェリアンに答えてもらおう」スレーターは言った。

「どうして彼女が何か話すと思うの? 殺人と誘拐にかかわっていたと認めることになるのに」

「きっと話してくれる」

「あなたが新しい能力を使うから?」

「それの効き目がなくても、ハルシオン・マナーには口を割らせることができるスタッフが常にいるからだ」

カタリーナは気づけば歯を食いしばっていた。「そんなことをしておいて、あなたもあなたのおじさんたちも、このすてきな町の住民からなぜ〈財団〉の関係者が毎年〈フォグ・レイクの日〉の式典に招待されないのかと不思議に思うわけね」

「おじも、たまにはちょっとくらい協力するだろう。特に殺人絡みのときなんかは」

スレーターが言う。

「その協力とやらを半年前に試してみたけれど、わたしとはうまくいかなかったわ」

「その件はまたあとで話そう。いまはほかに優先すべきことがある」

ふたりは玄関の階段をあがった。スレーターがドアを激しくノックする。

返事はない。彼はもう一度ノックした。

家の中で深い静寂がこだまする。スレーターはドアノブをまわした。それは手の中であっさり回転した。

「鍵をかけなかったんだな。どうやら今夜の巫女の忠告に耳を傾けなかったらしい」

壁に背中をつけ、スレーターがドアを押し開けた。カタリーナは銃撃やほかの好ましくない不意打ちに備えた。だが、そこにあるのは静寂だけだった。カタリーナが感覚を高めると、スレーターもすでに高めていたのがわかった。彼が危険を冒して室内をのぞく。もし家の中の暗がりに誰かが身を隠していたとしても、その人物のオーラが見えるはずだ。

「誰も見えない」スレーターが言った。「ここにいてくれ。中を見てくる」

「わたしも一緒に行くわ。きっとナイラは寝てるのよ。あなたが寝室に入っていって、彼女を怯えさせてしまう事態だけは避けないと。ナイラは無実かもしれないもの。彼女がこの事件の裏で糸を引いているという証拠はまだ何もないのよ」

スレーターはためらった。「わかった。だがロイストンのところでしたような、危険きわまりない行動はもうなしだ」

「うまくいったでしょう?」

「思いださせないでくれ」

スレーターは角を曲がり、手探りでスイッチを見つけた。ランプが点灯し、こぢんまりとしたリビングルームとキッチンを照らしだす。クローゼットから銃を持って飛びだしてくる者はいない。毒霧を吹きかけてくる者もいない。ただ静寂が深みを増しただけだ。

「ナイラはいないわ」カタリーナは言った。「空っぽなのを感じるでしょう?」

「ちゃんと確かめたほうがいい」

ふたりは短い廊下を進み、いったん立ち止まって狭いバスルームを確認した。寝室に入ると、スレーターは別のスイッチを入れた。今度は天井灯がつき、きちんと整えられたベッドが浮かびあがる。

「確認したいところがもう一箇所あるの」カタリーナは言った。「キッチンの外に古い食料貯蔵室があるわ。ナイラがハーブを調合しているところよ」

ふたりは廊下を戻って小さなキッチンを突っきり、ドアを開けた。かつて家の裏口だった場所をガラスで囲い、古めかしい小さな食料貯蔵室にしてあった。ラベンダーやバラやペパーミントの香りがあたりに漂っている。部屋は穏やかな超常エネルギーで震えている。低い天井からは、乾燥させたハーブの束が上下逆さに吊《つる》されている。棚には空の瓶がいくつも置かれ、クリームやローションで満たされるのを待っていた。

スレーターは作業台まで移動し、ナイラがハーブからエッセンシャルオイルやハーブティーなどの調合物を精製する際に使うバーナーや簡易器具を調べた。

「ずいぶんとお粗末なものばかりだ。こんな基本的な設備で、ぼくたちに用いたような高度な薬物を製造できたとは想像しがたい」

「わたしたちはナイラを誤解しているのかもしれないわ」

「トレヴェリアンは作った商品を売りに定期的に町を出ていたと言っていたな。出かけているあいだに実験装置を購入するのは簡単だっただろう」

「たしかにそうね。でも聞いて。もし彼女がフォグ・レイク周辺のどこかにもっと高度な研究施設を持っているなら、町のみんなが知っているはずよ」

「いや」スレーターが否定した。「洞窟のどこかに隠されているとすれば気づかれない」

カタリーナは氷のように冷たくなった指で首の後ろに触れた。「あなたの言うとおりだとすれば、オリヴィアはきっとそこに捕らえられているわ」

スレーターは返事をしなかった。引き出しを開けたり閉めたりして、中にあるものを調べている。

「レシート、この地の植物に関するデータがびっしり書かれたノート、次回のクラフトフェアのちらし」スレーターはいくつかの紙類を脇に放った。あるパンフレットを手に取り、ぱらぱらとめくる。「あったぞ」

「何が？」

「実験装置のカタログだ。いくつかの商品に丸がつけてある」スレーターははじかれたように顔をあげ、作業台の上のガラスビーカーや簡易バーナーを見つめた。「ここにはカタログの品が見あたらない。トレヴェリアンは別の研究施設を持っているんだ、カタリーナ。事実に合致する説明はそれしかない」

「その場所をどうやって捜すつもり？」

「きみのお母さんのスケッチと、これからぼくたちが描く地図を使ってだ」

31

ふたりはラーク家に戻り、地図の作製に取りかかった。作業は迅速に進んだ。一時間もしないうちに、ダイニングルームのカウンターでスレーターの隣に座っていたカタリーナは、できあがったフォグ・レイクとその周辺の大ざっぱな地図に見入る彼を眺めていた。カタリーナの記憶と母の絵が結びつき、町の様子を驚くほど正確に描くことはできたものの、それはナイラ・トレヴェリアンの研究施設が実在するとして、それを見つけるのがどれほど困難かを示したにすぎなかった。

「まさに干し草の山から一本の針を捜すようなものだわ」カタリーナは地図を見た。

「この洞窟内なら、どこかに薬物の研究施設をひとつ隠すくらい簡単でしょうね」

「ぼくたちにはヒントになる事実がある。研究施設は少し歩けば行けるくらいの距離にあるはずだ」スレーターが顔をあげた。「トレヴェリアンに夜通し姿を消す習慣がなければだが」

「わたしの知る限り、ないわ。山をおりてクラフトフェアに行くときは別だけど。でも、それも年に数回よ」

スレーターはペン先を地図にトントンと打ちつけながら考えている。「彼女はもう何年もここに住んでいると言ってたな？」

「ええ、オリヴィアとわたしが殺人を目撃する五年ほど前に引っ越してきたと思う」

「洞窟や森を知るのに二十年はあったわけだ」

「たぶんナイラは森にはかなり詳しいだろうけど、洞窟の奥深くまで入ったことがあるとはまず思えない。誰もあそこには行かないもの。放出されているエネルギーがとにかく強すぎるから」

「多量の強いエネルギーは、トレヴェリアンが製造していると思われる薬に予測不能な影響を与えかねない。つまり彼女の研究施設はうまく隠されているかもしれないが、洞窟のそこまで深いところにあるわけではないということだ」

「たとえ比較的短い山歩きで洞窟の入り口のひとつまで行けるにしても、公園を散歩するわけじゃないんだから」カタリーナは言った。「どちらかといえばトレッキングをするのに近いわ。ここの地形は起伏が激しいの。町から湖におりるちゃんとした道と、もうひとつ、〈幻覚地帯〉と呼ばれる洞窟群への入り口に通じる道ならあるけど、それくらいしかないわ。このあたりは洞窟だらけなのよ」

「もしぼくたちが正しければ、目当ての洞窟にはトレヴェリアンが実験装置を持って出入りできるほどの大きな入り口があるはずだ」

「それでもまだほかの可能性も残ってるわ」カタリーナは言った。

「彼女がもう何年も薬物を製造しているのはほぼ間違いない」スレーターが続ける。

「長い週末くらいじゃ、新型のドラッグや幻覚を引き起こすガスは開発できないからな」

「何が言いたいの？」

「洞窟までの道に痕跡が残っているだろうということだ。しかも、それはとんでもなく強くなっていると思う。というのもトレヴェリアンは今夜、ぼくたちの調査が自分に迫ってきていることに気づいた。だから逃げたんだ。おそらく強い不安を感じているか、あからさまにパニックを起こしているかもしれない。自分が安全だと感じられる場所に向かうはずだ」

カタリーナはスツールから飛びおり、トレンチコートに腕を通しはじめた。「もし強いエネルギーの痕跡があるとすれば、ナイラの家から始まってるはずね。今夜、彼女がその道を使ったなら、その跡はきっとまだ見えるくらい新しいわ。急がないと」

カタリーナは自分のデイパックと懐中電灯をつかみ、ドアへと向かった。

「そんなに焦るな」スレーターが声をかける。そうは言いつつも立ちあがり、肩をすぼめてジャケットを羽織った。ヴィンテージの電話機とインデックスカードのケースを入れたデイパックをつかみ、カウンターに置いておいた銃を手に取る。「もしトレヴェリアンを見つけた場合、マージの言うクローンのふたりも一緒かもしれない。応援が必要だ」

「ユークリッド・オークスたちを起こしましょう」カタリーナは言った。「みんな銃を持っているし、使い方も心得てるから。オリヴィアの居場所について手がかりを発見したと言えば手伝ってくれるわ」

カタリーナが玄関のドアを開けた瞬間、室内の明かりと玄関ポーチの照明が消えた。突然の闇と懐中電灯のまばゆい強烈な光に、彼女はつかの間混乱した。一拍置いて、玄関ポーチにひとりの人物が立っていることに気づく。

「待っていたわ、カタリーナ」ナイラ・トレヴェリアンは言った。

32

カタリーナが見る限り、ナイラ・トレヴェリアンは懐中電灯以外に何も持っていなかった。だがナイラはひとりではなかった。ナイラ以外に、正真正銘のブランク特有の淡い色の波長を放っているふたつのオーラが暗闇の中、玄関のドアの両側で燃えたぎっていた。

そのうちのひとりがスレーターに武器を向けた。

三つ子のうちのふたりのオーラは一見すると驚くほどそっくりだったものの、微妙な違いがあった。結局のところ、まったく同じふたりの人間など存在しない。

「どっちがトニーだ？」スレーターが不安になるほど砕けた口調できいた。

「おれだ。クリーナーたちがディークを連行したと聞いてる。報いを受けてもらおうか」

「これほどすばらしい兄弟の結束もないな」スレーターがもうひとりの男をちらりと

見た。「ということは、おまえが三番目のクローンだな」

「いったいなんの話をしてやがる？　おれはジャレッドだ。いま、こいつを殺《や》ってやろうか、ナイラ？」

「まだよ、ばかね」ナイラがぴしゃりと言った。「それに銃はだめよ。気はたしかなの？　町じゅうの人たちが起きてしまうじゃない」

「また薬がいるかもしれねえって、おれは言ったのに」トニーがぶつぶつ言った。

「たとえ持ってきていたとしても、ここでは使えないわ。死体を処分する時間はないの。アーガンブライトはあとで始末しましょう」

「オリヴィアはどこにいるのよ？」カタリーナはきいた。

「心配しないで。すぐに会えるわ」ナイラが答えた。「行くわよ」

「これは好都合だ」スレーターは言った。「あんたの痕跡を追って、無駄に森の中をさまよい歩く時間が省ける」

「痕跡ってなんのことだ？」トニーが尋ねる。

「アーガンブライトの言うことは無視して」ナイラが言った。「あなたたちを動揺させて、油断を誘おうとしているのがわからないの？　油断といえば、どっちかが彼の銃を捜しなさい。早く」

「頭の上に両手をあげろ」ジャレッドが言った。

スレーターは両手をあげた。「ジャケットの中だ」

ジャレッドは見つけた拳銃を取りあげた。カタリーナは空気が新たに冷たくなったのを感じた。スレーターが能力を高めたのだ。とはいえ、ジャレッドを凍らせようとする動きはない。

「さあ、行こうぜ」トニーが不満そうに口にした。「ここはくそ寒いな。二十度くらい気温がさがったみたいだ」

「ついてきなさい」ナイラは言った。「ふたりから目を離さないで。それからわたしを見失わないようにするのよ、わかった？　さもないと、この霧では三十秒もすれば迷子になるわ。あなたたちを捜している暇はないから」

「わかったよ」ジャレッドが答えた。「もっと冷える前に行こうぜ」

ナイラは足早に出発した。カタリーナとスレーターが続く。その後ろに三つ子のふたりがつき、カタリーナたちに銃と懐中電灯を向けた。

いまや霧はさらに濃くなっていたが、森の中はそこらじゅうが木の葉の光に満ちていた。蔓植物があちこちでホタルのような光を発しながら樹木や岩を伝い、フォグ・レイク式の街灯を作りだしている。

カタリーナは感覚を一部分だけ高めていた。のちに必要になるかもしれないエネルギーを無駄に使いたくない。それでも歩いている道から、新旧入りまじった熱を感じ取れた。

「この道を何度も通っていたのね、ナイラ」カタリーナは静かに言った。

「十五年以上になるわ」ナイラが答える。「医務室を見つけて以来ずっと」

「医務室？」

「もうすぐ見ることができるわよ。あのとき、わたしは気づいたの。自分がフォグ・レイクの研究所の主要施設と昔つながっていた小さな部屋を発見したことに。それ以来、残りの研究所の施設をずっと捜しつづけてきた」

「それをジョン・モリシーなら見つけられると考えたんだな」スレーターは言った。

「モリシーは〈財団〉で働いていたけれど、その裏で違法薬物のちょっとしたビジネスをしていた。よくわたしからサンプルを買ってくれたものよ」

「モリシーとは仕事仲間だったと言いたいわけ？」カタリーナは言った。

「むしろライバルだな」スレーターが口を挟む。「そうだろう、トレヴェリアン？」

「ええ」ナイラが言った。「だけど一時期、わたしたちは利害が一致していた」

「協力することになったのね？」カタリーナは言った。

「モリシーはそう思っていたはずよ。でも、わたしが彼を使えると踏んだと言ったほうが正しいでしょうね。モリシーは植物学者ではなかったけれど、自分個人の研究資金を調達したくて違法薬物のビジネスに参入したの。いわば超常エネルギーのコンパスのようなものの周波数を合わせる方法を発見したと確信していた。それが洞窟内の道案内をしてくれると。その機器があれば、フォグ・レイクにある主要研究施設を必ず見つけられると信じていたわ」

「だけど不運にも十五年前のあの夜、モリシーに同行した人物が行動を急ぎすぎた」カタリーナは言った。「そいつはモリシーを殺したあと、目撃者がいたことに気づいた」

「あなたとオリヴィアね」ナイラが認めた。「あの夜はわたしが自ら洞窟に入るべきだったわ。だけど危険を冒したくなかったのよ。わたしはボートにとどまった」

「万が一〈財団〉が調査をしに来た場合に備えて、洞窟内にエネルギーの痕跡を残したくなかったんだな」スレーターが言った。「この事件には地元の住民が絡んでいるに違いないと、ぼくにはわかっていた」

「もう二十年近くも、わたしはこのフォグ・レイクにとらわれたままよ」ナイラは言った。「一度にほんの数日でも町を離れるのが怖かったわ。わたしの最低な夫とその愛人が死んだ研究所の火事でわたしだけが死ななかったことに、〈財団〉が気づいてしまうのではないかと恐ろしかった」

「くそっ、そうか」スレーターが小声で言った。「あんたはアルマ・ヨークだな？二十年前に〈財団〉の研究所のひとつで、夫とふたりの女性を殺した化学者だ」

「夫はあの性悪女と寝ていたのよ」ナイラは言った。怒りに声がこわばっている。

「ふたりとも信じていたのに。ヘレンはわたしに自分が親友だと信じこませた。グレッグはわたしを心から愛してくれていると思っていたわ。わたしたちは三人でちょっとした違法薬物のビジネスをしていた」

「お金のために手を染めたの？」カタリーナはショックを受けた。「あなたは科学者なのに」

ナイラが怒りもあらわに言い返す。「ドラッグで得たお金は、三人が〈財団〉を辞めたあとに本物の仕事をするための資金にするつもりだったのよ。わたしたちは可能なうちに〈財団〉を去らなければならなかった。ランコート家のやつらがドラッグのビジネスのことを嗅ぎつけて、分け前をほしがってきたから。ヘレンとグレッグとわたしは計画を立てた。行方をくらまして、無人島に研究所を建てようって。超常性ドラッグの分野ですばらしい研究をするつもりだったのに、ひとつのベッドにいるグレッグとヘレンを見てしまったというわけ。ふたりしてわたしをだます気だったのよ。わたしは必要ないとグレッグたちに言われたから、こちらから先手を打ってやったわ。自己防衛よ」

「だが、あんたはやりすぎた」スレーターが言った。「研究所の爆発は相当ひどいものだったと聞いた。そのあとの火事も。さらに焼け跡から男性ひとりと女性ふたりの三つの遺体が確実に見つかるようにした。もうひとりの女性は誰だったんだ？〈財団〉を引き継いだあと、おじのヴィクターとルーカスが調査したが、身元を特定できなかった」

「何年も路上で暮らしていた、ただの薬物依存症の女よ。わたしと背格好や年齢が似ていた。あなたのおじたちが、わざわざＤＮＡ検査をすることはないだろうと思っていたわ。実際、ランコートはちっとも気にかけていなかったし」

「おじとルーカスのことをよく知らないみたいだな」スレーターは言った。「おじたちは最初から怪しいと言っていた。しかしおじが理事長になったころには、事件はほとんど進展がなくなっていた。おじたちには引き続きできることがあまりなかった」

「わたしはただ姿を消せばいいと考えたわ。整形手術を受けて、顔を変えた。新しい身分も手に入れた。だけど安全だと感じたことは一度もなかった。長年ずっと後ろを振り返っては、あのいまいましいクリーナーたちが追ってこないかと警戒しつづけた」

「それでフォグ・レイクに逃げこんだのね」カタリーナは言った。「〈財団〉が決して捜しそうにない場所だと考えて」

「それにもし〈財団〉が誰かを派遣したとしても、ここなら前もって知ることができる」スレーターはつけ加えた。「結びつきの強いコミュニティだからな。みんながみんなを知っているし、町全体が〈財団〉に強い疑念を抱いている」

「あなたは完璧な隠れ蓑を作りあげた」カタリーナは言った。「地元のヒーラーになることで」

「こんな町は大嫌い」ナイラが言う。

「オリヴィアとわたしに処方したあのハーブティーには何が入ってたの？」

「幻覚剤よ。記憶と夢を混同させる効能があった。それに催眠暗示もかけておこうと思った。でもその効果がどのくらい続くかは知りようがなかったわ」

カタリーナは霧に包まれた湖が近いことを知らせる奇妙な静けさを感じ取った。ナイラが先を歩いてくれて本当に助かった。水際に沿って歩くのは昼間でもかなりの危険がともなう。それが夜ともなれば無謀というものだ。

ほのかな青い光を放つ大量の蔓の前で、ナイラが足を止めた。その枝葉をまるでカーテンのように脇へ引き開ける。カタリーナの目にボートが見えた。

「乗るときは注意して」ナイラが言った。「もしボートから落ちれば、生還するのはまず無理よ。実際のところ、死体も発見されないでしょうね」

カタリーナ、スレーター、クローンのふたりが座るのを確認してから、ナイラも慎重にボートに乗った。ナイラは木の幹にくくりつけていたロープをほどくと、ボートの後部に座って長い竿《さお》を手に取った。

ナイラが竿を使い、一部が浸水している洞窟の入り口へとボートを漕いでいくあいだ、カタリーナは息を詰めていた。

ボートは洞窟の深い闇の中へと静かに滑るように入っていった。トニーが懐中電灯のスイッチを入れると、洞窟の壁が浮かびあがった。巨大な鍾乳石や岩が、ところどころで水面ぎりぎりまでのしかかるように迫っている。

「頭を低くして」ナイラが忠告する。「ちょっと狭いところがあるから」

カタリーナは身震いした。寒いのに、汗をかいていた。ボートが進んでいるのが救いではあったが、あたり一帯の容赦ない暗闇が洞窟の川の底知れぬ深さと相まって不安が募る。カタリーナはオリヴィアにもうすぐ会えるという思いに意識を集中した。

ナイラが嘘をついていなければ。

「モリシーが殺された夜に、カタリーナとオリヴィアが研究所を発見していたといつ気づいたんだ？」スレーターが尋ねた。

「つい数日前よ」ナイラは言った。「フォグ・レイクの施設で使われていた古い日誌をやっと見つけたの。研究所が造ったエネルギー生成装置があった場所のことが書かれていた。もう何年も前に自分が捜し求めていたものにこんなにも近づいていたなんて、信じられなかったわ。だけど当時カタリーナたちがダンスホールとかいう場所について話したとき、わたしは彼女たちが本当に幻覚を見たのだろうと思っていた」

「あなたはまず、イングラムのコレクションの中に日誌がないかどうか捜したのね？」カタリーナは言った。

「イングラムがフォグ・レイクの研究所の貴重な遺物を手に入れたという噂を耳にしたの。彼の保管庫にはいくつか興味深い品があったけれど、エネルギー生成装置の場所について書かれたものや、ほかに役立つものは何もなかった」

「だがその六カ月後、さらなる噂を聞きつけた」スレーターが言った。「今度は、ロイストンのコレクションに関する噂だった。あんたはロイストンに保管庫の品を見せてくれと頼んだ。そして日誌を見たとき、これこそ自分の捜していたものだと悟ったんだ」

「遺物の蒐集の世界に身を置く者なら誰でも、ロイストンがやたらと慎重な男であるのは知っていたわ。彼が見知らぬ者を自分の保管庫に招き入れることはないはずだった。だからわたしは別のコレクターを会いに行かせた。ロイストンがライバルだと思っている人物を。ロイストンは大喜びで、保管庫に追加したばかりの新しいコレクションを見せびらかしたというわけよ」

「その人物がロイストンを殺して日誌を盗んだんだな」スレーターは言った。「ほかにも何点かの別の遺物も」

「わたしが関心を持っていたのは日誌だけよ」ナイラが言い返す。「そこには、フォグ・レイクの研究所の特殊なエネルギー生成装置があった場所で行われたいくつかの実験結果が記録されていた」

「その装置があった場所についての記述で、カタリーナとオリヴィアが十五年前にその場所を発見していたことに気づいたんだな」スレーターは言った。

「無駄な十五年だったわ」

「あなたはシアトルにいるオリヴィアとわたしを捕まえるために、クローンを送りこんだ」カタリーナは言った。

「そのクローンってのは、なんなんだよ?」ジャレッドが険しい口調で尋ねる。

カタリーナは彼を無視して続けた。「クローンはオリヴィアの誘拐には成功したけど、わたしのところへ来たときには、すでにスレーターがその場に駆けつけていた」

「たしかにこの計画で失敗する可能性のある部分が、実際にすべて失敗に終わってしまったみたいね」ナイラが言った。「でも、いまようやくあなたもオリヴィアも手に入った。あいにくオリヴィアのほうはたいして役に立たないけれど」

「薬を大量に打ちすぎたからじゃないの?」

「このあたりでは、前もって被験者に試しておくことがなかなか難しいのよ」ナイラが認めた。「仲間にちょっと多めに薬を打たせすぎたかもしれないわね。二日が経つけれど、オリヴィアはいまだに意識が朦朧《もうろう》として妄想で混乱しているわ。あなたを手に入れたからには、また同じような間違いを犯さなくてすみそうね」

「なぜわたしたちのどちらかが、あなたの研究所捜しを手伝わなければならないの?」カタリーナは尋ねた。「どうせ、あとで殺されるだけなのに」

「いいえ」ナイラは言った。「あなたたちには十五年前と同じ薬を与えるつもりよ。バージョン2・0をのんでもらうわ。ついに完成させたの。きっと今度は何も覚えていないはずよ」

ナイラが嘘をついているのは超常的能力レベルの直感を必要とせずともわかったが、カタリーナは黙っていた。空気がかすかに冷たくなった。スレーターがふたたび能力を高めたのだ。

一行は地下の川のカーブをまわった。人造のトンネルらしき場所の入り口から、人工の光がもれている。

「医務室だ」ジャレッドが言った。「ようやくだな」

ジャレッドはひどくほっとしているようだ。彼だけじゃないけれど、とカタリーナは内心で思った。

数秒後、ボートは古い木製の桟橋に静かにぶつかった。

最初にナイラがボートをおりて、ロープを操る。カタリーナは立ちあがり、慎重に桟橋へおりた。ジャレッドとトニーも続く。無事にボートからおりたふたりは、スレーターに立っておりてくるよう命じた。

ナイラに続いて通路を通り抜けたカタリーナは、大きな部屋を見て足を止めた。そこには、金属やガラス製のキャビネットや作業台がいくつも置かれていた。どれも、かつてエネルギー生成装置の制御室だった廃墟《はいきよ》にあった品々と同じくらい年季が入っていそうだ。ただし作業台に置かれた化学実験器具は、最新式の高性能のもののようだった。

部屋の片隅で、古めかしいストレッチャーに乗せられたひとりの人物が、薄っぺらい毛布の下にうずくまっていた。

「オリヴィア」カタリーナはそちらに駆け寄ろうとした。

「止まりなさい」ナイラが言った。「さもないと、オリヴィアにロイストンやイングラムに使ったのと同じ薬を投与してやるわよ」

カタリーナは立ち止まった。

突然、オリヴィアが体を起こした。「キャット、あなたも捕まるんじゃないかと心配してたわ。フォグ・レイクのマッドサイエンティストのお出ましね。長年ずっと、わたしたちはナイラをとてもいい人だと思いこんでいた。優れた直感を持つ人があふれている町なら、もっと早くに気づけたはずだと普通なら考えるだろうけど、誰も気づかなかったわ」

「黙りなさい」ナイラは命令した。

カタリーナはナイラに食ってかかった。「なぜこんなことができたの、ナイラ？　オリヴィアとわたしを子どものころから知ってるのに。わたしたちの両親のことも知ってるのに。あなたはヒーラーでしょう。どうしてこんなふうに友人を裏切ることができるの？　フォグ・レイクはあなたを迎え入れて、かくまってあげたじゃない」

「この町のやつらはただ、自分たちのことを頭がどうかしていると思わない人をとにかく必要としていただけでしょ。超常的能力から来る精神異常の治療方法を知っている人を。わたしが一匹狼《おおかみ》だったから、ここに住まわせても大丈夫だと思ったのよ。わたしは脅威にはならないと」

「そっちがどう考えたにしろ、フォグ・レイクはあなたの避難場所だった」カタリーナは言った。「これが町に対するあなたの恩返しのやり方なの？」

「黙りなさいと言ったでしょ」ナイラの声が甲高くなり、動揺していることがうかがえた。ナイラは気を取り直し、オリヴィアをにらみつけた。「驚くほど回復したみたいでよかったわ。ずいぶんと演技派の女優だこと。そこは認めるわ。だけどカタリーナを手に入れたからには、もはやあなたを生かしておく理由はない。もしこの状況を生き延びたいなら、言われたとおりにしなさい」

33

スレーターは静かに立ちつくし、部屋にあるさまざまな遺物の重々しい波動を感じ取っていた。コレクターの保管庫に入ったときや、グウェンドリン・スワンのアンティークショップの地下に行ったときと同じような感覚だ。しかし、この部屋にあるもののほうがどれもはるかに波動が強烈だ。その理由を突き止めようとした。

空気中に強いエネルギーがあるとしても、別に不思議はない。何しろこの医務室はフォグ・レイクの研究所の一部だったのだから。それにナイラは長年この部屋で、超常的な薬品を用いて実験を行っていた。つまりこの部屋にあるすべてのものが、周囲で放出されているエネルギーをたくさん浴びてきたわけだ。

だが、そうした表面のすぐ下に不安定なエネルギーが流れていた。スレーターの超常的感覚が反応する。まるで部屋に入って煙の臭いを嗅いだときに通常の感覚が反応するように。彼は能力をわずかに高め、不吉な波動を発している遺物を特定しようとあたりを見まわした。まもなくその発生源が、白い何かの粉が詰まったビニール製の包みの山だと気づく。ナイラが作った薬物だ。間違いない。

トニーが不安げにそわそわしている。

「ここの温度はあげられないのか?」彼はナイラにきいた。

ナイラが答えるより先に、スレーターは話しだした。

「誰にも気づかれずに、どうやってクローンたちをフォグ・レイクに出入りさせたのか教えてくれないか? もっとはっきり言えば、オリヴィアをどうやってここまで連れてきたんだ?」

ナイラがいらだった表情を向けた。「どうしてあなたたちはトニーとジャレッドをクローンと呼びつづけるの?」

「それはどうでもいい」スレーターは言った。「だが地元の人々の注意を引かずにどうやってこの研究室を稼働させて、このあたりに人を出入りさせられたのか、そっちにはとても興味がある」

ナイラの口元が冷たい微笑にねじ曲がった。「ここへ来るときに使った一部浸水した通路が、地下のかなり遠くまで続いているのよ。小さなボートなら通れるわ。出口は湖のはるか向こう岸にある別の洞窟に隠れている。そこには使われていない伐採道路がたくさんあって、最終的には山をおりる古い道路につながっているのよ」

「ずっとひっそりことを進めてきたのに誘拐事件を起こすなんて、どんな事情の変化があったんだ？」スレーターは尋ねた。「おそらく、オリヴィアとカタリーナを誘拐する危険を冒してもいいと思えるくらいの何かが起こったんだろう」

ナイラの顔が勝利の喜びに輝く。「わたしの才能に気づいた組織の代表から連絡があったのよ」

「〈ヴォルテックス〉か」スレーターは言った。

ナイラが言い返す。「あなたが何を言うつもりかはわかっているわ。〈ヴォルテックス〉はただの伝説だと、失われた研究所の話に結びついた神話だと言いたいんでしょう。だけど教えてあげる。〈ヴォルテックス〉はかつて現実に存在した。そしてまた現実になるのよ」

「でたらめだ。誰かにだまされてるんだ」

「違うわ！」ナイラが大声をあげる。

「誰かが連絡してきて、〈ヴォルテックス〉の代表を務める者だと主張したことは疑ってない。だが実際のところは、誰かがあらゆる危険を負わせるために、あんたを利用したがっているだけだ」

「わかっていないのね」ナイラは言った。「〈財団〉もそう。とはいえ、いまのところはそうであってもらわなきゃ困るけど。でも〈ヴォルテックス〉が灰からよみがえろうとしている、それが真実よ。そしてわたしは〈財団〉がやりたがらない最先端の超常現象研究を行う研究所の所長の職を持ちかけられたの」

「もし本当にそんな申し出を受けたのなら、なぜふたたび姿を消して、〈ヴォルテックス〉の施設内に研究所を設けなかった?」スレーターはきいた。

「〈ヴォルテックス〉の中枢部に入るには、代価を支払わなければならないのよ。わたしの場合、その代価がフォグ・レイクの複合研究施設というわけ」

「この部屋ひとつで〈ヴォルテックス〉への切符を買うには充分すぎると思えるが」スレーターは言った。「あんたが見つけたとき、この部屋の遺物の中にはお宝があったに違いないのに」

「残念ながらそれより前に、すでに別の誰かが見つけていたわ」ナイラはうんざりした様子で言った。「一番可能性があるのはレイダーたちね。もしくはフォグ・レイクの住民の誰かがここを発見して、ひそかに遺物を売り払ったのかもしれない。わたしが来たときには部屋はほとんど空っぽだった。残っていたのは、いくつかの作業台とビーカーだけ。でもここのおかげで、いちおうまともな研究所に必要な空間とプライバシーを確保できた」

スレーターはあたりを見まわした。「すると〈ヴォルテックス〉の者だと言ってきたやつらは、あんたを使ってフォグ・レイクの研究所を捜させてるんだな。あんたがすべての危険を負い、そいつらは陰に隠れたまま。結構なことだ。あんたも本当は気づいているんだろう？　やつらがほしがってるものを渡したら、即座に用なしだと見なされることに」

ナイラがトニーのほうを向いた。「アーガンブライトを始末しなさい」

「やっとかよ」トニーが銃を持ちあげた。

「やめて」カタリーナはナイラを見つめた。「だめよ、いますぐやめて。人を殺しつづけることはできないわ」

ナイラはトニーから注意をそらさなかった。「ここで撃つのはだめよ。桟橋で殺して死体を川に捨てるの」

「そうやって犯人にモリシーの始末を指示したわけだ」スレーターは言った。「同じ手を二回繰り返すのは間違いだ。パターンを示すことになる。パターンを特定することにかけては、〈財団〉のクリーナーはとてつもなく優秀だぞ」

「この男をここから出しなさい」ナイラが言う。

「だめよ」カタリーナは止めた。「お願い、あなたの望むとおりにするから。昔、エネルギー生成装置があった場所に案内するわ」

「何も殺す必要はないじゃない」オリヴィアが言った。「なぜ〈財団〉に調査を始めさせるリスクを冒すの？　カタリーナやわたしに使うつもりの薬を、彼にも投与すればいいでしょう」

「こんなことはしないで、ナイラ」カタリーナは頼んだ。

慈悲の懇願は本心からのものに聞こえたが、カタリーナの声は聞き覚えのある不気味な響きを帯びていた。スレーターは、彼女がヴィジョンを見ていることを示す取り憑かれたような表情に気づいた。カタリーナはスレーターの意図を察している。

「アーガンブライトを始末しろと言ったでしょ」ナイラがきつい口調で命じる。

「行くぞ」トニーは言った。

スレーターは動かない。

「動けと言ってるんだ」

トニーはスレーターの肩をつかんで向きを変えさせ、外の桟橋へと押していった。

体の接触により、能力をナイフのように使える機会がスレーターに巡ってきた。桟橋の端に着くと、彼はすべての力を解放してトニーのオーラを圧倒しつつ、すばやく激しい一撃を食らわせた。今度はスレーターが主導権を握る番だ。

トニーは激しく痙攣し、あえぎながらなんとか息を吸おうとした。だが彼の肺は突然の冷気でふさがれた。トニーが崩れ落ち、前方に倒れこむ。彼は一発撃ったが、それはただの反射運動にすぎず、弾は水の中に落ちた。残念ながら、トニーの銃も。まあいい、すべてが計画どおりに行くわけではない。どのみち最初から危なっかしいものだった。こうなったら出たとこ勝負だ。

スレーターは出口のそばの石壁に背中をつけた。そのうちトニーがなかなか戻ってこない理由を確認しに、誰かが外に出てくるはずだ。おそらく出口から顔を突きだしてくるのはジャレッドだろう。

いまやカタリーナとオリヴィアは叫び声をあげていた。その悲痛な声はまさに真に迫っていた。ふたりの怒りや絶望が研究施設の石壁にこだまする。

「黙って！」ナイラが怒鳴った。「ふたりとも黙りなさい。さもないと、次はオリヴィアの番よ」

ふたりは突然静かになった。

ようやくジャレッドが外で何かあったことに気づいた。出口に向かって叫ぶ。「トニー！　どうした？」

返事はなく、ジャレッドはすばやく神経を研ぎ澄ませた。

「何かがおかしい」ナイラに告げた。

「ボート」ナイラは動揺していた。「ボートに乗ったら逃げられてしまう。アーガンブライトを止めて」

ジャレッドはためらっていたが、やがて出口に向かってやみくもに何発か撃った。安全を確保できたと満足したらしく、出口から頭と銃を突きだしてその場を見渡す。

スレーターはジャレッドの銃を持つ手をつかみ、出口から彼を引きずりだした。ジャレッドがうなり声をあげながら、さらに数回引き金を引く。弾は桟橋の木の板に鈍い音をたてて食いこんだ。

研究施設の中から、ふたたび悲鳴があがった。今度はナイラだ。怒りとパニックと痛みにわめき散らしている。ガラスが砕け散る音がする。

「あなたたちは頭がどうかしているわ！」ナイラは金切り声で言った。「いったい何をしたの？」

さらなるアドレナリンが流れこみ、スレーターはエネルギーを得て、ジャレッドに氷の激流を送りこんだ。ジャレッドが桟橋でへたりこむ。恐怖と信じられない思いに顔をゆがめながら、スレーターを見あげた。

「おまえはいったいなんなんだ？」あえぎながら問う。

「失《う》せろ」スレーターは言った。

ジャレッドはくずおれ、意識を失った。

スレーターは銃をつかみ、中へ突進した。古い作業台の端にしがみついているナイラを目にして、立ち止まる。みるみるうちにナイラの手から力が抜け、彼女は膝をついた。口をぱくぱくさせ、白目をむいている。

「こんなはずじゃなかった」ナイラがつぶやいた。「こんな終わり方なんて」

彼女は床に倒れこみ、動かなくなった。

カタリーナがスレーターを見た。

「あなたからもらった自己使用注射器の使い道をやっと見つけたわ」

34

「〈財団〉がフォグ・レイクで不人気なのは承知している」スレーターは言った。

「まったくそのとおりだ」ユークリッド・オークスがぼそりと言った。「厄介以外の何物でもない」

同意の声がこみあった部屋じゅうに波紋のように広がった。レストランで行われた非公式な集まりとは異なり、これは正式な町の集会だ。会場は図書館。まだ早朝にもかかわらず、その場は人であふれていた。フォグ・レイクの住民全員が参加しているのがカタリーナにはわかった。町の未来が重大な局面を迎えていた。

カタリーナとオリヴィアは最前列に座っていた。全員の目は、部屋の前方に立つスレーターに向けられている。その近くに、町長としてユークリッドが立っていた。

「あなたたちの〈財団〉に対する評価は、ランコート一族が統括していたころに築かれたものだ」スレーターは続けた。「あのときは時代が違った。みなさんにお願いしたい。ヴィクター・アーガンブライトとその部下たちに、状況は変わったと証明する機会を与えてほしい」

その発言に、多くの者がせせら笑いや不信のささやきを返した。

「おいそれとはいかない人たちね」カタリーナはオリヴィアに声を潜めて言った。「小さな町だもの」オリヴィアも同じくらい声を潜めた。「簡単には変わらないわ。わたしたちが町を出た理由のひとつもそれじゃない。忘れた？」

人々を前にしてスレーターが話を続ける。「おじたちは姿勢や方針を現代に沿うものにすべく動いている。しかしブルーストーン計画の遺産は複雑だ。上層部には、過去を葬るために必要と思われることなら何をするのも厭《いと》わない者たちもいる」

四十がらみの細身で熱情家のジェイク・クラブトゥリーが立ちあがった。「なぜ真実が明るみに出るのを懸念する？　ブルーストーン計画にかかわっていた者たちは、みんな死んでるか、年を取りすぎて知ったこっちゃないかのどっちかだろ」

「計画を秘密にしておきたい連中が心配しているのは、恥じているからではない」スレーターが言った。「あなたの言うとおり、いまではかつて政府が超常現象の研究に大金を費やしていたことなんて誰もたいして気にしていない。あるいくつかの秘密機関には、超常現象を調査してきた長い歴史がある。そんなことは周知の事実だ。だがブルーストーン計画がほかとは違うのは、いくつかの結果を生みだしたということだ。この部屋にいる全員がその証拠だ」

「なんだと、おれたちのことを言ってるのか？　ぼくが言っているのは、ブルーストーン計画と遺伝的関連を持つ全員のことだ。そこにはわれわれアーガンブライト家も、ルーカス・パインの家系も含まれる。たしかにアーガンブライト家もパイン家もフォグ・レイクの出身ではない。ぼくの親戚の誰ひとりとして、洞窟で爆発事故があった夜にここにいた者はいない。だが、ぼくたちはプロジェクトとかかわりがある。ブルーストーンの別の施設で行われていた実験の影響を受けたんだ」

スレーターはジェイクに目をやった。「ぼくが言っているのは、フォグ・レイクの住民のことを？」

ユークリッドが目を細める。「きみはほかの研究所でも事故があったと言っているのか？」

「信じてほしい。〈財団〉はほかの研究所も同じく危険な研究に従事していたことを示す証拠をたくさん握っている」スレーターが言った。「実験の中には独断で行われていたものもあったし、重大な事故を引き起こしたものもあった。どのケースでも隠蔽が行われた。つまり、現在では影響を受けたすべての人を捜しだすための情報がない。ぼくが言いたいのは、あなたたちも〈財団〉も、いずれにせよ誰もがブルーストーン計画による影響に対処しなければならないということだ」

「続けてくれ」ユークリッドがうながした。いまや強い関心を見せている。

「あなたたちも承知のとおり、外の世界の人々の多くは、少しでも能力があると主張する者をエンターテイナーか詐欺師のどちらかだと決めつける。だが中には超常現象を真剣にとらえる人々もいて、彼らは危険な存在になりかねない。たとえばカタリーナの場合、シアトルで殺人事件の解決を手助けしたとメディアで報じられてから、ストーカーと対峙しなければならなくなった」

不安そうなささやきがひとしきり続いた。

「ブルーストーン計画の実験で影響を受けたほかの人々と同じようにフォグ・レイクの子孫のみなさんを守ること、それが〈財団〉に課せられた任務だ」スレーターはしばし間を置いた。「それから、悪いやつらを片づけることもわれわれの仕事だ。おじはよく言っている。超常的能力者を捕まえるには超常的能力者が必要だと」

短いもじゃもじゃの白髪頭にがっしりとした体格の女性がすばやく立ちあがった。

「〈財団〉のクリーナーなんて、要は民間のおまわりにすぎないじゃないか。あたしたちみたいな者を捕まえて、やつらが運営する精神病院とやらに閉じこめる権利が自分たちにあると思ってる」険しい口調で言い放った。

「まあまあ、タビサ。きみの言い分がどこから来たのかはわかっているよ」ユークリッドが声の調子をやわらげた。スレーターに向き直る。「タビサには、〈財団〉が運営する病院で治療を受けている息子がいるんだ」

「監禁されてる、だよ！」タビサが怒鳴った。「ある晩、あのいまいましいクリーナーどもがポートランドの息子のアパートメントに来て、あの子を連れ去ったんだ」

「〈財団〉のために言っておくが」ユークリッドが言った。「この話には、もう少しいろいろとあるんだ。タビサの息子は質の悪いデザイナードラッグに手を出した。それが脳に悪影響を及ぼして、オーラが不安定になったんだ。あいつは自分を傷つけるようになった。ほかの人たちも」

「なるほど」スレーターはタビサを見た。「あなたの息子さんはハルシオン・マナーにいるようだ。この国で毎日起こる薬物による被害と向きあっている母親はあなただけじゃない。失礼ながら尋ねるが、あなたは息子さんが刑務所送りになったほうがよかったのか？　刑務所ではなんの治療も受けられない。あるいはリハビリ施設に送られて専門家だと称する人々に、オーラが見えると言い張るから本当に頭がどうかしているのだと診断されたほうがよかったのか？」

タビサがはなをすすり、静かに泣きだした。シャツの裾で目をぬぐい、座席にぐったりともたれかかる。隣に座っていた人が彼女の肩をやさしく叩いた。

ユークリッドがうなずく。「続けてくれ、アーガンブライト」

「あと何点かだけ言わせてほしい」スレーターは言った。「まず、もしブルーストーン計画のせいでわれわれの身に起こったことを外の世界の人々に知られた場合、自分たちがどう扱われるのかと懸念するのは当然だ。だが同時にわれわれは自分たちのような超常的能力を持つ悪人から、外の世界の人々を守る責任もある」

「ああ、その議論ならみんなが聞いたよ」ユークリッドが言った。「通常の法執行機関では、たくさんの能力を持つ犯罪者に対応できる体制が充分に整っていない、自らの手で秩序を守らなければ誰がやるんだとかなんとか。ランコートは自分の邪魔になる者を排除したいとき、決まってその口実を使っていたよ」

「そのことはおじたちも知っている。おじたちはそういったシステムの悪用を防ぐために万全の策を講じている。ほかにも考えてもらいたい点があるんだ。フォグ・レイクの研究所にあった強いエネルギーを放つ遺物には大金になるものがある。みなさんもわかっているだろうが、研究所が見つかったいま、歯磨き粉をチューブに戻すことができないように、もはや後戻りはできない。多くの人の知るところとなったわけで、噂はたちまち遺物のマーケット全体に広まるだろう。フォグ・レイクへの道路を封鎖できたとしても、レイダーたちを止めるのは不可能だ。研究所の存在を嗅ぎつけられたら最後、この町には冷酷なやつらがうようよ集まってくる。中には高価な遺物をたったひとつ手に入れるために、人を殺すことさえ辞さない輩《やから》もいるだろう」

ユークリッドはサスペンダーを握りしめながら、体を揺らした。「つまりレイダーたちが研究所を捜しに来たとき、われわれで対処するより、〈財団〉がこの町に対策本部を立ちあげたほうがいいと言いたいわけだな」

「ぼくはそう思っている。だが、ここはあなたたちの町だ。あなたたちに決断してもらわなければならない。〈財団〉はできる限り人目を引かないように仕事をするよう努めると約束する。ただ、決断は早いほうがいい。フォグ・レイクは秘密を守ることに長けているが、それでもこの手の秘密を長く守りつづけられるコミュニティはない」

ユークリッドは低くうなり、聴衆に向き直った。「彼の言いたいことはみんな聞いたな。このへんでハーモニーに発言してもらう頃合いかと思う」

デスクの後ろでハーモニーが立ちあがった。図書館内は暖かいにもかかわらず、長い黒のマントを羽織り、ニーハイブーツを履いている。たてがみのような豊かな銀髪は、耳の後ろに梳《と》かしつけてある。期待と尊敬のこもった静寂が部屋に満ちた。

ハーモニーは数秒ほど黙ったままでいた。目に超然とした気配が宿る。それから何度かまばたきをし、小さくため息をついて人々を見まわした。

「すまない。なんの預言も授からなかった」

落胆の声があがる。

「だがわたしは図書館司書であり、この町の記録保管所を守る者だ」ハーモニーははっきりとした口調で続けた。「この地の歴史ならよく知っている。わたしの職業的かつ個人的意見を述べさせておくれ。間違いなく町に〈財団〉を招き入れたほうがいいとわたしは思っている。彼らをいつまでも締めだしていたら、自分たちで卑しいレイダーたちを相手にするはめになる。あの連中が危険なことを知らぬ者はいない。町にこの手の厄介事に対処できる自警団がいるわけでもない。〈財団〉なら安全を確保してくれるはずだ」

ハーモニーはデスクの後ろに腰をおろした。

ユークリッドが住民を見まわした。「よし、しばらく話しあってみてくれ。準備ができたら採決を行う」

すぐに会話が始まった。隣同士で向きあい、熱心な議論が始まる。

カタリーナとオリヴィアは立ちあがってスレーターのところへ行った。三人は黙って立ちつくした。自分たちが疲れ果てていることがカタリーナにはわかった。ナイラ・トレヴェリアンの研究施設での死闘のあと、三人はいまだ意識のない三つ子のうちのふたりとナイラをそこに置いたまま、ボートでフォグ・レイクに戻ってきた。

スレーターがユークリッドを起こし、次にユークリッドがボートと銃を所有している何人かをさらに起こした。彼らは浸水した洞窟へ引き返し、三つ子のふたりとナイラを連行した。現在、三人は図書館の地下で拘束されている。ユークリッドは古い固定電話システムを稼働させるためにチームを派遣した。ふたりの修理工からの報告によると、電話回線が切断されていたという。おそらくナイラとクローンたちの犯行だろう。問題は解消されたが、スレーターはすぐさまラスヴェガスに連絡を入れることはせず、町の人々が決断を下すのを待っていた。

しばらくして、人々が静かになった。ユークリッドは木の小槌《こづち》を手に取り、それをデスクに打ちつけた。

「採決の準備はいいか?」

同意のざわめきが部屋じゅうに広まった。

「〈財団〉にフォグ・レイクの研究所の始末を引き受けてもらうほうがよいと思う者は、〝賛成〟の発声を」ユークリッドが厳かに言った。

大きく賛成の声がわいた。

「反対の者は？」

不機嫌そうな反対の声がわずかにあがる。

「賛成多数により可決」ユークリッドが宣言した。「どうやらこの町にも、いくつか変化が起きそうだ」

しばらくして、ハーモニーが立ちあがった。ふたたび静寂が部屋に満ち、全員が彼女を見つめる。カタリーナは空気中のエネルギーが変化したのを感じた。

「われわれは正しい決断をした」ハーモニーが言った。声を張りあげているわけではなかったが、いまや彼女の言葉は大鐘の音と相まって図書館じゅうに響き渡っていた。「嵐が迫っている。過去と現在がぶつかるのだ。悪の渦がこの町とそれにかかわるすべての者たちを脅かすであろう。われわれは自ら身を守らねばならぬ。守るには味方が必要だ。〈財団〉にはその力がある」

部屋にいた全員が息をのんだ。

ハーモニーは何度かまばたきをし、それから腰をおろした。

「以上だ。わたしが授かった預言はこれだけだよ」

35

三台の大きなＳＵＶが音をたててフォグ・レイクへ入ってきたとき、カタリーナはオリヴィアやスレーターと〈レイクヴュー・カフェ〉のバーにいた。カタリーナとオリヴィアはワインを、スレーターはビールを飲んでいた。テーブル席や近くのバースツールには、ほかにも二十人ほどの客がいる。いまは夕方で、空にはまだ少し明るさが残っていたが、通りには霧が漂いはじめていた。

全員がドリンクを置いて振り返り、新しく来た一行に視線をやった。何人かは立ちあがり、もっとよく見ようと窓際へ移動している。

「誰が来たのかしら」カタリーナはワインをひと口飲んだ。「人目を引かない到着とは言えないわね」

「フォグ・レイクに来るのに、人目を引かない方法なんてないわよ」オリヴィアが言った。「川にかかる橋を渡ったとたん、町の住民の半分が気づくわ。残りの半分も、食料雑貨店の前を通り過ぎるころには気づいてるわよ」

外の大通りには、誰が来たのか確かめようと人々が家や小さな店から出てきていた。

SUVの一団が停車した。先頭車両のドアが開く。助手席側からヴィクター・アーガンブライトがおりてくるのが見え、カタリーナは危うくバースツールから落ちそうになった。

「見て。慈悲深いヴィクターが自ら出向いて、わたしたちの美しい町を称《たた》えることにしたのね」

オリヴィアがくすくす笑う。「さあ、お行儀よくね、キャット。巫女の言ったことを聞いたでしょう。これから何が現れるにしろ、それをなんとかしてもらうためには〈財団〉の力が必要なんだから」

スレーターがビールを置いて立ちあがった。「それにおじは興味津々に違いない。フォグ・レイクの研究所は〈財団〉のこれまでで一番重要な発見だからな」

カタリーナは鼻を鳴らした。「発見したのは〈財団〉じゃないわ。オリヴィアとわたしよ」

スレーターは頭を傾けた。「ぼくが間違ってたよ」

先頭のSUVの運転席から、ハンサムで洗練された外見の男性がおりてきた。

「あなたのおじさんの夫？」カタリーナは尋ねた。

「ルーカス・パインだ」スレーターが言った。「彼が今日おじと一緒にここに来てくれて、とにかくありがたい」

「どうして？」

「ルーカスは一家の渉外担当なんだ。すまないが、おじがついうっかり町の人たちを怒らせることを言ってしまわないように、ぼくが監督しておいたほうがよさそうだ」

カタリーナは手を振った。「がんばって」

スレーターはレストランから出て、おじたちに挨拶しに向かった。そこへユークリッド・オークスや町議会の議員たちが合流する。一同は前へ進みでて、ヴィクターとルーカスと対面した。

握手が始まると、オリヴィアは笑みを浮かべた。

「このフォグ・レイクと〈財団〉との新たな提携は本当にうまくいくかもね」

「過信してはだめよ」カタリーナは言いながら、スレーターとユークリッドがヴィクターとルーカスを図書館へと案内するのを眺めた。「敵の敵は味方というやつかもしれないもの」

オリヴィアが眉をあげる。「話が個人的なものになってる気がするのはなぜ？」

「なぜなら個人的な話だからよ」

スレーターたちが図書館の玄関の中へと消えていくのを、オリヴィアは見つめた。

「どう個人的なの？」

カタリーナは腕時計に目をやって計算した。「スレーターとわたしが出会って、まだ三日しか経っていないのよ」

「だから？」

カタリーナはワインを少し飲み、グラスを置いた。「ひどく濃密な三日間だった」

「あら、今回は本気ね」

「わからないわよ。三日なんてたいした時間じゃないもの。きっとスレーターは〈財団〉の本部に戻って、やさしいヴィクターおじさんから別の事件に派遣されるでしょうね。わたしのことも、ふたりで分かちあっている……分かちあったことも、全部忘れてしまうんだわ」

オリヴィアが考えこんだ表情になる。「個人的意見を言わせて。わたしはスレーター・アーガンブライトを知ってまだ一日も経ってないけれど、これだけは言える」

カタリーナは、絶えず消えるのを拒みつづけている小さな希望の火花を、なんとか抑えこもうとした。

「何？」

「スレーターはロジャー・ゴサードとは違う。自分の看板の邪魔になるという理由だけで恋人を捨てるような真似はしないわ」

カタリーナは気分がかすかに高揚するのを感じた。「ええ、スレーターはそんな真似はしない」

「あなたの話はここまで。わたしの話をするわよ。エマーソンは何が起こったのか知っているの？」

「一部はね。あなたが行方不明になったと気づいて、わたしは真っ先にエマーソンに電話をかけたわ。彼は心底腹を立てていたし、傷ついてもいた。それはそうよ。あなたにデートをすっぽかされたと思ってたんだもの。わたしは、あなたがいなくなって心配しているとエマーソンに伝えたわ」

「彼はなんて言ったの？」

「もしあなたを見つけたら、すぐに電話をかけてくれって」

オリヴィアが嘆息する。「言ったのはそれだけ？　見つけたら知らせろって？」

「すぐに、よ」カタリーナは強調した。

「つまり〈ラーク&ルクレア〉の玄関から突入してきて、わたしを捜す手伝いを自分にもさせろとは言ってこなかったわけね？」

カタリーナは咳払いをした。「エマーソンは訓練を積んだ調査員じゃないのよ、オリヴィア。実際、彼にできることはなかった。でも心配してたわ。本気でね」

「たいした心配じゃないわね」オリヴィアがグラスのワインをまわした。「もしあなたがいなくなったら、スレーター・アーガンブライトは見つけるまであなたを捜すでしょうね」

カタリーナの気分がさらに高揚した。もう一度、なんとか抑えこもうとする。「それはまあ、スレーターは訓練を積んだ調査員だから」

「そんなのは関係ないわ。わたしは直感が鋭いのよ、忘れた？　エマーソン・フェリスについては失望させられたかもしれない。でもだからといって、スレーター・アーガンブライトについてまで、どういう人なのか判断できないわけじゃないわ。スレーターがあなたを愛しているかどうかはわからないけど、彼のことは信頼できる。もしあなたがいなくなったら、あなたを捜して地獄までも行くはずよ」

カタリーナは落ち着こうと深呼吸をした。「ええ、彼ならそうするでしょうね」

36

「この小さな町は実におもしろいね」ルーカスが言った。見るからに興味津々の様子だ。「公共図書館の地下に危険な囚人を収容する町なんて、ほかに知らないよ」

「いままで留置場を作る必要がなかったのよ」カタリーナはルーカスに最高にまぶしい笑顔を送った。「〈財団〉の元職員と町の外から来たクローンたちが、この小さな事件を起こす前まではね」

彼らは〈レイクヴュー・カフェ〉のテーブル席に座っていた。オリヴィア、ヴィクター、スレーターも一緒だ。カタリーナとオリヴィアはワインをもう一杯注文した。男性三人はウイスキーを飲んでいる。ルーカスやヴィクターとともに来た〈財団〉のクリーナーのうちの何人かも、ほかのテーブル席で食事をとっている。残りのクリーナーたちは、三つ子のふたりとナイラ・トレヴェリアンを監視中だ。ヴィクターの話によると、三人は目を覚ましかけてはいるものの、いまだに意識がはっきりせず、頭が混乱しているらしい。三人の状態がどうあれ、明日の朝に霧が晴れ次第、彼らはすぐさまフォグ・レイクから連行されることになっている。

ヴィクターはカタリーナのささやかな皮肉に深く傷ついたようだ。「フォグ・レイクのいまの状況を招いたのが、〈財団〉の元職員であることは承知している。残念な結果で――」

「あたりまえじゃない、くそっ」カタリーナは言った。

スレーターはおじたちに和やかな笑顔を向けた。「いつもは、〝ああもう、くそっ〟と言うんだが。いずれにしても、こうした言いまわしは彼女がいらだっている証拠だと解釈すべきだろうな」

オリヴィアが眉をあげた。「いらだっているのはカタリーナだけじゃないわ。〈財団〉が元職員のすべての行動を把握していられないのは、わたしたちにもわかる。だけど常に抜かりないはずのクリーナーたちの注意を引かずに、ナイラ・トレヴェリアンが二十年も前からフォグ・レイクに身を置いてドラッグの密売で儲けてきたという事実はどう説明してもらえるの？」

ヴィクターは低くうなった。「わたしのクリーナーたちは、五年前まで存在すらしていなかった。それまではランコートの一派が取り仕切っていた。彼らはヨーク――

トレヴェリアンと呼んだほうがいいかもしれないが、彼女が夫と親友とともに研究所の火事で死んだ話を信じていた。こちらも質問させてもらうが、トレヴェリアンのようなドラッグの密売組織のボスが、超常的能力を授かった人々であふれている町の目と鼻の先で活動できていたという事実をどう説明する？」

「ドラッグの密売組織のボスとは、ちょっと言いすぎかもしれないな」ルーカスが口を挟んだ。

「この町の大半の住民がさまざまな超常エネルギーを察知できたりオーラが見えたりするからといって、心が読めるわけではないの」カタリーナは言った。「ナイラ・トレヴェリアンは単なる詐欺師じゃない。彼女はとてもすばらしい植物学者だった。町の大勢の人たちがナイラの治療の恩恵を受けてきたの。わたしたちの中にナイラを信じない理由がある人はいないわ」

「〈財団〉のほうが優れた実績をあげているとは言えなさそうね」オリヴィアが指摘する。

ヴィクターが鼻で笑った。「こんな言葉を知っているだろう。超常的能力者をだますには超常的能力者が必要だと」強調するように、いったん間を置く。「そして超常的能力者を捕まえるには超常的能力者が必要だ。だからこそ〈財団〉が存在しているんだ、ミズ・ラーク」

カタリーナは反論しようと口を開いた。スレーターがすかさず話題を変える。

「オリヴィア、きみの〈ヴォルテックス〉のメッセージを受け取ったよ」

「本当に？」オリヴィアはうなずいた。「よかった。それが何を意味するのかよくわからなかったのよ。薬のせいでまだ意識が朦朧としていたし。ただ、クローンのひとりが言っていた気がしたの。わたしが〈ヴォルテックス〉に入るための切符になると、ナイラが考えていると。あいつらはわたしがバスルームを使うのを許した。それで一か八《ばち》かで鏡にメッセージを残したの」

スレーターはヴィクターとルーカスのほうを向いた。「クローンといえば、やつらについて何がわかっている？」

ヴィクターが顔をしかめた。「クローン？」

「ちょっとした比喩よ」カタリーナは言った。「シアトルでオリヴィアが誘拐されるのを目撃した女性が、男たちをそう表現したの。双子だという意味合いで言ってるんだとわたしたちは思った。巫女がフォグ・レイクとかかわりのある女性から生まれた三つ子の記録を見つけてくれて、やっと真実を知ったのよ」

ヴィクターがウイスキーを置いた。長い沈黙が流れる。

「巫女とはいったいなんだ？」

「わたしたちは図書館司書をそう呼ぶの」オリヴィアが説明した。「このあたりの伝統よ」

「なるほど」ヴィクターは興味をそそられたようだが、それ以上の質問はしなかった。

「三つ子のことだが」スレーターがうながす。

「そうだったな」ヴィクターはふたたびウイスキーのグラスを持ちあげた。「姓はハーキンズという。シアトルで捕らえたひとりはディーク・ハーキンズだ。やつはようやく目を覚まして口を割りはじめた。いま判明している限りでは、三つ子は長年詐欺を働きながら遺物のマーケットで活動してきたようだ。その傍らで、かなりの量のドラッグ取引も行っていた。さらに護衛として雑用もこなしていた。用心棒だな」

「やつらに能力があるのは明らかだ」スレーターが言った。「少なくとも、超常的な遺物の波動を感じ取れるだけの力はある。遺物に満ちているエネルギーを察知できない者は、あのビジネスでは長続きしない。ハーキンズ兄弟もレベルは低いにしろオーラが読めると見てほぼ間違いない。おそらく同じ理由で、詐欺師やドラッグの売人としてもうまくやっていたんだろう」

「オーラが読めると、詐欺に引っかかったり薬物依存症になったりしやすそうな人物を見つけやすいというわけか」ルーカスは言った。

カタリーナはスレーターと目が合った。彼女にはふたりが同じことを考えているのがわかった。ハーキンズ兄弟がある程度の能力を持っていることを示す証拠は、まだほかにもある。オーラに及ぼすアイサーの力を、あの兄弟は瞬時に理解していた。

「疑問なのは、ナイラ・トレヴェリアンと三つ子がどうやってかかわるようになったかという点だ」スレーターが続ける。「彼女は二十年のあいだ、フォグ・レイクにほぼ閉じこもっていた。ごくたまにしか町を離れていない。どうやって三つ子と出会ったんだ？」

ルーカスはグラスの中のウイスキーをまわした。「いい質問だね。その点はまだ調査中だ」

オリヴィアはグラスを宙に浮かせたまま動きを止めた。「その方面の調査で役に立てるかもしれないわ。でも先に言っておくけど、薬のせいで記憶は曖昧だから」

「続けてくれ」ルーカスが言った。

「あるとき、三つ子のひとりがナイラに言っているのを聞いたの。〝あの女を取り逃がした。心配しないでくれ、捕まえるから〟と」

「間違いなくわたしのことね」カタリーナは言った。

「ええ」オリヴィアがヴィクターとルーカスを見た。「そのあと、ナイラがひどく取り乱したの。三つ子に向かって叫んだわ。〝わたしは家族の秘密を守ろうとしているのに、その仕打ちがこれなの！〟と」

ヴィクターとルーカスが目を見交わす。

「そうか」ルーカスが静かに言った。「これは興味深くないかい？　ナイラ・トレヴェリアン、もとい、アルマ・ヨークに家族がいた記録はない。もちろん近親者がいた記録も」

ヴィクターは椅子に深く沈みこんだ。「それは実際にいないということを意味しない。われわれの家系記録は不充分だ」

「その理由なら、みんなよくわかっているでしょう」カタリーナは最大限に礼儀正しい口調で言った。「フォグ・レイクの誰ひとりとして、〈財団〉のファイルに記録されたくなんかないもの」

スレーターが咳払いをする。「その話はまた別の機会に取っておこう」

オリヴィアの目が愉快そうに輝いた。「そうね、今夜の陽気な気分が台なしになってしまうもの。個人的には、カタリーナが〈財団〉の理事長に嚙みつくのを見てるほうが楽しいけど」

スレーターが考え深げにうなずいた。「たしかにエンターテインメントとしての価値はあるな」

ヴィクターがスレーターをにらんだ。すかさずルーカスが割って入る。

「現状でのいい知らせといえば、トレヴェリアンと三つ子《トリプレッツ》たちだが――」

「なんだかロックバンド名みたい」オリヴィアが口を挟む。

ルーカスは彼女を無視した。「尋問が終わり次第、彼らを通常の法執行機関に引き渡すことができそうだ。誘拐、ドラッグ取引、殺人未遂、殺人共謀の証拠は充分すぎるほどそろっているから、しばらくは刑務所にぶちこめるだろう。残念ながら、ロイストンとイングラムを殺したことを証明するのは難しそうだが」

「オリヴィアとわたしは証言しなければならないわね」カタリーナは言った。「インチキ超能力に関するさらなるメディアの取材……まったく、望むところだわ」

「今回、それはない」ヴィクターが言った。「裁判にはまずならないだろう。トレヴェリアンもクローンたちも自供するはずだ。わたしを信じてほしい」

「ふうん」カタリーナはラザニアをひと口食べた。「どうしてそんなに確信を持っているの？」

ヴィクターが残忍そうな笑みを浮かべる。「もし自供しなければ正気じゃないと宣告されることを、はっきりわからせてやるからだ。宣告されれば、ハルシオン・マナー行きになってしまう」

オリヴィアが考えこんだ表情になる。「精神病院に入るほうを選ぶかもしれないわ」

「その可能性もあるが、ぼくはまずないと見ている」ルーカスは言った。「ハルシオン・マナーでは、彼らが何者でどう扱うべきかを正確に把握した者たちに監視されることになる。それだったら、通常の刑事司法制度のほうを取るんじゃないかな。それにハルシオン・マナーはすでに、非常に危険な超常的な精神障害を持つ人々のことで問題が山積みだ。われわれの限られた施設を月並みな犯罪者連中の相手で手いっぱいにしたくはない。とはいえ〈財団〉では詳細なファイルを作成して、彼らの追跡調査を行うつもりだ」

「フォグ・レイクの研究所の発見が重大事なのはわかるが」スレーターが言った。「それにしても、今日の午後にふたりしてチームに同行してきたのは驚きだな」

「職業上の礼儀だよ」ルーカスは説明した。「ぼくたちはこの町に敬意を示したかった。協力に感謝していると、みなさんに伝えてほしい」

「この考え抜かれた策がうまくいくかどうかはわからんがな」ヴィクターがぼやきながら、人のまばらなレストランを見まわした。「実際のところ、友好的な人たちではないだろう？」

カタリーナはほほえんだ。「心配しないで、ヴィクター。あなたを知るようになればみんなも好意的になって、あなたが本当はとてもすばらしい人だと気づくわ」

37

オリヴィアがようやく眠りについたと確認してから、カタリーナはベッドを出た。ふたりは主寝室の大きなベッドを一緒に使っていた。カタリーナがシーツを交換しようと言い張ると、オリヴィアは興味津々という顔をしたものの、そのかなりあからさまな言外の意味については何も言ってこなかった。一方のスレーターは、カタリーナの昔の寝室の狭いベッドに追いやられた。

〈財団〉のほとんどのメンバーは寝袋を持参していたので、図書館内に仮の宿泊スペースを提供された。ユークリッドの話では、朝になったら、ほとんど使われていない古い小屋を町議会が開放するつもりだという。

ヴィクターとルーカスについては、自分の両親の家で寝袋を広げさせるのを許すほかないのかと、一瞬カタリーナはとてつもなく不安になった。だが幸いにもユークリッドが、〈財団〉の理事長とその夫は礼儀として町長夫妻がもてなすべきだと言ってくれたため、助かった。

カタリーナはガウンを羽織り、素足にスリッパを履いてから、ふと立ち止まってオリヴィアにかかっている上掛けの位置を直した。

「わたしは寝てるわよ」オリヴィアが小声で言った。「もう行って。スレーターならリビングルームにいるわ」

「あなたは超常的能力者か何か？」

「その何かよ」

「少しは寝てね、オリヴィア」

オリヴィアはカタリーナの手を握りしめた。「そうするわ」

カタリーナはドアを出て、短い廊下を進んだ。スレーターが窓際に立ち、光を放つ霧を眺めている。

「眠れないのか？」彼はやさしく尋ねた。

「ええ、まだ」カタリーナはリビングルームを横切り、スレーターの隣で足を止めた。近いけれど、触れないほどの距離だ。「今夜は眠れそう？」

「きっと眠れる。ようやくだ」

スレーターが彼女の手へと手を伸ばす。カタリーナは自分の手を預けた。ふたりは静かにその場にたたずんでいた。

「これで終わったと思う？」しばらくしてから、カタリーナは尋ねた。

「ほとんどは。十五年前にきみとオリヴィアが目撃した殺人事件の犯人がまだ判明していない」

「あれは三つ子の誰かではなかったわ。絶対に違う。やつらはモリシーを殺した男とは似ても似つかないもの。なんにしても、三つ子では若すぎる。犯人は当時二十代半ばくらいだったわ」

「ぼくたちはすでに手がかりを多くつかんでいる。いずれ犯人を突き止められるだろう。おじとルーカスの言うとおり、トレヴェリアンやクローンたちはきっと口を割る。あとは時間の問題だ」

「普通に戻れたらいいわね」

スレーターが面と向きあうようにカタリーナを振り向かせ、両手を彼女のウエストにまわした。

「きみの〝普通〟の定義はなんだ？」スレーターは言った。「ある友人が知りたがっているんだが」

カタリーナは彼の肩をつかんだ。「わからないわ。とりあえず施設に閉じこめられない限りは普通の側にいるということだと、オリヴィアとわたしは考えていた」

「その定義について知りたがっている友人だが、彼はしばらく閉じこめられていた。施設ではなく屋根裏部屋だったが、想像がつくだろう。ほとんど同じようなものだ」

「でも、いまその彼は外に出ているわ」

「それでも普通とはほど遠い。彼は決して普通にはなれない」

「教えて。なぜあなたの友だちは答えを気にするの?」

スレーターが両手でカタリーナの顔を包みこんだ。「そいつはある人に普通の未来を誓えるようになりたいと切に願っている。だが、そうできないのが自分でもわかっているんだ」

「そのある人自身も普通とはちょっと違うなら、そんな誓いは気にしないんじゃないかしら」

「本当か?」

「ええ、絶対に気にしない」

スレーターはカタリーナをそばへ引き寄せた。「ぼくたちの未来の可能性について話すにはまだ早すぎることはわかってる。だが、どうしても伝えたいんだ。通りでぶつかったときから、ずっとそのことを考えている。考えずにはいられない。未来をともにすることを誓ってほしいわけじゃない。いまはまだ。だがもしぼくに時間をくれるなら、ふたりの未来について真剣だということを全力で示してみせる」

カタリーナはスレーターの肩から手を離し、彼の首に巻きつけた。

「どのくらいの時間が必要だと思う？」

ふたりのまわりで、エネルギーが少しずつ存在感を増していく。

「どれだけかかろうが」スレーターが答えた。「きみに夢中だ、カタリーナ。愛している」

カタリーナは指先で彼の口角をなぞった。

「わたしは花火があがるものだと思っていたの。興奮と熱と閃光《せんこう》のようなエネルギーでいっぱいの」

スレーターはじっと動かなくなった。彼のオーラがかすかに強さを増す。暗闇なのでスレーターの目の表情を読むことはできないが、よくない知らせを聞く覚悟を固めているのが感じ取れた。

「その花火はいつあがると思っていたんだ？」

「自分が探し求めていた人に、愛せる人に巡りあえたときに。空中に稲妻が走るとも思ってたわ」

「つまり、ぼくとは恋に落ちなかったと言っているのか？」

「いいえ、わたしが言っているのは、あなたを愛しているということよ」

「でも、花火はなし？　稲妻も？」

カタリーナはほほえんだ。「いやね、花火も稲妻もいっぱいよ。でも、それよりもっと驚くべきものを感じているの。わたしが感じているのは、たしかな感覚。これで正しいのだという思い。地に足がついているのと同時に、空だって飛べそうな心地よ」

スレーターがカタリーナの髪に指を差し入れた。「ぼくが感じているのも、まさにそれだ。これで正しいという感覚だよ」

「みんなが早すぎると言うでしょうね。ここ数日で一緒にさまざまな劇的な状況を乗り越えたせいで、激しく燃えあがっているんだと」

「誰がそんなことを言うんだ？」

「わたしたちの家族が。オリヴィアも」

「いいえ、わたしは違うわ」ドアのところからオリヴィアが言った。「あなたたちは最高にお似合いだと思う。〈ラーク&ルクレア〉のスタッフ代表として、心からお祝いを言うわ。さあ、そういうのは寝室でやってもらえない？　少しは眠りたいの」

スレーターが声をあげて笑った。体のどこか奥深くから発せられたかのような、突然の大きな笑い声だ。カタリーナは驚き、それから不思議な感覚に襲われた。彼が声に出して笑うのを聞いたのはこれが初めてだと気づいた。互いに知ることが本当にたくさんある。この数日の劇的な展開はほぼ終わりを迎えたが、ふたりの冒険はまだ始まったばかりだ。

オリヴィアはカタリーナにほほえみかけ、廊下を戻って姿を消した。

スレーターはカタリーナを抱きかかえ、彼女の昔の寝室へと運んでいった。

「大事な部分の決着はついた。ここからは花火と稲妻の部分を見物しようじゃないか」

カタリーナは彼の首に両腕をまわした。「それはとてもいい考えね」

スレーターは部屋へ入り、カタリーナがドアを閉めて鍵をかけ終わるまで立ったまま待った。それから彼女をおろし、ベッドの横まで連れていってフランネルのパジャマを脱がせた。

彼は花火があがるほど激しくカタリーナにキスをした。次の瞬間、稲妻が光る。カタリーナの体の中に、欲望に飢えてちりちりするような緊張が生まれる。

カタリーナはスレーターのむきだしの胸にてのひらを押しあてた。その手をズボンのウエストバンドまでさげていき、ベルトを外す。かすかに指が震えたが、夜の寒さのせいではない。スレーターのこわばった下腹部に注意しながら、慎重にファスナーをさげる。

彼がポケットから包みを取りだして破って開け、避妊具をつけた。準備が整うと、スレーターはカタリーナを持ちあげた。女性としての高ぶりが全身に押し寄せる。カタリーナはスレーターの腰に両脚を巻きつけ、そっと彼の耳たぶを噛んだ。

スレーターが低くうなり、首筋にキスをしてくる。カタリーナはめくるめく興奮にまぶたを閉じた。彼が移動するのを感じ、ベッドにおろされるのかと思った。だが突如として背中が壁にあたる。スレーターはカタリーナを支えつつ、彼女の両腿の裏側をつかんでわが身を突き入れた。ゆっくりと容赦なく、完全に貫く。カタリーナは両脚をスレーターの腰に巻きつけたまま、彼の肩の筋肉に爪を食いこませた。

スレーターがかすかに体を引く。カタリーナは抗議の声をあげて彼にしがみついた。それに応じるようにスレーターがゆっくりと戻ってきて、もう一度深く貫く。カタリーナは欲する場所になんとか彼をとどめようとした。けれどもスレーターはふたたび体を引いた。

カタリーナはくぐもったうめき声をあげて訴えた。指先が鉤爪《かぎづめ》のように曲がる。いまやカタリーナはあえぎながらリズムや深さをコントロールしようと躍起になっていたが、スレーターは主導権を譲らなかった。彼は何度もカタリーナに突き入れてはそっと体を引いた。

カタリーナはあまりに体がこわばって締めつけられ、解放されたくてしびれを切らしはじめた。

「もうっ」

そのとき、スレーターが彼女の右の腿を放した。カタリーナは壁に押しつけられたまま、相変わらず両脚を彼に絡めていた。その脚のあいだにスレーターが手を伸ばし、刺激を受けて硬くふくらんだ神経終末を探りあててやさしく愛撫する。

これ以上は無理だ。激しすぎる。カタリーナは押し殺した声をあげて砕け散った。クライマックスが深く荒々しい波となって全身に押し寄せる。息ができない。

最後にもう一度スレーターが突き入れる。そして激しさと歓《よろこ》びに満ちたクライマックスが彼を貫いた。

情熱が静まっていくと、スレーターはどうにかカタリーナをベッドへ連れていった。濡れた体を絡めながら、ふたり一緒にくずおれた。

「こんなことを続けていたら」しばらくして、スレーターが言った。「本当にベッドに火をつけてしまいそうだ」

カタリーナはほほえんだ。「花火と稲妻でね」


寝室のドアをノックする大きな音で、カタリーナは目を覚ました。まぶたを開けると、日の光に染まった霧が見え、つい先ほど朝が訪れたことを物語っていた。スレーターと自分が狭いベッドにどうおさまるかという問題は、夜のあいだに解決していたようだ。ふたりは横向きになり、スレーターがカタリーナの背中に覆いかぶさる体勢で眠っていた。カタリーナはいまだスレーターのぬくもりに包まれていた。彼の腕が腰の上に垂れかかっている。反応しはじめているスレーターの下腹部に、カタリーナは腿のあいだを押されるのを感じた。

「お邪魔して悪いけど」ドアの向こうからオリヴィアが言った。「ヴィクター・アーガンブライトが来てるの。ナイラ・トレヴェリアンに関して知らせたいことがあるそうよ。ああ、もしよかったらコーヒーを用意しておくけど」

「コーヒーはうれしいね」スレーターはカタリーナの耳元にささやきながら、彼女の腰を撫でた。「だが、その前にするべきもっといいことを思いつけるな」

「だめよ」カタリーナは起きあがってガウンに手を伸ばした。「オリヴィアの言ったことを聞いたでしょう。あなたのおじさんが知らせたいことがあるって」

「ずいぶんと間が悪いな」スレーターが言った。

「そのとおりだと思うわ」

スレーターはベッドから出て、ズボンとTシャツを身につけた。「きみは急がなくていい。おじがぼくたちを起こさなければならないと思うほどの重要な知らせとやらを、ぼくが確認してくる」

彼が廊下へ出ていったあと、カタリーナは数分かけてフランネルのシャツとジーンズを身につけた。髪をブラシで梳かしてから急いで寝室を出ると、オリヴィア、スレーター、ヴィクターがキッチンに集まっていた。オリヴィアがふたりにコーヒーを注いでいる。男性ふたりは険しい表情をしていた。

「どうしたの？」カタリーナはきいた。「何があったの？」

「ナイラ・トレヴェリアンが死んだ」ヴィクターが言った。

カタリーナは驚いてスレーターのほうを向いた。「あの自己使用注射器の鎮静剤で？　わたしのせいなの？」

「いや」ヴィクターが言った。「鎮静剤のせいではない。数時間前には目を覚ましていたから、たしかだ。トレヴェリアンは胸に痛みがあるから薬がほしいと言った。図たそうだな」

書館司書の話では、トレヴェリアンに心臓の持病があったことは町の誰もが知ってい

「ええ」カタリーナは言った。

「トレヴェリアンのバックパックに処方薬の瓶があった。わたしは一回分をのませてやった。すると彼女は倒れこみ、まもなく死亡した」

「ナイラの心臓には作戦失敗のショックが大きすぎたのかしら」カタリーナは言った。

「そうかもしれない。だが、わたしは検死解剖を依頼するつもりだ。本部に戻り次第、処方薬の分析もさせる」

スレーターが事情をつかめたという顔になる。「誰かがトレヴェリアンを殺したと思っているんだな？」

「ああ」ヴィクターは答えた。「トレヴェリアンの作戦が成功していようがいまいが、今回の件を終えて生き残れたとは思えない」

「でも、なぜ殺すの？」カタリーナは尋ねた。

「明らかに彼女は知りすぎていた」ヴィクターが言った。「われわれがいますべきは、いったいトレヴェリアンが何を知っていたのかを突き止めることだ」

38

フォグ・レイクの作戦はさんざんな結果に終わった。完全なる失敗だ。

携帯電話をポケットにしまうとき、トレイ・ダンソンの指はかすかに震えていた。感覚がかき乱されるのは怒りのせいなのか、それともパニックを起こしかけているせいなのか、自分でもわからなかった。おそらくその両方に違いない。

情報が間違っているのかもしれないと期待したが無駄だった。先ほどメッセージを送ってきた〈ヴォルテックス〉の工作員に、今回の計画からは何も得られなかったとはっきり告げられた。失われた研究所が発見されたのはよかったが、どういうわけか〈財団〉が先にそこへ駆けつけ、いまでは完全に管理下に置いているという。〈ヴォルテックス〉の工作員の態度はあからさまだった。ダンソンが加入する話は白紙に返った。向こうがこの先ふたたび連絡してくることはないだろう。二度目のチャンスなどない。

ダンソンはデスクの椅子から腰をあげ、窓際にたたずんだ。街の中心部に立つ光り輝く高層ビルの四十階にあるオフィスからは、エリオット湾上で嵐が発生しているのが見えた。じきに街に到達するだろう。

彼は感覚を高め、最優先すべき事項、つまり自分の身の安全について考えようとした。〈ヴォルテックス〉がダンソンに何か仕掛けてくるとはまず思えなかった。あの組織には危険を冒してまで自分を殺害する理由はない。工作員は陰に潜んだままでいることにかけては抜かりがなかった。もし今日の午後に〈財団〉がダンソンの家の玄関先に現れ、自白剤をたっぷり投与したとしても、自分から〈ヴォルテックス〉に関する有益な情報を得ることは不可能だ。携帯電話からも何も出てくることはないとダンソンは確信していた。なぜなら自身も〈ヴォルテックス〉の通信を追跡しようと試みたことがあるからだ。メッセージは一般にはアクセスできないダークネットが提供する匿名のダミーアドレスを使って発信されていた。

〈ヴォルテックス〉には捨てられたが、やつらを恐れる必要はない。

残るは〈財団〉だ。〈ヴォルテックス〉の情報源によれば、ハーキンズの三つ子全員とナイラ・トレヴェリアンがクリーナーたちに捕まった。三つ子たちは問題ではない。わずかな能力しか持たない、雇われ用心棒でしかないのだから。やつらはダンソン家の遠い親戚だった。ナイラ・トレヴェリアンことアルマ・ヨークに三つ子を紹介したのは、薬物を売ったり強いエネルギーを持つ遺物を追跡したりするのに必要な能力を備えていたからだ。三つ子たちはトレヴェリアンのために働いていたのであって、ダンソンについては何も知らない。

むろん、ヨークはダンソンのすべてを知っていた。だが、あいつは死んだ。計画がどういう結果になったにしろ、ヨークが生き残ることは決して許されなかった。調べは万全だった。最後に彼女の処方薬を手にしたとき、ダンソンは瓶の中の錠剤を別のものにすり替えておいた。ヨークのような心疾患のある者を確実に死に至らしめるものに。

心の中で、ダンソンはチェックリストを確認していった。ヨークはもはや問題ではなくなった。三つ子は特に何も知らず、脅威となることはない。考えられる限り、いまトラブルの原因になりうる可能性があるのはふたりだけだ。ことの初めからずっと厄介だった、あのふたり。

あと少し。あとほんの少しだったのに。これだけの危険を冒してきて、すべてが徒労に終わった。カタリーナ・ラークとオリヴィア・ルクレアのせいで。

賢明な者ならここで立ち去るところだろう。損失を切り捨て、シアトルを出るのだ。

金なら海外の銀行に隠し持っている。ダンソンは今夜のうちに街を出て、姿を消すことが可能だ。フォグ・レイクでの惨事と彼を結びつけるものは何もない。

それなのに、すべての失敗について考えれば考えるほど、怒りの炎が熱く燃えあがった。誰かが代償を支払わなければならない。

ダンソンはカタリーナ・ラークから始めることにした。

39

カタリーナはヴィクトリア朝様式の古い邸宅前の私道へと車を進め、年季の入ったキャデラックの後ろに止めた。

今朝、ベアトリス・ロスが〈ラーク&ルクレア〉に電話をかけてきて、犯行現場に違いないと思われる場所をカタリーナに調べてほしいと頼みこんできた。ベアトリスの説明では、甥が遺産を手に入れるために自分を殺そうと企んでいるのではないかと疑っているため、遺言書を書き換えるつもりなのだという。

「いまとなってはわかるの。甥がわたしの姉を殺したのよ」ベアトリスは震える声で言った。「次はわたしの番かもしれないわ」

姉の死は自然要因によるものとされた。生涯を通して喫煙者だったその女性は、肺疾患をはじめとするさまざまな病気に苦しんでいた。数週間前のある朝、ベアトリスはキッチンの床に倒れている遺体を発見した。殺人を疑う明白な理由はどこにもなかった。だが人々が〈ラーク&ルクレア〉に助けを求める気になるのは、往々にしてこういった案件だ。

カタリーナはバッグをつかみ、運転席からおりた。バッグのストラップを肩にかけ、石畳の小道に沿って色褪《あ》せた邸宅の玄関へと歩いていった。

玄関のベルを押し、広々とした庭を見渡しながら応答を待った。邸宅はワシントン湖畔の高級住宅街に位置する広大な土地に立っている。湖とシアトルの中心部を望むため、資産価値は非常に高い。ベアトリス・ロスはかつて大物女優だった。長年かけて堅実な投資を続け、いまは静かな暮らしを送っている。

廊下で足音が響いた。まもなく玄関が開き、優美な細身の女性が顔をのぞかせた。ベアトリスは八十代前半になっていた。若かりしころに美しい女性だったことは明白だ。青い瞳が知性と隠しきれない興奮に輝いている。

ベアトリスは高価なニットのパンツスーツに身を包んでいた。ジャケットにはしゃれた金のボタンがちりばめられている。耳元と首元を飾るダイヤモンドはどうやら本物のようだ。ほっそりとした両手首には金のブレスレットが重ねづけされ、複数の指にいくつもの指輪がはめられていた。

彼女がこの顔合わせのためにわざわざ着飾ったのは一目瞭然だ。ベアトリスはカタリーナに輝く笑顔を見せた。

「あなたが超常的能力を授かった人ね。わたしがベアトリス・ロスよ」

「〈ラーク&ルクレア〉のカタリーナ・ラークです。お会いできて光栄です」

「お待ちしていたのよ。どうぞお入りになって。リビングルームに行って、お茶を飲みながら問題について説明しましょう。こっちよ、お嬢さん」

ベアトリスは濃い影の落ちるリビングルームへと案内した。カタリーナは感覚を高めながらついていった。古い家というのは正確に読み取るのが一番難しい場所だ。この家には何十年にもわたって、感情のエネルギーが床や壁や天井にしみこんでいる。重々しい波動に感覚が混乱しているのかもしれない。原因はわからないが、カタリーナは誰かに自分の墓の上を歩かれたかのような突然の悪寒を感じた。この家の何かがおかしいと訴えてくる。

明かりがないことにも不安をかきたてられた。廊下には壁つきの燭台《しょくだい》が、リビングルームにはランプがあったが、どれもつけられていない。ブラインドは開いていたものの、曇り空も相まって、外の木々が日光の大半をさえぎってしまっていた。

「コートを脱いだらどう?　お嬢さん」ベアトリスが言った。「いまにもドアから飛びだそうとしているみたいだわ」

「少し寒くて」カタリーナは答えた。「差し支えなければ、コートを着たままでもかまいませんか」

「好きにしていただいて結構よ。どうぞおかけになって」ベアトリスはクリーム色のソファを示した。「すでにわたしの弁護士が来ているの。書斎で待ってくれているわ。あなたの調査で姉が殺されたというわたしの考えが立証されたら、すぐに遺言書を書き換えるつもりなの」

「そうですか」

ドアのところに男が現れた。

「おいでになりましたか、ミズ・ラーク。時間ぴったりだ」

カタリーナはすばやく振り向いて彼を見た。

男のオーラから、怒りのエネルギーが放出されている。

瞬時にカタリーナは男が誰だか悟った。十五年分の年を取り、頭はもはや剃りあげていなかったが、彼女にはわかった。いま自分が見ているのは、ジョン・モリシーを殺した男だと。今日はトレッキングをするような格好ではなく、代わりにカタリーナと同様のスタイリッシュなトレンチコートを着ている。コートの下は、体にぴったり合うズボンと黒のプルオーバーといういでたちだ。右手はトレンチコートの大きなポケットにさりげなく入れられている。

「そこにいたの、トレイ」ベアトリスが言った。「ミズ・ラーク、わたしの弁護士を紹介するわね。トレイ・ダンソンよ」

「弁護士の方が今日お見えになるとは知りませんでした」カタリーナは時間を稼ごうとして言った。

「大変な金額が絡んでいますのでね」ダンソンが言った。「ミズ・ロスは裕福な女性です。彼女が遺言を変えるとなると、大きな影響が出るでしょうから」

「そうですね」

「書斎へ行きましょう」ダンソンがうながす。「ベアトリス、わたしからミズ・ラークに状況を説明するあいだ、こちらで待っていてください。数分で戻ります」

「わかったわ。長くならないようにね。ミズ・ラークへの報酬は時間制なの。あなたと同じでね。時間を無駄にしたくないわ」

「長くはかかりませんよ、ベアトリス」ダンソンは言った。

カタリーナはゆっくりと歩いて廊下へ出た。

「書斎は右側です」ダンソンが言う。ふたりがリビングルームから二歩離れ、ベアトリスの視界から外れると、彼はふたたび話しはじめた。「わたしが誰だかわかっているんだろう？　そうなるんじゃないかと心配はしていたが」

カタリーナは肩越しに振り返った。ダンソンはポケットから右手を出していた。銃を手にしている。

カタリーナの脳裏にぼんやりとヴィジョンが浮かびあがった。もしほかに選択肢がないと考えた場合、この男は銃を使うかもしれない。けれどももっと狡猾《こうかつ》な方法を好むだろう。致死性の薬が入った注射器を。間違いない。

「ひとつ教えてほしいことがあるの」カタリーナは言った。

「ひとつだけでいいのか？」

「どうして十五年のあいだ、オリヴィアとわたしに何もしなかったの？　わたしたちがシアトルにいたのは知っていたでしょうに」

「危険を冒す必要はないと思っていたからだ。ナイラは洞窟から脱出したきみたちに何日かハーブティーを与えることで、記憶を混乱させられると確信していた。たとえ断片的に思いだしたとしても、きみたちにわたしを特定するすべはない。当時、わたしはカリフォルニアに住んでいた。シアトルに来たのはほんの三年前だ。互いの道が交わることは決してないと思えた」

「わたしたちを殺そうとしなかった理由はそれだけじゃないわよね？　あなたとナイ

ラは〈財団〉の注意を引くのを恐れていた」

「ナイラは怯えていたよ。きみとオリヴィアに何かあったら、ふたりの両親が〈財団〉に助けを求めるんじゃないかと。十五年前はランコートのやつらを不安視していた。そのあとはヴィクター・アーガンブライトをさらに警戒するようになった」

「ナイラは自分の違法薬物のビジネスを守りたかったのね」

「かわいそうなナイラ、いつの日か〈財団〉のやつらが家の玄関に来て、ハルシオン・マナーに連れていかれるとびくびくしながら暮らしていた」ダンソンは言った。

「いつも言っていたよ。閉じこめられるくらいなら死んだほうがましだと。だがいざそのときになったら、本当に自ら死を選ぶかどうかわからなかったんでね。だから望みどおりの結末を確実に迎えられるように、わたしが手を貸してやった」

「あなたがナイラの処方薬の瓶に致死性の薬物を入れたのね」

「いつの日かあいつが邪魔になるだろうと思っていたから、特殊な薬の瓶を常に持ち歩いていた。オリヴィア・ルクレアをナイラのもとに送り届けたとき、ナイラが常用している錠剤を心疾患のある者には致命的な薬と入れ替えた。本音を言えば、あんなに早く薬をのむとはね。だが、うまくいった」

「あなたは自分の家族を毒殺したの？」

「半分しか血はつながっていない。近しい仲ではなかった」

「なんとなく見えてきたわ。イングラムとロイストンを殺したコレクターというのは、あなたたね？」

「ふたりとも、新しく手に入れたコレクションの真価を理解できる者に、自分の保管庫に加わったばかりの品を見せびらかしたくてうずうずしていたよ」

「イングラムの保管庫では、あなたのほしいものは見つからなかった。だけどロイストンの保管庫でそれを発見した」

「どうやらきみたちと〈財団〉の連中にはほとんどのことがわかっているようだ」ダンソンが言った。「ああ、そうだ。わたしは六カ月もあの日誌の噂を追いかけて、ようやくロイストンのコレクションの中にあるのを見つけたんだ」

「すべては無駄に終わったけど」

「きみとオリヴィア・ルクレアのせいで計画は破綻した。ありがたいことに、ナイラはもういない。殺人や誘拐とわたしを結びつけるものは何もない」

「オリヴィアとわたし以外にはね」

「きみたちの記憶が戻ったのは明らかだな。これ以上、危ない橋を渡るわけにはいかないんだ」

「今日、あなたはわたしを始末する。でもオリヴィアは？」

「オリヴィアはきみの親友なんだろう？　あの女はきみの死にひどく落ちこみ、酒を飲んで車の死亡事故に巻きこまれるというわけだ。そこが書斎のドアだ。開けろ」

カタリーナはノブをまわしてドアを開け、また別の暗い部屋に入った。本棚にたくさんの書物が並んでいる。赤いベルベットのカーテンと金色の椅子を何脚か備えたホームシアターが、書斎の半分を占めていた。

「もしわたしを撃てば、ベアトリス・ロスが発砲音を聞いて警察に連絡するわ」カタリーナは言った。「あなたは彼女も殺さなければならなくなる。だけど、そうするつもりはないんでしょう？」

「ああ」ダンソンが返事をする。

彼は別のポケットに手を入れ、注射器を取りだした。

カーテンの後ろから、ひとりの男が歩みでた。片方の手に銃を持ち、もう片方に警察官のバッジを持っている。

「警察だ」男が言った。「銃を捨てろ、ダンソン。注射器もだ。両手を頭の上にあげるんだ。イングラム、ロイストン、及びジョン・モリシー殺人容疑、さらにカタリーナ・ラーク殺人未遂容疑で逮捕する。誘拐罪もあるからな」

ダンソンは固まった。

突如として、書斎は特殊部隊《SWAT》の制服を着た人たちであふれ返った。ダンソンは銃をおろしてカーペットに置いたあと、その横に注射器を並べた。

「注射器に気をつけて」カタリーナは言った。「中身はなんだか知らないけど、毒よ」

厚い手袋をはめた警察官が注射器を回収し、特殊な容器の中にそっと入れた。違う警察官が銃を引き取る。

別の部屋から、スレーターとオリヴィアが現れた。

「大丈夫？」オリヴィアがきいた。

「やっぱり、こんな作戦はどうしようもなく愚かだった」スレーターは片方の腕をまわしてカタリーナを抱きしめた。「もしきみがもう一度こんな血迷った真似をしたら、ぼくは……いや、やめておこう。大丈夫なんだな？」

「ええ。それにしても、これって本当に暑いし着心地が悪いわね」カタリーナがコートの前を開けると、防弾ベストが現れた。「もう脱いでいい？」

「手伝うわ」オリヴィアが言う。

ダンソンはカタリーナから目を離さなかった。激しい怒りのオーラが爆発する。

「どうしてわかった？」

ヴィクターが悠然と部屋に入ってきた。ルーカスも一緒だ。

「ナイラ・トレヴェリアンが家族と仕事をする難しさについてずいぶんと辛辣なことを言っていたのを、ミズ・ルクレアが小耳に挟んだそうでね」ヴィクターが言った。

「その情報をもとに、われわれは巫女に助けを求めた」

ダンソンはヴィクターを凝視した。「巫女？　いったいなんの話をしている？」

カタリーナはほほえんだ。ハーモニーがフォグ・レイクの家系記録を使って、ナイラの半分血のつながった弟を見つけだしてくれたことなど、トレイ・ダンソンや警察に教える必要はない。

ルーカスがダンソンを見た。「目当ての人物の名を突き止めると、ただちにわれわれは法心理学の専門家を呼んだ」

ロジャー・ゴサードが部屋に入ってきた。「ぼくのことかな」

「問題は、ミズ・ルクレアの誘拐やイングラム及びロイストン殺害とおまえを結びつける証拠がひとつもなかったことだ」ヴィクターが言う。

「なぜなら証拠などないからだ」ダンソンは返した。

「いままではな」スレーターは言った。「カタリーナは盗聴器をつけてる」

「ミスター・ゴサードには大いに助けてもらった」刑事が言った。「彼が助言をくれた。おまえが賢い男なら、身を潜めたまま街を出ていくだろう。だが、おそらくおまえの復讐欲のほうが自衛本能に勝るはずだと」

「オリヴィアやわたしと話してさまざまな証言を集めたことで、ロジャーはあなたの行動を正確に予測する心理プロファイリングができたの」カタリーナは言った。「明らかに、あなたは衝動のコントロールに問題を抱えている。わたしたちは罠を仕掛けるだけでよかった」

「あらまあ」ベアトリスがドアのところで声をあげた。「なんてスリリングな午後なのかしら。こんなに楽しいのは女優をしていたころ以来よ」

ダンソンがベアトリスを見つめる。「いったいなんなんだ?」

ベアトリスは彼に冷ややかな笑みを向けた。「あなたがわたしを単なるよぼよぼのお婆《ばあ》ちゃんだと思っているのはわかっていたけれど、我慢していたのよ。実際に投資についてはすばらしいアドバイスをしてくれたから。あなたの手腕のおかげで、姉もわたしもたくさん儲けさせてもらったわ」

「おまえが重罪に関与しているというたしかな証拠がなかった。そこで、おまえのクライアントのリストを調べさせてもらった」ヴィクターが言った。「その中にベアトリス・ロスを見つけたときの、われわれの驚きを想像できるかね。ここで隠居生活を送っている元女優をね」

「フォグ・レイクで生まれ育った元女優、よ」ベアトリスがつけ加える。

「ミズ・ロスに連絡を取って、おまえについての疑惑を説明すると、彼女はわれわれへの協力に同意してくれた」ヴィクターが言った。「どうやらミズ・ロスは、姉上の死に本当に疑問をお持ちのようだ」

「こんなのはでたらめだ」ダンソンがつぶやいた。

ベアトリスはほほえんでいたが、その目は宝石のごとく鋭かった。「あなたが姉を殺したんでしょう？　わたしが姉の遺産を相続することをあなたは知っていた。遺言から甥を排除して、あなたを受取人に指名するようわたしを言いくるめたら、わたしのことも殺すつもりだったのよ」

いまやダンソンは石のように無表情だ。「弁護士と話すまでは、これ以上何も言わないぞ」

「もう充分しゃべってる」刑事が言った。「ミズ・ラークのおかげで、一言一句もらさず録音させてもらった」仰々しいＳＷＡＴの制服を着たチームに視線をやった。「連行しろ」

ロジャーはカタリーナを見た。「ありがとう」

「あなたは正しかった」カタリーナは言った。「ダンソンは復讐するチャンスに抗えないだろうと、あなたが言ってくれたのよ」

「あの男は捜してるものを見つけだすために何人も人を殺し、さらにあらゆる危険を冒した。だが、すべては徒労に終わった。小さな探偵事務所を営むふたりの女性のおかげで。やつはそれを放っておけなかった。きみたちを狙うのは時間の問題だった」

「ありがとう」カタリーナは言った。「この事件は、あなたの評判にとても役立つんじゃないかしら」

ロジャーは探るような表情をカタリーナに向けた。「今回の事件のすべてを〈ラーク&ルクレア〉の手柄にできたはずだろう。どうしてぼくの評判を高めるのに手を貸してくれるんだ？」

「復讐は気持ちのいいものじゃないって、最近気づいたとだけ言っておくわ」カタリーナは言った。

オリヴィアがほほえむ。「それにわが社からすれば、殺人事件を解決に導く頭のどうかしたインチキ超能力者として、また過熱報道されるのだけは避けたいもの」

40

グウェンドリン・スワンはドアへと向かい、窓のところの〝開店〟のサインを〝閉店〟に裏返した。それから店のフロアを横切ってデスクへ行き、古い電話の受話器を手に取って姉妹にかけた。

一回目の呼び出し音で、エロイザ・スワンは応答した。「どうしたの?」

「残念ながら悪い知らせよ」グウェンドリンはカウンターに寄りかかった。「計画は失敗した。フォグ・レイクの研究所は見つかったけど、いまは〈財団〉の管理下に置かれているわ」

電話の向こうで、長い沈黙が続いた。

「何がいけなかったの?」ようやくエロイザが尋ねた。

「理由ならいくらでもあげられるけれど、いまにして思えば、最初の段階で最大のミスを犯してしまったのは明らかね。三つ子たちが誘拐をしくじった時点で。オリヴィア・ルクレアは問題なく捕まえられたものの、同じ夜にカタリーナ・ラークを取り逃がした」

「三つ子がラークを捕らえに行ったとき、アパートメントにはいなかったと言っていたわよね」

「彼女はあるクライアントのところへ行っていたの。その人の家で事件があってね。フォークが絡んだ一件よ。それで結局、ラークは夜更けまで警察と一緒だった。それからもいろいろあったの。翌朝早くには、ラークのアパートメントの正面玄関にリポーターたちが来た。三つ子たちは不安になって、作戦を中止した。二時間後に道端で彼女を捕まえようとしたけれど、そのときにはもう〈財団〉がシアトルにひとりの男をよこしていた。そこから事態は悪化の一途よ」

「〈財団〉がこの件でわたしたちを出し抜けたのはどうして?」

「ヴィクター・アーガンブライトは、イングラムとロイストンの死を最初から疑っていたの。彼はイングラムの事件の調査では何も得られなかった。でもロイストンが似たような死に方をすると、甥のスレーター・アーガンブライトに犯行現場を調べさせようと、彼をシアトルに派遣した。ヴィクターはスレーターに、〈ラーク&ルクレア〉に協力を仰ぐよう提案したの。だけど、そのときにはすでにルクレアが行方不明になっていた。次にわたしが知っているのは、スレーターとラークがロイストンのコレクションについて質問しにわたしの店へ来たということ」

「もしルクレアとラークが同時に姿を消していれば、アーガンブライトが追える痕跡は何もなかったのかもしれないのね」エロイザが考えこんで言った。

「そうかもしれないし、そうでないかもしれない。わたしたちには知る由もないわ。いずれにしても、すんでしまったものはどうしようもないでしょう」

「やり残したことは？」

「ないわ。ナイラ・トレヴェリアンは死んだ。三つ子たちはわたしたちについて何も知らない。トレイ・ダンソンは殺人と殺人未遂容疑で逮捕された。もちろんダンソンは自供するだろうけれど、超常現象の研究をしている〈ヴォルテックス〉という秘密組織に入りたかっただなんて説明しようとしたところで、裁判官や陪審員に陰謀論者と思われるだけでしょうね」

「ダンソンはあなたを知っているわ」エロイザは言った。

「ダンソンが知っているのは、シアトルのコレクターならみんな知っていることだけよ。わたしがアンティークやコレクター好みの品、それから取引にまつわる噂を売っているってね。ダンソンはロイストンのコレクションについて尋ねに誰かが店に来たら知らせろと言ってきた。わたしはその頼みを聞いて、スレーターが来たと知らせてやった。それは犯罪ではないわ。このことをダンソンは警察にも話さないんじゃないかしら。話せばロイストンの殺害と自分をさらに強く結びつけるだけだもの」

「ダンソンは利用されたことに気づくと思う？」

「別にわたしたちはダンソンを利用したわけじゃないわ。〈ヴォルテックス〉がダンソンとトレヴェリアンに正当な申し出をした。組織のメンバーになるには入会料を用意しなければならなかった。ふたりはそれができず、申し出は無効になったというわけ」

「だったら、やり残したことはないのね」エロイザが言った。「だけど本当に残念だわ。失われた研究所のひとつを掌握するまであとほんの少しだったのに」

「あれは〈ヴォルテックス〉の研究所ではなかった」グウェンドリンは指摘した。

「わたしたちが捜しているのはそっちよ。チャンスはまたあるわ」

「〈ヴォルテックス〉が単なる伝説ではないと信じる理由ができてしまった以上、〈財団〉も〈ヴォルテックス〉の研究所を捜すはずよ。優位に立つ武器が必要だわ、グウェン」

「あるじゃない、最高の強みとなる武器が。わたしたちにはオーロラ・ウィンストンの日記がある」

「彼女独自の暗号の解き方がわからない限り、役に立たないでしょう」エロイザが言う。

「少しずつ解明できているわ。すでにオーロラの実験薬の製法をいくつか解読できたもの」

「日記の最初のほうに書かれている簡単なものばかりじゃない。終わりのほうのもっと高度に暗号化された部分を読み解く必要があるわ。オーロラが〈ヴォルテックス〉の研究所でもっとも重要な実験を始めたのはその時期なんだから」

「今夜、また日記にあたってみるわ」グウェンドリンは言った。地下からドスンというくぐもった鈍い音がして、彼女の話をさえぎった。「ああ、まったく。行かなきゃ、エロイザ。日記から何かわかったら連絡するわ」

グウェンドリンは受話器を置き、カウンターの端をまわって奥の部屋に入った。地下の階段へのドアを開けて明かりのスイッチを押す。ふたたびドアを閉めて鍵をかけてから、階段をおりていった。

案の定、地下のトンネルを守る罠に新たな鼠がかかっていた。〈スワンのアンティークショップ〉に盗みに入るのはやめたほうがいいと、どうも間抜けどもは学習しないらしい。

この罠は必ず強盗を不意打ちで仕留めた。きっとこれが防犯装置には見えないからだろう。高さ百二十センチほどのぜんまい仕掛けの人形で、糊のきいた白の制服と気取った白のナースキャップという昔の看護婦の格好をしている。暗い影になって、人形の手に握られた注射器はほとんど見えない。

盗みに入ろうとした者がトンネルの入り口にある木の板を踏むと、古めかしいからくりが作動しはじめる。看護婦の腕が突き刺す動きを取って、そこにいる動物なり人なりに強力な薬を投与するのだ。

薬の製法は、オーロラ・ウィンストンの日記のうち、ごく簡単にしか暗号化されていない最初のほうに書かれていたやり方にならった。

グウェンドリンはレイダーを眺め、自分で動かすには重すぎると判断した。階上に戻り、受話器を取って害獣駆除サービスに電話をかける。

「またか？」電話の向こうのかすれた声は、おもしろがっているように聞こえた。

「この一週間で二匹目だぞ」

「忙しい週ね」

　グウェンドリンは地下の保管庫から日記を取りだし、店の階上にある自分のコンドミニアムに持ち帰った。デスクの椅子に腰をおろし、ノートを開いてペンを手に取った。

〈ヴォルテックス〉というコードネームの研究所で行われた実験は、死を招くものからすばらしいものまで、さまざまな結果を生みだした。中でも群を抜いて興味深いのは、研究所の責任者だったドクター・アレクサンダー・ウィンストンが生みだしたものだ。彼は自身と妻のオーロラを被験者にして、いくつかの実験を行った。ふたりのあいだには娘が生まれた。

　困ったことに、アレクサンダー・ウィンストンは恥じらいもなく自分の精子をあちこちにばらまいた。アレクサンダーが妊娠させた女性たちのほとんどは、知らぬ間に彼の実験の犠牲者となっていた。アレクサンダーは子どもたちを慎重に記録しつづけた。妻に外部活動を気づかれる直前まで。

　オーロラのいらだちは相当なものだった。〈ヴォルテックス〉の研究所長であったアレクサンダーはただでさえ、超常現象研究の分野における妻の輝かしい功績の大半を自分の手柄にしていたのだ。そこへきて彼に不倫されていると知り、オーロラの忍耐は限界に達した。

公的には、アレクサンダー・ウィンストンは放射線と未知の薬物による悲惨な研究所の事故で死亡したことになっている。しかし夫が死ぬ最期の数時間について、オーロラは日記に詳細を書き残していた。グウェンドリンはその部分の解読に成功した。死因については疑いの余地がなかった。オーロラ・ウィンストンは復讐を果たしたのだ。

〝……時間を追うごとに、アレックスの譫妄《せんもう》がひどくなっている。いまの彼は極度の不安と激しい幻覚にさいなまれている。わたしはアレックスのベッドのそばから決して離れない。医務室のスタッフはわたしを誰よりも献身的な妻だと思っている。だがアレックスは真実を知っている。目を見ればわかる。自分の現状はわたしのせいなのだと、彼は医師たちに必死で伝えようとしてきた。けれども医師たちは、放射線の影響による妄言だと考えている。ここにいる全員が、研究所で起きたことは恐ろしい事故だったのだと信じて疑っていない。わたしがとがめられることは絶対にないだろう。なんといっても、惨事が起きたとき、わたしは研究所の別の翼棟にいたのだから……〟

アレクサンダー・ウィンストンの死後、〈ヴォルテックス〉の研究所の管理はオーロラの手にゆだねられた。その立場にふさわしい者がほかに誰もいなかったというのが理由のひとつだ。だがそれ以上に、野心ある科学者にとって、超常現象の研究に従事するのは賢明なキャリア選択とは言えないことが急速に明らかになってきたからだった。時代は変わり、主流の考えも変わった。自分は超常的能力者だとか、超常的知覚を持っているだとか主張する人々は、詐欺師だと一笑に付されるのが常となった。

それにもかかわらず、オーロラは超常現象研究の可能性を信じ、身を捧《ささ》げつづけた。しかしそのあと、事前通告もなくブルーストーン計画全体が中止された。〈ヴォルテックス〉を含むすべての研究所を破壊せよとの命が下った。

以降、オーロラは世間から離れ、みるみるうちに被害妄想をふくらませていった。結局、彼女は不可解な状況の中で死んだ。母の精神疾患をひどく恥じたオーロラの娘のパンドラは、自分の娘ふたりが普通に育つようにあらゆる手を尽くした。そして娘たちはそれぞれが選んだ分野で成功をおさめた。

エロイザは科学研究員となり、現在は製薬会社に勤めている。グウェンドリンは考古学の学位を取得後に、シアトルのパイオニア・スクエアに〈スワンのアンティークショップ〉をオープンさせた。

一年前に、パンドラが交通事故で亡くなった。グウェンドリンとエロイザは、母の家を片づけているときにこの日記と、そこに書かれた自分たちの秘密の遺産を発見した。

ふたりとも、もうもとには戻れない。

41

「ヴィクターとぼくから、きみたちふたりにビジネスの提案がある」ルーカスが言った。「フォグ・レイクの研究所の発見によって、さまざまな専門家の助けが必要になってくるだろう。われわれとしては〈財団〉のラスヴェガス本部とフォグ・レイクの住民とのあいだの調整役を、〈ラーク＆ルクレア〉に引き受けてもらえないかと考えているんだ」

彼らはカタリーナのアパートメントに集合していた。ヴィクターとルーカスがソファに陣取っている。オリヴィアは読書用の椅子に座り、スレーターは窓辺に立っていた。カタリーナはチーズとクラッカーがのった皿をコーヒーテーブルに置き、ワインを注ぎ終えたところだった。

彼女はルーカスの提案に固まった。

「〝調整役〟の定義を明確にしてもらえない？」カタリーナは慎重に尋ねた。

オリヴィアも興味を抱いた様子で、視線が鋭くなる。「そうね、きちんと定義して」

「フォグ・レイクの人々が喜んで〈財団〉を迎え入れてくれるわけでないのは、われわれも重々承知している」ルーカスは言った。「残念なことに、ランコート一族がよくない印象を残してしまったからね」

カタリーナはワインをひと口飲んだ。「本当にそのとおりよ」

「われわれには住民の協力が不可欠だ」ルーカスが続ける。「あいにく〈財団〉の専門家の中には、町の人々の思いや行動基準のニュアンスに鈍感な者もいるだろう」

「つまり」スレーターが言った。「おじたちが危惧しているのは、〈財団〉の中にはフォグ・レイクを興味深い生物学実験の場だと見なす者もいるだろうということだ」

「住民を研究対象として見るかもしれないということね」オリヴィアが要約した。

「そんなことをしたら、みんなを怒らせてしまうわ」カタリーナは言った。

「それはわかっている」ヴィクターが返した。「われわれは策を講じ、ここシアトルにサテライト・オフィスを設けるつもりだ」

オリヴィアが目を細める。「わたしたちのビジネスを乗っ取ろうというわけ?」

「いやいや、違うよ」すかさずルーカスが言った。「〈財団〉は〈ラーク＆ルクレア〉のクライアントになるんだ。ラスヴェガスから来るチームにシアトルを経由させる。

われわれは案内役を用意し、チームと落ちあってフォグ・レイクまで送り届けさせるつもりだ。だがその前にまずはシアトルのオフィスに立ち寄らせて、町の歴史的背景について知ってもらうようにしたいんだ」

「〈ラーク&ルクレア〉は旅行会社じゃないんだけど」カタリーナは言った。

ヴィクターはカタリーナを射るような視線で見つめた。「依頼はまだある、ミズ・ラーク。〈財団〉が掘削現場の警備を行うにしても、当然ながら問題は起こるだろう。こういった状況では必ず生じるものだ」

「あの昔の研究所の遺物には大変な価値があるから?」

「そうだ。われわれのセキュリティがどんなに強固であろうと、発見されたという噂はもれ、レイダーや傭兵たちの興味を引いてしまう。だがそれよりも一番の気がかりは〈ヴォルテックス〉だ」

「それがかつて実在していて、いま誰かが捜そうとしてるならね」カタリーナは言った。

スレーターが彼女に目をやる。「昨今の事件があった以上、もはや〈ヴォルテックス〉が単なる伝説だとは考えられない。どうやらある個人だか集団だかがその特定の研究所を見つけようとしていて、そのためなら人を殺すことさえ厭わないようだ。その研究所には非常に危険な秘密が隠されている可能性が高い。そうした秘密を――」

「悪人の手に渡すわけにはいかない」カタリーナは続けた。「わかったわ。あなたたちがしなければならないのは、その昔の研究所を見つけようとしている人物を捜すことというわけね」

「信じてほしい」ヴィクターが言った。「〈財団〉はその線で調べを進めている。だが同時に、フォグ・レイクの研究所も守らなければならない。そこで、きみたちの協力を仰ぎたいんだ」

カタリーナはしばし思案した。「うーん」

オリヴィアがカタリーナのほうを向いた。「クライアントはクライアントよ。〈財団〉についてひとつたしかなのは、報酬は支払ってくれるということ」

「それはそうね」カタリーナは認めた。

「そのお金でもっといいオフィスに移れるし」オリヴィアが熱心な口調で言う。「人材を確保して、ずっとターゲットにしようと模索してきた〝超常的能力者が超常的能力者捜しをする〟というニッチなマーケットを狙えるかもしれない」

カタリーナはワインを飲みながら、さらに思案した。

「うーん」ふたたびうなる。

スレーターが咳払いをした。「ぼくはこう提案したんだ。もし〈ラーク&ルクレア〉が〈財団〉をクライアントにするという申し出を受けてくれた場合、本部からここシアトルに駐在する代表者が必要になると」

カタリーナはスレーターを見た。「その代表者はたまにここへ来るの?」

スレーターの目が熱を帯びた。「この先ずっととどまるよ」

ほとばしる喜びに、カタリーナは感覚が高まっていった。部屋がかすかに明るくなる。カタリーナはオリヴィアに向き直った。

「〈財団〉をクライアントのリストに加えてもいいかも」カタリーナは言った。

オリヴィアがカタリーナとスレーターにやさしいほほえみを投げる。

「〈ラーク&ルクレア〉で一緒に働けば、お互いを知る時間がたくさんできるわね」

「ええ」カタリーナは言った。

スレーターの目がさらに熱を帯びる。「ああ、たっぷりとだ」

42

ラスヴェガス　一週間後

「なあ」スレーターは言った。「リスク回避型のカップルにしてはなかなかじゃないか。ラスヴェガスで真夜中に結婚式を挙げるなんて、これほど衝動的なこともないな」

カタリーナは身じろぎし、スレーターの上からおりて仰向けになった。目を開けて、頭上の鏡張りの天井を見あげる。シーツがくしゃくしゃになったベッドで、一糸まとわぬ姿のままぴったりと寄り添うふたりの姿に、笑みがこぼれた。

「〝ミスター&ミズ・衝動的〟と呼んで」カタリーナは言った。

スレーターは片腕に頭をのせ、鏡に映る姿を見つめた。「プレスリーのそっくりさんが参列する五分の挙式で、家族が満足しないのはわかっているだろう。きっと近い将来、豪華な披露パーティをして、使い道のない結婚祝い品をたんまりもらって、おじたちのペントハウスの屋上庭園で星空のもと踊ることになるだろうな」

「楽しそうじゃない。そうなったらオリヴィアに、セクシーなドレスときらきらのハイヒールを買いにショッピングへ連れていってもらうわ」

「今夜の黒のジーンズと、あのいつもの黒のトレンチコートが、きみにはとても似合っていると思ったけれどね」

「ありがとう」カタリーナは横向きになり、スレーターの胸に指先を走らせた。「あなたもとてもすてきだったわ。カーゴパンツにTシャツに革のジャケットだなんて」

「どうやらぼくたちはファッションのカリスマ夫婦みたいだ。驚きだな」

数時間前、ふたりはシアトルのコーヒーハウスに座り、将来について語りあっていた。そのときスレーターがカタリーナを見つめて言った。〝ぼくたちが待たなければならない理由を、ひとつでも思いつくかい?〟カタリーナはその問いを二秒間熟考し、答えを出した。〝いいえ〟

ファーストクラスは空いていなかったので、スレーターはラスヴェガス行きの飛行機のエコノミー席を三席押さえた。三番目の席に座ったのはオリヴィアだ。立会人が必要だろうと言って。

次に気づいたときにはカタリーナはもう、ラスヴェガス・ストリップにある驚くほど悪趣味なウエディングチャペルでスレーターと結婚式を挙げていた。オリヴィアに加えてヴィクターとルーカスも立会人として現れ、新郎の介添人を務めた。式のあと、スレーターのおじたちはオリヴィアを街で人気のナイトクラブ巡りに連れだした。その隙にカタリーナとスレーターは、ラスヴェガス・ストリップでも屈指のきらびやかさを誇るホテルの豪華絢爛なハネムーンスイートへ移動した。ヴィクターとルーカスが結婚祝いとして用意してくれた部屋だった。

「向こうの部屋にあるジェットバスを試してみないか？」スレーターが誘ってくる。

「最高にいい考えね」

スレーターは立ちあがり、カタリーナに手を差し伸べた。カタリーナはベッドからおり、スレーターの指に自分の指を絡めながら、つま先立ちになって彼の唇にかすめるようなキスをした。スレーターは片手で彼女の頭を支え、より深くキスできるように抱き寄せた。

「未来は誰にも予想できないと言うでしょう」カタリーナは言った。「でもここだけの話、わたしたちの未来はとてもいい感じよ」

「ああ、本当に。いいなんてもんじゃない。完璧だ。愛している、カタリーナ」

カタリーナは一本の指で彼の顎先に触れた。「愛しているわ、スレーター」

「永遠に」

「永遠に」

誓いを立てるように、スレーターが彼女にもう一度キスをした。スレーターが顔をあげると、彼の瞳にみなぎる情熱が見えた。空気中のエネルギーが震える。

カタリーナはほほえんだ。「ずっとわかっているわ。花火があがって稲妻が走るの」

訳者あとがき

ジェイン・アン・クレンツの『霧の町から来た恋人』をお届けします。日本でも多くの作品が出版されている作者ですが、本作品は超常的能力を持つヒーローとヒロインが活躍するサスペンス仕立てのパラノーマル・ロマンスとなっています。

シアトルで幼なじみの親友オリヴィアと一緒に探偵事務所を営んでいるカタリーナ。ところがある日、オリヴィアが夜のデートに出かけたまま行方不明に。超常的能力を持ち、ひときわ勘の鋭いカタリーナはいやな予感を振り払えず、翌朝すぐに親友の行方を追いはじめます。それと時を同じくして〈財団〉のスレーターという男性が仕事を依頼しにカタリーナのもとを訪れ、自分の追っている事件とオリヴィアの失踪にはつながりがあると主張。それどころか、ことの発端はカタリーナとオリヴィアが故郷の町で十五年前に目撃した殺人事件らしいということになり……。

カタリーナとオリヴィアはフォグ・レイクという山間の小さな町の出身。夜になると霧に包まれるために昼間しか出入りできず、携帯電話や電子機器は調子が悪くなり使えないというその町は、何十年も前に起こった爆発事故の際に発生したガスが原因で住民が超常的能力を獲得するに至ったという不思議な場所です。冒頭では高校生だったカタリーナとオリヴィアがこの町の洞窟で殺人事件を目撃する様子が描かれ、そのあとは十五年後のシアトルに舞台を移して物語が展開されます。超常的能力を使ってオリヴィアの行方を追うカタリーナとスレーター。超常エネルギーを帯びている〝遺物〟を蒐集するコレクター、それらが取引されるブラックマーケットの存在。一九五〇年代に政府が極秘で行っていたブルーストーン計画と超常的な力やエネルギーに関する研究所。超常的能力を持つ悪人たちを取りしまる役割を担っている民間組織〈財団〉。さまざまな要素が退屈する暇もなく矢継ぎ早に出てきて、一冊読み終わるころにはパラノーマルな世界観にどっぷりつかっているという感じです。

さて、ロマンスのほうはといいますと、そのほかの要素が盛りだくさんな分、互いの様子をうかがいつつ、じっくりという感じではなく、まっすぐ一気にという印象でしょうか。半年前に正体不明なエネルギーを照射されて自分が今後どう変化していくのか不安を抱えているスレーターと、普通の男性を相手に常に自分を抑制して不毛な交際を重ねてきたカタリーナ（そのために不感症だと思われたり、女王さまチックなことを求められたり……）。ふたりは行動をともにする中で互いを理解して支えあい、自らを解放して深く結びついていきます。

本書はフォグ・レイクにまつわるシリーズの一作目。フォグ・レイクにあった研究所は発見されましたが、ブルーストーン計画の全貌はまだまだ闇の中。二作目は二〇二一年一月にアメリカで刊行される予定ということで、日本でご紹介できるのはしばらく先になってしまいそうですが、読者のみなさまにはその日をどうか楽しみに待っていていただければと思います。

二〇二〇年七月

ザ・ミステリ・コレクション

霧《きり》の町《まち》から来《き》た恋人《こいびと》

著者　ジェイン・アン・クレンツ

訳者　久《く》賀《が》美《み》緒《お》

発行所　株式会社 二見書房
東京都千代田区神田三崎町2-18-11
電話 03(3515)2311［営業］
03(3515)2313［編集］
振替 00170-4-2639

印刷　株式会社 堀内印刷所
製本　株式会社 村上製本所

ISBN978-4-576-20124-5
https://www.futami.co.jp/

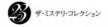

二見文庫 ロマンス・コレクション

＊の作品は電子書籍もあります。

ときめきは永遠の謎 ＊
ジェイン・アン・クレンツ
安藤由紀子［訳］

五人の女性によって作られた投資クラブ。一人が殺害され他のメンバーも姿を消す。このクラブにはもう一つの顔があり、答えを探す男と女に「過去」が立ちはだかる――

あの日のときめきは今も ＊
ジェイン・アン・クレンツ
安藤由紀子［訳］

一枚の絵を送りつけて、死んでしまった女性アーティスト。彼女の死を巡って、画廊のオーナーのヴァージニアは私立探偵とともに事件に巻き込まれていく……

ときめきは心の奥に ＊
ジェイン・アン・クレンツ
安藤由紀子［訳］

犯罪心理学者のジャックは一目で惹かれた隣人のウィンターをストーカーから救う。だがそれは〝あの男〟の復活を示していた……。三部作、謎も恋もついに完結！

この恋が運命なら
ジェイン・アン・クレンツ
寺尾まち子［訳］

大好きだったおばが亡くなり、家を遺されたルーシーは少女時代の夏を過ごした町を十三年ぶりに訪れ、初恋の人メイソンと再会する。だが、それは、ある事件の始まりで…

眠れない夜の秘密
ジェイン・アン・クレンツ
喜須海理子［訳］

グレースは上司が殺害されているのを発見し、失職したうえとある殺人事件にかかわってしまった過去の悪夢にうなされ始める。その後身の周りで不思議なことが起こりはじめ…

夜の記憶は密やかに
ジェイン・アン・クレンツ
安藤由紀子［訳］

二つの死が、十八年前の出来事を蘇らせる。そこに隠された秘密とは何だったのか？ ふたりを殺したのは誰なのか？ 解明に突き進む男と女を待っていたのは――

あなたとめぐり逢う予感
ジュリー・ジェームズ
村岡栞［訳］

殺人事件の容疑者を目撃したことから、FBI捜査官のジャックと再会したキャメロン。因縁ある相手だが、ボディガードとして彼がキャメロンの自宅に寝泊まりすることに…